Kinky Friedman – Tanz auf dem Regenbogen

Kinky Friedman, 1944 in Texas geboren, gründete die berüchtigte Country-Band »Kinky Friedman and His Texas Jewboys«. Später verlegte sich Kinky Friedman auf das Schreiben von Kriminalromanen. Dies ist sein 14. Roman. Er lebt mit zwei Katzen, drei Hunden, einem Gürteltier, einer gebrauchten Smith Corona und zahllosen Monte Cristo Zigarren irgendwo in den Bergen von Texas.
Stellt sich im November zur Wahl zum Gouverneur von Texas. Wurde jedoch vor kurzem am Steuer beim Trinken von Alkohol erwischt. Sollte er gewählt werden, verspricht Friedman eine neue Renaissance für Texas.

Titel der Originalausgabe: »Steppin' on a Rainbow«, Simon & Schuster, New York 2001.

Edition
TIAMAT
Deutsche Erstveröffentlichung
Herausgeber:
Klaus Bittermann
1. Auflage: Berlin 2006

www.edition-tiamat.de
Druck: Fuldaer Verlagsanstalt
Buchumschlag unter Verwendung eines Bildes von
Ulrike Haseloff
ISBN: 3-89320-100-9

Kinky Friedman

Tanz auf dem Regenbogen

Aus dem Amerikanischen von
Astrid Tillmann

Mit einem Nachwort von
Stefan Maelck

Critica
Diabolis
138

Edition
TIAMAT

Diesen, meinen vierzehnten Roman
widme ich der Frau aus Indien mit
dem Zieldünnpfiff

Gute Besserung!

INHALT

Teil Eins	Am Hörer	9
Teil Zwei	Im Flug	43
Teil Drei	Am Strand	53
Teil Vier	Am Geld	81
Teil Fünf	Im Traum	97
Teil Sechs	In der Stadt	133
Teil Sieben	In Bewegung	147
Teil Acht	Auf der Fährte	157
Teil Neun	Auf dem Marsch	171
Teil Zehn	Auf der anderen Seite	179

That naughty ol' Sappho of Greece
Said, »What I prefer to a piece
Is to have my pudenda
Massaged by the tenda
Pink tongue of my favorite niece.«

– George Holbert Tucker, 92 Jahre –

Teil Eins

Am Hörer

1

Die Katze sah mich wieder mitleidig an.

»Mein Herz ist nicht gebrochen«, sagte ich. »Ich betrauere lediglich das Dahinscheiden des Thousand Island Dressings.«

Die Katze sagte natürlich nichts. Es gab auch nicht viel zu sagen. Es war mitten im Winter in New York und, soweit ich mich erinnern konnte, das erste Mal, daß alle Village Irregulars aus der Stadt geflohen waren. Auf solche Erfahrungen kann man gut verzichten, in New York kommt es jedoch durchaus vor, allein zu sein. Wie mein von uns gegangener Bruder Tom Baker einmal sagte: »Es gibt Schlimmeres im Leben als allein zu sein.« Dazu gehörte, eine Katze anzuschauen, die einen mitleidig ansah.

»O.k.«, sagte ich, »Stephanie ist bei einem ihrer üblichen Familienurlaube auf einer Privatinsel in der Karibik, wo reiche Leute sich amüsieren. Ratso ist mit seiner schwarzen, für den *Globe* schreibenden Freundin Christy irgendwo in Montauk, wo er sich vermutlich als Ghostwriter für eine weitere Howard Stern Autobiografie betätigt, die sehr wahrscheinlich nicht das literarische Niveau des *Globe* erreicht, sich aber mit Sicherheit genauso gut verkaufen wird.«

Die Miene der Katze bekam einen Stich ins Säuerliche. Sie mochte Howard Stern nicht. Sie mochte Don Imus nicht. Sie mochte Rush Limbaugh nicht. Sie hatte keinerlei Respekt vor jemandem, dem Millionen Menschen zuhörten. Ich war mir unsicher, ob da nicht was dran war. Ich hatte genug Schwierigkeiten, meine kleine Konversation mit der Katze am laufen zu halten.

»McGovern ist irgendwo auf Hawaii, wo er frenetisch Rezepte für sein neues Buch *Eat, Drink and Be Kinky* sammelt. Das ist wirklich der Name des Buches. Und, um beim literarischen Thema zu bleiben, man mag es glauben oder nicht, Rambam überarbeitet in Israel das Manuskript für sein neues Buch *Nice Jewish Boy (How a Kid from Brooklyn Chased Nazis, Terrorized Terrorists, Made the Russians Nervous, and Had a Good Time)*. Verdammt, selbst Chinga ist weg. Er hat seinen Abschluß im Hauptfach Poesie geschafft und eröffnet jetzt in Miami eine weitere Filiale seiner Werbeagentur. Es wäre besser, wenn er in der Nähe bliebe, weil er der Einzige ist, der sich diese Bücher leisten kann. Das zeigt mal wieder, daß man mit dem, was man sich wünscht, vorsichtig sein sollte, weil man es wahrscheinlich nicht bekommt.«

Die Katze war irgendwann, während ich Rambams Buchtitel zitierte, eingenickt, also beschränkte ich mich auf den Versuch eine angerauchte Zigarre mit einem Kinderfeuerzeug anzuzünden, während ich in die sich verdichtende Tristesse der Vandam Street hinunter starrte. In Wahrheit kann man natürlich nie wirklich wissen, ob eine Katze eingeschlafen ist oder nicht. Sie könnte nur vortäuschen zu schlafen. Sie könnte tot sein. Andererseits könnte man selbst auch tot sein. Ich setzte meine weitschweifige Erzählung fort wie ein Mann, der nichts zu verlieren hat und verzweifelt versucht, seine verlorene Geliebte zurückzugewinnen.

»Ich bin auch mal abgehauen«, sagte ich, »und weißt du, was passiert ist?« Die Katze lag mittlerweile rücklings auf dem Tresen und warf mir einen grünen, ziemlich abgegessenen Blick zu. Es war klar, daß sie sich nicht die Bohne dafür interessierte, was passiert war.

»Ich sag dir, was passiert ist«, sagte ich, ohne mich von dem offensichtlichen Mangel an Empathie meiner felinen Gesellschafterin entmutigen zu lassen. »Ich bin abgehauen und ungefähr zwei Wochen später sah ich in den Rückspiegel und da war ich wieder.«

Und hier war ich immer noch, dachte ich, und wurde mir vage meines schattenhaften Spiegelbilds in der Fensterscheibe bewußt. Hier war ich und versuchte, mich mit einer Katze zu unterhalten, die den Eindruck machte, sie sei kürzlich von einem Besuch beim Präparator zurückgekehrt. Hier war ich und mühte mich ab, ein kleines Plastikding in Gang zu setzen, das dazu gedacht war, kleine Kinder zu schützen und Amateurdetektive in den mittleren Jahren zu irritieren, die alleine in ihren Lofts mit ihren Katzen lebten und die in einer kurzen Verschnaufpause zwischen ihren Fällen versuchten, ihre halbgerauchten Zigarren zu entfachen, von ihren halbtoten Lebensgeistern gar nicht zu sprechen.

Hier war ich und »hing an einem Speichelfaden«, wie Stephanie DuPont es so schön ausgedrückt hatte. Sie hatte das natürlich auf meine Beziehung zu ihr bezogen, aber im Moment beschrieb das ganz gut meine Beziehung zum Rest der Welt. Man kann eben nicht von kleinen Negerpuppenköpfen allein leben, dachte ich.

Der kleine schwarze Negerpuppenkopf schenkte mir vom Kaminsims herunter ein warmes Lächeln. Ein warmes Feuer knisterte im Kamin. Die Welt drehte sich um die warme Sonne. Vielleicht war ich warm. Vielleicht war das der Grund, warum die meisten meiner Freunde Männer waren, während die Frauen nur hastig über die Kriechspur meiner Existenz trippelten. Dann dachte ich wieder an Stephanie DuPont, diese junge, heiße, scharfzüngige Grace Kelly von einer Frau, und stellte fest, daß ich nicht warm war. Ich war lediglich geisteskrank zu glauben, ich hätte Chancen bei ihr. Warum sollte sie Interesse an einem Amateurdetektiv haben, der mehr als doppelt so alt wie sie war, mit einer antisozialen Katze in einem staubigen, zugigen Loft lebte und ab und zu mal einen Fall aufklärte, wobei er gerade soviel verdiente, daß ihm das Gourmetkatzenfutter und die kubanischen Zigarren nicht ausgingen.

»Wie oft kommt es im Leben vor«, sagte ich zu der Katze, »daß Talent sich selbst genügt?«

Ich erwartete von der Katze auf diese rhetorische Frage keine Antwort und sie enttäuschte mich auch nicht. Warum sollte sich eine Katze mit ein bißchen Selbstachtung auch um das wirre Gerede eines ohnehin nutzlosen Individuums sorgen. Laut des *1999 Calendar and Datebook of the Animal Protection Institute*, eine dünne Broschüre, in die ich mich in letzter Zeit ein paar Mal vertieft hatte, »bleiben nur zwei von zehn in den USA geborenen Kätzchen ihr ganzes Leben bei einem Besitzer.«

»Vielleicht haben wir beide Glück«, sagte ich zu der Katze,

»ist doch egal, daß wir beide manchmal ein bißchen einsam sind, vielleicht haben wir Glück, einsam zu sein.«

Die Katze riß beide Augen auf. Sie schien mich genau unter die Lupe zu nehmen, so als ob sie mich zum ersten Mal sähe. Das war kein angenehmes Gefühl.

Jetzt wo die kühlen Schatten des Abends über die Stadt fielen, wie ein kleiner, trauriger Mann, der in einem alten Hotel die Jalousien herunterläßt, ließ ich mich in den von McGovern geerbten, zu weich gepolsterten Sessel fallen und goß mir einen guten Schluck Jameson Irish Whiskey in das alte Stierhorn. Ich warf dem lächelnden Puppenkopf einen stillen Toast zu und kippte den Inhalt des Stierhorns die Kehle hinunter. Die Katze sah mich mit leichtem Ekel an.

»Freundschaft wird generell überbewertet«, sagte ich. »Die Village Irregulars machen meist mehr Ärger, als sie wert sind. Und Frauen sind Narren, Gott segne sie. Sieht so aus, als blieben nur wir beide übrig. Wir werden in dieser Stadt und in dieser Welt schon zurecht kommen. Heute Nacht soll's schneien.«

Die Augen der Katze schienen wie alte jüdische Kerzen zu schmelzen. Mit der allen Katzen eigenen Sensibilität – von der alle Leute glauben, sie sei *ihnen* eigen – überraschte sie mich mal wieder mit dem Unerklärlichen. Sie kam zu mir und rollte sich in meinem Schoß ein.

»Und jetzt«, sagte ich, »müßtest du mir nur noch dabei helfen, dieses verfluchte Kinderfeuerzeug anzukriegen.«

2

WANN IMMER EIN DETEKTIV nicht damit beschäftigt ist, ein Geheimnis zu lüften, entdeckt er häufig, wie sein eigenes Leben eines wird. Mit unermeßlich viel Zeit zur Verfügung und fehlendem Personal sie totzuschlagen, masturbierte ich mit der Energie einer in Paris an einer Überdosis Heroin gestorbenen schwarzen Jazzlegende. Die Reihe farbenfroher Abenteuer und erfolgreicher Fallaufklärungen, die meine jüngste Vergangenheit ausmachten, schien meinen gegenwärtigen mentalen Zustand zu verspotten, der von einem leeren grauen Ozean der Langeweile überflutet schien. War ich soweit gekommen, um jetzt allein zu träumen? Hatte ich im bedeutungslosen Mainstream des modernen Amerikas nur Wasser getreten? Ich hatte meine Zeit schon sinnvoller damit verbracht, in Nashville die ganze Nacht durchzumachen und keine Songs zu schreiben. Ich hatte mich während des dreimonatigen Monsuns in einem chinesischen *Kedai* an den Ufern eines kaffeefarbenen Flusses in Borneo besser amüsiert, Kreuzworträtsel in britischen Zeitungen aus dem Jahr 1948 zu lösen.

»Soll das schon alles gewesen sein?« fragte ich die Katze eines Morgens.

Die Katze war schwer damit beschäftigt, einen Teil ihrer weiblichen felinen Anatomie zu lecken, der in britischen Zeitungen aus dem Jahr 1948 eher selten erwähnt wird.

»Es muß doch mehr im Leben geben, als Zigarren zu rauchen, Espresso zu trinken und dem anstößigen Verhalten einer exhibitionistischen, autoerotischen Katze zuzuschauen. Ich will leben! Ich will malen!«

Die Katze antwortete nicht. Sie hatte eine gute Kinderstube. Sie sprach nicht mit vollem Mund.

Dieses unerfreuliche, zugleich jedoch merkwürdig fesselnde Schauspiel wurde plötzlich durch das unaufhörliche Klingeln der zwei roten Telefone zu beiden Seiten meines staubigen, desorganisierten Schreibtisches unterbrochen. Ich ging rüber und nahm den linken Hörer ab. Stephanie rief aus Nassau an.

»Was machst du so, Arschloch?« fragte sie.

»Das willst du nicht wirklich wissen«, sagte ich.

»Stimmt«, sagte Stephanie, »ich vermisse Baby Savannah.«

»Was ist mit Pyramus und Thisbe? Machst du dir keine Sorgen, daß diese offensichtliche Demonstration elterlicher Bevorzugung tiefgehende Ängste, ganz zu schweigen von Geschwisterrivalitäten und unterdrückter Feindseligkeit seitens der beiden älteren Mädchen, dir und deiner jüngsten vierbeinigen Gefährtin gegenüber, hervorrufen könnte?«

»Was *machst* du, Friedman?«

»Ich versuche vergeblich, ein Kinderfeuerzeug anzumachen, das vermutlich problemlos von jedem gestörten Kind aus einem Stephen King Roman bedient werden könnte.«

»Du meinst ein kinder*sicheres* Feuerzeug.«

»Kommt drauf an, wie schrecklich deine Kindheit war.«

»Meine war sehr glücklich.«

»Du weißt ja, daß eine glückliche Kindheit die schlechtmöglichste Vorbereitung auf das spätere Leben sein soll.«

»Friedman, du verbringst meiner Meinung nach viel zuviel Zeit allein in deinem staubigen alten Loft mit dieser kranken Katze.«

»Möglich.«

»Warum gehst du nicht aus und machst was Hübsches mit ein paar Freunden.«

»Ich habe keine Freunde.«

»Stimmt auch wieder.«

»Alle Village Irregulars sind unterwegs und ich sitze hier ...«

»... und bemitleidest dich selbst.«

»Nein. Wenn du wirklich wissen willst, was ich mache...«

»Du gießt Flüssigdünger auf deinen Schwanz.«

»Tatsächlich beobachte ich die Katze dabei, wie sie ihre Vagina leckt.«

»Friedman, ich warne dich!«

»Das ist wirklich ganz groß, du kannst jedes ordinäre, skatologische Wort, das dir einfällt, sagen und ich kann noch nicht mal erzählen, was sich hier wahrheitsgemäß abspielt.«

»Das sind die Regeln, Arschloch. Wenn dir das nicht paßt, kannst du einpacken und nach Hause gehen.«

»Ich habe kein Zuhause.«

»Das ist ein Teil deines Problems. Glaubst du, du könntest kurz über jemand anderen als dich sprechen? Wo sind deine sogenannten Freunde hin verschwunden?«

»Trenne nie ein Fragewort in der Mitte.«

»Wo sind deine sogenannten Freunde hin verschwunden, Sitchschwanz?«

»Ratso ist in Montauk«, sagte ich düster.

»Hervorragend!« zwitscherte Stephanie. »Vielleicht beißt ihm der *Weiße Hai* den Schwanz ab.«

»Chinga ist unten in Miami.«

»Hoffentlich verwechselt man ihn mit einem deutschen Touristen.«

»Rambam ist in Israel.«

»Probiert er *Jarmulken* oder treibt er es mit Kamelen?«

»Hat er nicht gesagt.«

»Dann macht er es wahrscheinlich mit Kamelen. Was ist mit McGovern? Der ist der einzige von deinen Freunden, den ich mag. Er ist wenigstens ein Mensch.«

»Das liegt daran, daß er kein Jude ist. Er ist übrigens in Hawaii, wo er Rezepte für sein neues Kochbuch sammelt.«

»Wie soll sein Kochbuch heißen?«

»*Eat, Drink, and Be Kinky.*«

»Du verarschst mich.«

»Wieso, was stimmt mit dem Titel nicht? Ich mag ihn irgendwie.«

»*Natürlich* magst du ihn. Er handelt von *dir*.«

»Nicht nur von mir. Jeder, von Joseph Heller bis Dwight Yoakam, stellt McGovern ein Rezept zur Verfügung. Er hat sogar gesagt, daß er auch eins von dir bekommt.«

»Richtig.«

»Wie heißt das Gericht?«

»Schwanzeintopf.«

»Ist es koscher?«

»Friedman, denk mal einen Moment nach. Ist Hawaii nicht lächerlich weit weg, um dort dämliche Rezepte zu sammeln?«

»McGovern ist nicht nur kein Jude, er ist auch kein Pragmatiker. Ich weiß nicht, was schlimmer ist.«

»Du mußt aus diesem Loft raus. Hast du keine anderen Freunde?«

»Imus ist in New Mexico und arbeitet auf seiner Ranch für krebskranke Kinder, Joel Siegel hat ein Kleinkind geheiratet, Mick Brennan ist bei einem Photoshooting. Sogar Winnie Katz ist, dem Lärm nach zu urteilen, beschäftigt. Meine anderen Freunde sind tot.«

»Sie sind wahrscheinlich eingeschlafen, weil sie es leid waren dir zuzuhören, wie du über dich sprichst.«

»Wie ich es leid bin, der Katze dabei zuzuschauen, wie sie ihre Vagina leckt.«

Das Geräusch, das ich hörte, war sehr wahrscheinlich ein Telefonhörer, der in Nassau aufgelegt wurde. Mit Sicherheit aber, war die Leitung genauso tot wie die Demerol-induzierten Träume eines geschiedenen Zahnarztes. Das war typisch Stephanie. Sie war sehr jung und hatte noch viel zu lernen. Ich war sehr in den besten Jahren und hatte noch viel zu lernen. Zum Beispiel, wie man ein kindersicheres Feuerzeug bedient.

»Ganze Arbeit«, sagte ich zu der Katze, »du hast gerade eine der wichtigsten Beziehungen in meinem Leben torpediert.«

Die Katze kletterte auf den Schreibtisch, setzte sich genau in die Mitte zwischen die beiden roten Telefone und sah mich an.

Normalerweise glaube ich nicht an den ganzen anthromorphischen Scheiß von Vögeln, die weinen, Hunden, die lachen oder Menschen, die verzeihen, aber ich hätte schwören können, daß die Katze grinste.

3

IN DIESER WELT IST JEDER ALLEIN, aber das realisieren nur die wenigsten und noch weniger wissen diese Situation zu schätzen. Alleinsein bedeutet, die Möglichkeit zu haben, zu denken, zu träumen und man selbst zu sein. Das bekommt man nirgendwo anders. Möchte man wirklich Teil einer großen katholischen Familie sein, die in einem Land der Dritten Welt verhungert? Oder anläßlich eines überfüllten, todöden Rotariertreffens dinieren? Die Welt mit einer schwerfälligen ethnozentrischen Gruppe deutscher und japanischer Touristen bereisen? Seinen Seelenklempner voll heulen, wie gerne man sich umbrächte, hätte man nur genug Arsch in der Hose?

Während dies natürlich alles überaus attraktive Szenarien sind, warum sollte man nicht die kurzen Momente genießen, die man mit sich selbst allein hat. Sie sind ohnehin nicht von Dauer. Früher oder später kommt schon ein Terrorist vorbei und überreicht einem einen abgetrennten Finger in einem Mayonnaiseglas, oder einem ist ein Fremder, dem gerade die Hobbys ausgegangen sind, auf der eigenen Toilette abgekratzt.

Wenn die Leute erstmal wissen, daß man allein ist, finden sie auch noch Mittel und Wege, einem das zu versauen. So ähnlich wie, wenn sie wissen, daß man bald geht, benehmen sie sich, als wäre man schon weg. Sie sind für einen da, solange man nichts von ihnen will, und wenn man sie wirklich braucht, machen sie sich rar. Darauf kann man sich verlassen. Und man sollte nicht glauben, daß sie im Laufe der Zeit irgendwie vernünftiger oder cooler geworden wären. Die Stierkämpfer und Schmetterlingssammler sind immer noch unter uns, stets beschäftigt, den Stier Ferdinand zu quälen und zu schlachten und die winzigen zerfledderten Flügelchen einer Million kleiner Jesuskindlein in der Zeit, die man braucht, um einen heißen bitteren Espresso zu schlürfen, auf Kartonseiten festzustecken.

Das ist auch so ziemlich alles, was ich an diesem kalten Morgen Ende Januar tat: eine Tasse Espresso schlürfen. Mein ganzes Leben war auf das Schlürfen von Espresso, das Paffen der heiligen Überreste einer alten kubanischen Zigarre und das Lauschen des gedämpften Stampfens kleiner lesbischer Füße in dem Tanzstudio über mir reduziert. Die Dinge standen gar nicht so schlecht, dachte ich, Probleme bekam man erst dann, wenn man anfing zu glauben, die Lesben würden einem Botschaften übermitteln wollen.

Die Espressomaschine brummte, die Stadt außerhalb des Lofts brummte, mein Kopf brummte auch, aber es war ein süßes, trauriges, altes Lied aus längst vergangenen Tagen. Ich hatte keine Ahnung, welches Lied die Stadt brummte, aber die Espressomaschine schien sich an eine reichlich wehmütige Version von »Hi Lili Hi Lo« heranzutasten. Die Katze war unter ihrer Wärmelampe auf dem Schreibtisch eingeschlafen. Wenn ich zurückdachte, konnte ich mich an Zeiten großer Aufregung erinnern. Zeiten, in denen eine Menge Dinge gelaufen waren, sowohl privat als auch professionell. Aber jetzt, an diesem erbarmungslos grauen Morgen des ersten Monats des neuen Jahres, in einer Stadt, die mit jeder Minute älter wurde, passierte absolut nichts in meinem Leben. Ich war kurz davor, an Astrologie zu glauben.

Ich hatte gerade meinen alten Borneo Sarong und den lilafarbenen Robert Louis Stevenson Bademantel gegen eine Jeans und ein altersschwaches »Butt Holdsworth Memorial Library«-Sweatshirt getauscht, den Müll, der meine Post war, gesichtet und dachte über einen Nonstoptrip aufs Scheißhaus nach, als die beiden roten Telefone auf dem Schreibtisch ihr Synchronklingeln aufnahmen. So klingelten sie natürlich immer. Wie alles im Universum Teil eines größeren Ganzen ist, waren auch sie an dieselbe Leitung angeschlossen. Ich nahm den linken Hörer ab.

»Schieß los«, sagte ich.

»Aloha«, sagte eine liebe, vertraute Stimme. »Ich glaube, wir haben ein kleines Problem.«

Die Stimme gehörte meinem alten Freund Willi Hoover, einem ehemaligen Bienenzüchter. Hoover arbeitete im Moment als Kolumnist für den *Honolulu Advertiser*, und ich konnte mich plötzlich dunkel daran erinnern, daß er zur Zeit das Pech hatte, McGovern als Hauspest auf Hawaii zu beherbergen.

»Laß mich raten«, sagte ich. »McGovern hat sich voll laufen lassen und versucht, Cari zu vögeln?« Cari war Hoovers Freundin. Sie war im Hawaiianischen Gefängnissystem als Spezialistin für Streßmanagement angestellt.

»Leider nein«, sagte Hoover.

»McGovern hat sich voll laufen lassen und versucht, dich zu vögeln?«

»Leider nein.«

»Jesus«, sagte ich, »was hat er gemacht? Vor dem Pearl Harbor Memorial masturbiert?«

»Leider nein«, sagte Hoover. »Laß mich von vorn anfangen.«

Mit einem leichten Schaudern zündete ich mir eine neue Zigarre an und lehnte mich zurück, um Hoovers journalistischer Berichterstattung über McGoverns Abenteuer als seine Hauspest zu lauschen. McGoverns Heldentaten waren der Stoff, aus dem Legenden sind, es bedurfte also einer dicken Story, um mich zu überraschen. Nichtsdestotrotz fühlte ich einen leichten Knoten im Darm als ich die Spur von Besorgnis heraushörte, die in Hoovers wie immer fatalistisch klingender Stimme mitschwang.

»Letzte Nacht sind wir ein bißchen in Waikiki herumspaziert und ich hab McGovern die Statue von Duke Kahanamoku, dem Vater des modernen Surfens, gezeigt. Die Statue ist ungefähr drei Meter hoch und auf einer Plakette steht »Originalgröße«, aber das bezieht sich lediglich auf das Surfboard des Duke, das fast fünf Meter lang war. Die meisten Touristen wußten gar nicht, wer der Duke war, also habe ich immer wieder Kolumnen über ihn und seine Statue geschrieben und schließlich haben sie noch eine Plakette angebracht, auf der steht, wer er ist, und die Touristen haben nicht länger geglaubt, er wäre Jolly Green Giant oder Darth Vader oder so. Egal, das letzte Mal, als ich McGovern sah, war es fast Mitternacht und er stand nur da und starrte die Statue an.«

»Du willst sagen, er hat den McGovern-patentierten polnischen Abgang aus der Trickkiste gezogen?«

»Ich weiß noch, daß ich gedacht habe, ›Oh Gott, der Typ ist fast so lang wie das Surfboard des Duke‹, dann war ich wahrscheinlich kurz abgelenkt und als ich das nächste Mal hinsah, war er verschwunden.«

»Das ist so ziemlich das Verrückteste an McGovern«, sagte

ich. »Er ist der größte Mensch, den ich kenne, und er spaziert davon wie ein kleines Kind. Er hat das schon hunderttausend Mal gemacht, aber er kommt immer zurück.«

»Aber das ist noch nicht alles«, sagte Hoover. »Ich habe mich detektivisch betätigt und bin seinen Fußspuren runter zum Strand gefolgt, was nicht allzu schwer war, da auch sie ungefähr so groß sind, wie das Surfboard des Dukes. Sie gingen bis ziemlich nah ans Meer und waren dann einfach verschwunden. Alles was noch da lag, war sein kleines Notizbuch. Irgendein Rezeptbuch, an dem er offensichtlich arbeitet.«

»*Eat, Drink and Be Kinky?*«

»Woher weißt du das, Kinkyhead?«

»Ich lebe davon, solche Dinge zu wissen, Hoover.«

»O.k., ich sage ja nur, daß ich mir Sorgen um den Jungen mache. Mir ist noch nie eine Hauspest abhanden gekommen und das soll auch so bleiben. Er ist nicht wieder aufgetaucht und er hat auch nicht angerufen.«

»Entspann dich, Hoover. Er taucht dann wieder auf, wenn du es am wenigsten erwartest.«

»In Ordnung«, sagte Hoover, »so lange es nicht mitten im Pazifischen Ozean ist.«

4

MAN SOLLTE SEINE ZEIT NICHT darauf verwenden, sich zuviel Sorgen um so kindliche Geschöpfe wie McGovern zu machen. Sie gehen, wohin sie gehen wollen, und tun, was sie tun wollen. McGovern hat sich mal die Haare gestriegelt, bevor er ein Rennpferd besuchte. Als ihn in New York ein japanischer Tourist nach dem Weg zum World Trade Center fragte, sagte McGovern: »Ihr habt doch auch Pearl Harbor gefunden.« McGovern war unberechenbar, sprunghaft, stur, neugierig, intelligent, freundlich und weit gereist, aber trotzdem auf merkwürdige Weise unschuldig und naiv, was die Welt und wie sie funktionierte anbelangte. All das zusammen ergab eine relativ komplexe, beunruhigende Kombination von Charaktereigenschaften, trotzdem schien er immer nach Hause zu finden. Vielleicht wachte Gott über Leute wie McGovern.

An diesem Tag, während der Nachmittag kälter und grauer wurde, als der Morgen und die neolithische New Yorker Nacht schon auf ihre Beute wartete, maß ich seinem Verschwinden nicht allzu viel Bedeutung bei. Mit einem Hauch von Traurigkeit fühlte ich wie Mark Twain, daß Hawaii ein Ort war, der in meinem Herzen lag. 1865 war Mark Twain als junger Reporter nach Hawaii gereist, hatte dort die Inseln besucht und in Honolulu viele Menschen, Millionen Katzen und einen König getroffen. Er war der einzige regierende Monarch, den Twain in seinem ganzen Leben je zu Gesicht bekommen sollte, und einige Historiker glauben, diese Begegnung habe die Grundlage für sein späteres Meisterwerk *Ein Yankee am Hofe des König Artus* gebildet.

So sehr Twain Hawaii auch liebte, an die Inselkette dachte und von ihr träumte, er sollte nie zurückkehren. 1895, fast dreißig Jahre später, segelte er ein zweites Mal nach Hawaii, durfte aber wegen einer Choleraepidemie in Honolulu nicht an Land gehen. Ich vermute, an einem grauen New Yorker Wintertag erscheint das Hawaii des inneren Auges dem, das Mark Twain von der Reling eines weit entfernten Schiffs auf See aus sah, sehr ähnlich.

Der Nachmittag und Abend verflossen in einer trüben Brühe mit vielen medizinischen Schlucken Jameson Irish Whiskey aus dem alten Stierhorn, was der für rationales Denken zuständigen Abteilung auch nicht weiter zuträglich war. Ich war immer noch ziemlich zuversichtlich, daß McGovern, vermutlich mit der einen oder anderen grellen, spaßigen Anekdote, die sich in sein Pantheon infantilen Verhaltens einreihte, wieder auftauchen würde. Aber irgendwas an dem Verschwinden des großen Mannes so dicht am Wasser, ließ mich in dieser Nacht nicht los, so daß ich mich unruhig wie die rastlosen Wellen eines unendlichen Ozeans im Bett hin- und herwälzte.

Ungefähr zur Faron-Young-Zeit, die von Dwight Yoakam und mir nach einem Hit des verblichenen Countrysängers auf vier Uhr morgens festgesetzt worden war, rief ich Hoover erneut an. Natürlich war es auf Hawaii noch nicht Faron-Young-Zeit. Es war noch nicht mal Cinderella-Zeit. Aber für mich war ausreichend Zeit vergangen, um mir mehr als nur ein bißchen Sorgen um das Rätsel auf zwei Beinen namens McGovern zu machen. Er war hochgradig unvorhersehbar, aber am Ende schaffte er es immer.

Mit anderen Worten, man konnte zwar seine Uhr nicht nach ihm stellen, aber mit einer gewissen Genauigkeit doch wenigstens eine Sonnen- oder zumindest eine langsam laufende Sanduhr. Er war fast nie da, wenn man es sich wünschte, aber immer, wenn man ihn brauchte. Und, was vielleicht am wichtigsten war, er gehörte zu der seltenen Spezies von Menschen, die auf die Gefühle anderer Rücksicht nahmen. Diese Eigenschaft war es auch, die mir zu denken gab. Selbst wenn er in dieser Nacht jeden kleinen auf Waikiki verfügbaren Schirmchendrink getrunken hatte, hätte er es geschafft, seinem unglücklichen Gastgeber eine beruhigende Nachricht ins Ohr zu lallen. Aber der übliche betrunkene Anruf von McGovern bei Hoover war, meines Kenntnisstandes nach, noch nicht erfolgt, und mittlerweile waren achtundvierzig Stunden vergangen, seitdem der große Mann auf unerklärliche Weise im Paradies verloren gegangen war.

»Grüße vom Ende der Nahrungskette«, sagte Hoover fast freudig, sobald ich ihn am Hörer hatte.

»Hast du was von McGovern gehört?«

»Scheiße, nein. Ich hab nur noch mal darüber nachgedacht und bin nicht mehr so besorgt, wie letzte Nacht. Klar ist es komisch, aber du kennst den Typ viel besser als ich. Vielleicht ist er zum Bodysurfen nach Maui.«

»Damit McGovern effektiv bodysurfen kann, braucht er schon einen Tsunami.«

»Stimmt«, sagte Hoover kichernd. Er war der einzig lebende, erwachsene Mann, von dem man wirklich sagen konnte, daß er kicherte. Frauen kichern nicht. Kinder kichern nicht. Die überwiegende Mehrheit der männlichen Bevölkerung dieses Planeten kichert nicht. Immerhin gibt es auch verdammt wenig zu kichern. Vielleicht hatte es auch etwas damit zu tun, daß Hoover seine Kindheit in Iowa verbracht hatte. Ich war mir nicht sicher, wie sensibilisiert Hoover seinem Kichern gegenüber war, und dies waren auch nicht die richtigen Umstände, um das Thema zu vertiefen.

»Er war nicht deprimiert oder unglücklich?« fragte ich. »Hat er noch was gesagt, bevor er verschwand?«

»Moment mal, laß mich kurz nachdenken. Er schien irgendwie abgelenkt, glaube ich. Ich erinnere mich noch, daß er sagte ›Ich würde gerne horizontalen Hulaunterricht bei der Lady, die gerade aus Denny's by the Sea rauskommt, nehmen.‹«

»›Ich würde gerne horizontalen Hulaunterricht bei der Lady, die gerade aus Denny's by the Sea rauskommt, nehmen‹?«

»Das waren seine letzten Worte. Dann kam ihr Typ raus, ein großer Samoaner. Noch größer als McGovern...«

»Das ist unmöglich.«

»Dann ging er rüber zur Statue des Duke. Weißt du, je mehr ich darüber nachdenke, glaube ich, daß er wahrscheinlich in einem Strandhotel sein Unwesen treibt. Vielleicht macht er auch Inselhüpfen und realisiert gar nicht, daß sein großzügiger Gastgeber sich Sorgen macht. Vielleicht hat er auch meine Telefonnummer verloren.«

»Vielleicht verdrängst du da was«, sagte ich.

»Das ist gut möglich«, sagte Hoover. »Ich bin die meiste Zeit meines Lebens am Verdrängen.«

Bevor ich den Hörer auflegte, nahm ich Hoover das Versprechen ab, daß er mich sofort kontaktieren würde, wenn es irgendwelche Telefonanrufe, zweibeinige Walsichtungen oder überhaupt Informationen über den Verbleib eines gewissen Michael R. McGovern gäbe. In einem eher ambivalenten Zustand ging ich zur Espressomaschine, eröffnete die diplomatischen Beziehungen und lauschte dem glänzenden Edelstahlmonstrum, das etwa ein Drittel meiner kleinen Küche einnahm, wie es eine anglisierte Version von »Aloha Oe« summte, dem schwermütigen Abschiedslied, das die letzte hawaiianische Monarchin, Queen Liliuokalani, im Gefängnis schrieb. Auf diese Weise beobachtete ich wie das trübe Licht der Dämmerung sich in den Loft und die Welt schlich, lauschte einer hochgradig einfühlsamen Espressomaschine und nippte sporadisch den tröstenden, aus ihr entströmenden Nektar, paffte eine kürzlich wiederbelebte Zigarre und dachte darüber nach, was zum Teufel wohl als nächstes passieren würde.

Es dauerte nicht lange, bis ich das herausgefunden hatte. Um viertel nach sieben gingen beide rote Telefone los, wie der Feueralarm in Zelda Fitzgeralds Sanatorium. Ich nahm hastig den linken Hörer ab, aber es war nicht Hoover. Es war eine schluchzende Stephanie, die aus Nassau anrief. Ihr sechzehn Jahre altes Malteserhündchen Pyramus, das während ihres Aufenthalts in Nassau bei Freunden in New York geblieben war, war letzte Nacht im Schlaf gestorben.

Ich versuchte, die richtigen Worte zu finden, wie »Friede sei mit ihr« und »Sie hatte ein wunderbares Leben« und »Sie ist in

Frieden gestorben« und »Ich und alle anderen Männer auf diesem Planeten haben sie um ihre Nähe zu dir beneidet«, aber in einer solchen Situation zieht nur sehr wenig. Sie plante, noch am Nachmittag für »die Beerdigung« nach New York zurückzukehren. Ich hatte noch nie der Beerdigung eines Malteserhündchens beigewohnt und würde dies wohl auch niemals tun, weil ich offensichtlich auch zu dieser nicht eingeladen wurde. Wäre ich eingeladen gewesen, hätte ich nicht gewußt, was ich hätte tun sollen. Es hat mich schon immer mit großer Traurigkeit erfüllt, eine starke, schöne, zuversichtliche Frau, von der man glaubt, man liebt sie, zusammenbrechen zu sehen.

Ich ging ans Küchenfenster und beobachtete, wie die Vandam Street mühsam erwachte. Ich dachte daran, wie oft ich hier gestanden und zugesehen hatte, wie Pyramus und Thisbe selbstvergessen an Stephanies Stilettofersen in und aus meinem Leben gingen. Aus irgendeinem Grund mußte ich an etwas denken, was Stephanie mir mal erzählt hatte. Sie hatte gesagt, daß ein Schild mit »Keine Haustiere erlaubt« an einem Hotel oder Motel eigentlich bedeutete »Keine Freunde erlaubt«. Ich starrte immer noch auf die Straße, aber ich konnte nichts sehen. Es war, als hätte mir jemand Zimtöl in die Augen gegossen.

»An diesem Morgen ist die Welt ein bißchen trauriger und kälter geworden«, sagte ich zu der Katze. »Ein kleiner Freund von uns ist gestorben und ein großer Freund wird vermißt.«

Die Katze sagte natürlich nichts. Ihre ganze Aufmerksamkeit schien von einer Kakerlake, die gerade am Fensterbrett entlang lief, beansprucht zu werden.

Ich sagte auch nichts mehr, denn ich hatte schon vor langer Zeit gelernt, die Trauer anderer nicht in Frage zu stellen. Es reichte schon, seine eigene Trauer in Frage zu stellen.

5

DER TOD VON PYRAMUS, welch winzige Kreatur sie auch gewesen sein mag, warf einen gigantischen Schatten über 199B Vandam Street. Bereits vor der Rückkehr der trauernden Göttin Stephanie aus Nassau, waren die Stimmung im Loft und die zwischenmenschlichen Beziehungen zwischen

Mann und Katze überraschend unterkühlt. Es war natürlich klar, daß die Katze keine besonders große Vorliebe für Stephanies *Enfants* hatte, trotzdem war offensichtlich, daß sie mit Hilfe ihrer Jahrtausende alten felinen kulturellen Sensibilität erkannt hatte, daß unsere kleine Welt auf unabänderliche Weise um vieles ärmer geworden war.

Was mich anbelangte, ich erkannte mit Hilfe meiner Jahrtausende alten schwerfälligen humanen Idiotie, daß alle Kreaturen Gottes, gleich ob klein oder groß, sterblich waren. Wenn jemand, der so klein und harmlos und unschuldig war wie Pyramus sterben konnte, überlegte ich, konnte das auch jemand, der so groß und harmlos und unschuldig wie McGovern war. In dieser, unserer besten aller möglichen Welten war alles ineinander verstrickt, wie ein billiges Sweatshirt, das in Kinderarbeit in Pakistan hergestellt worden war. Am späten Nachmittag war ich in einem Zustand, den Billy Joe Shaver »slow-rollin low« nennen würde. Ich war mir nicht ganz sicher, wo Pyramus endete und McGovern begann, oder ob es etwa umgekehrt war.

»Wir können der kleinen Pyramus nicht mehr helfen«, bemerkte ich später am Abend zur Katze, »aber es muß etwas geben, das wir tun können, um McGovern zu helfen, es sei denn, er ist wirklich Bodysurfen auf Maui.«

Die Katze schien die Angelegenheit kurz abzuwägen, schloß dann die Augen und schlief wieder auf ihrem Lieblingsschaukelstuhl ein. Eigentlich handelte es sich um den einzigen Schaukelstuhl im Loft. Es war jedoch nicht der einzige Stuhl. Meine Augen wanderten durch den Raum, hinüber zu dem großen zu weich gepolsterten Sessel, den McGovern mir einst geschenkt hatte. Rambam hatte später angemerkt, daß es meinem Image nicht gerade förderlich war, ein Erbstück von McGovern anzunehmen. Ich mußte an McGoverns letzten Besuch denken und erinnerte mich, daß er genau in diesem Sessel gesessen hatte. Es war ein alter Sessel und McGoverns großer Torso versank darin ein ganzes Stück weiter, als er offensichtlich erwartet hatte, mit dem Resultat, daß er ungefähr fünfzehn Zentimeter über dem Fußboden saß und man den ganz entschieden komischen Eindruck hatte, der Sessel hätte McGovern verschluckt.

»Einheimischer verschwindet in Sessel«, hatte McGovern damals gesagt.

Jetzt war der Sessel natürlich leer, genauso wie das Gefühl in meinem Herzen. Es waren mehr als 48 Stunden verstrichen, seit McGovern verschwunden war. Laut den Richtlinien der New Yorker Polizei galt McGovern jetzt offiziell als vermißte Person. Oder mußten die Bullen 72 Stunden warten? Ich war mir nicht mehr ganz sicher. Ich mußte das mit Rambam klären, aber Rambam war, unter praktischen Gesichtspunkten betrachtet, im Moment selbst eine vermißte Person. Er war in Israel, probierte *Jarmulken* oder hatte Sex mit einem Kamel, was McGovern gerade ebenso viel weiterhalf wie einen Mann in New York, der eine Zigarre rauchte, einen Espresso schlürfte und sich mit einer Katze unterhielt.

»Es ist an der Zeit, sich an die Autorität zu wenden«, sagte ich zu der Katze, »aber an welche Autorität?«

Die Katze warf mir einen kurzen, grünen, zweifelnden Blick zu. Sie hatte Autorität schon immer in Frage gestellt. Das war eine Stammeseigenschaft.

»Hawaii liegt nur geringfügig außerhalb des Zuständigkeitsbereiches von Sergeant Cooperman und Sergeant Fox. Vielleicht sollten wir Jack Lord anrufen.«

Die Katze sagte natürlich nichts.

»Du erinnerst dich an Jack Lord«, flehte ich die mittlerweile friedlich schlafende Katze an. »*Hawai Fünf-Null.* Book 'em Danno.«

Ich lief bereits wie ein Besessener im frostigen Wohnzimmer meines Lofts hin und her, meine nervöse, schizophrene, sherlock'sche Energie als fast perfekter spiritueller Gegenpol zum gelassenen, schläfrigen, um nicht zu sagen stinkfaulen Ruhezustand der Katze. Ich paffte an meiner Zigarre wie der Zug, der über die Brücke am Kwai stürzte, und wurde immer aufgeregter, fast vergaß ich die Musik und das Stampfen aus Winnies Tanzstudio, das direkt über meinem Kopf eingesetzt hatte.

Mentale Gesundheit hin oder her, das Bild, das ich vor mir sah war kein schönes: die Flammen aus dem Kamin tauchten den Loft in einen wilden, höllischen Glanz. Der schwarze Negerpuppenkopf grinste mich krank vom Kaminsims aus an. Die terpsichorischen Schwestern Sapphos über mir übten jetzt ein Stück, das sie schon seit Jahren nicht mehr geprobt hatten. War das möglich? Ja, es war. »Gonna Wash That Man Right Out of My Hair.« Zusammen mit der Miss Texas 1987 war ich am Nurse's Beach in Kauai gewesen, exakt der Ort, wo der Song und die Tanzszene für die Kinoversion von *South Pacific* gedreht worden waren. Die Schwestern waren natürlich schon lange verschwunden, die Zeit und Richard Speck hatten vermutlich ganze Arbeit geleistet. Miss Texas 1987 war auch verschwunden. Tatsache war, daß fast alles aus meinem Leben verschwunden war, außer dem Rauch meiner Zigarre, der sich mit dem Rauch aus dem Kamin mischte, der sich mit den Schatten und den Sonnenstrahlen in meinem Kopf mischte. Das Leben ist eine Tragödie, dachte ich. Liebe ist Krieg, dachte ich. Alle Farben verblassen, dachte ich.

»Weißt du«, sagte ich zur Katze, »ich erinnere mich, vor einiger Zeit im *National Enquirer* gelesen zu haben, daß Jack Lord entweder gestorben ist oder Alzheimer hat, ich weiß aber nicht mehr, was es war. Vielleicht sind alle entweder gestorben oder haben Alzheimer und keiner weiß mehr, was es war.«

Ich drehte mich, um zu sehen, ob die Katze wenigstens wach war, was nicht der Fall war. Selbst schuld, dachte ich.

»Der Punkt ist, wenn jemand an einem Ort wie Hawaii vermißt wird, macht man sich nicht so schnell Sorgen, wie wenn er an einem gefährlicheren Ort wie Afghanistan oder Guatemala oder Florida vermißt würde. Genauso gut könnte McGoverns großer, sonnenverbrannter Körper am Nurse's Beach liegen, und sogar sehr wahrscheinlich auf einer Schwester drauf. Scheiße, er könnte überall auf dieser wunderschönen Kette tropischer Inseln sein, die alle ihren Ursprung fanden, als ein Vulkan ausbrach, die Lava abkühlte und ein vorbeifliegender Vogel einen glücklichen fliegenden Schiß machte, der einen winzigen Samen enthielt, der dann die ganze Chose ins Rollen brachte. Das glauben zumindest die Wissenschaftler. Aber die hatten ja bisher noch nie Recht.«

Als ich meine Tirade beendet hatte und meinen Blick durch den Raum schweifen ließ, stellte ich fest, daß die Katze nicht mehr im Schaukelstuhl saß. Ob es eine Solidaritätsbekundung, Zufall oder ein einzigartig schlechtes Omen war, vermochte ich nicht zu sagen, aber die Katze sah mich durchdringend vom Aussichtspunkt auf McGoverns altem Sessel an.

6

»WARUM MÜSSEN HAUSTIERE STERBEN?« jammerte Stephanie am nächsten Morgen am Telefon.

Ich hatte darauf nicht wirklich eine Antwort und glücklicherweise war auch keine nötig. Bevor ich die erste Zigarre an diesem Morgen überhaupt aus dem Mund nehmen konnte, war sie schon wieder bei der schmerzlichen Eloge eines kleinen Mädchens, das in einer traurigen Welt zu schnell groß geworden war.

»Pyramus war so ein süßes, liebevolles Hündchen, sie hat keiner Fliege was zu leide getan, und alles, was sie wollte, war, bei mir zu sein, und jetzt ist sie gestorben, während ich weg war...«

»Ja, aber sie ist ganz sanft entschlafen.«

»Ich weiß, aber das Apartment ist ohne sie so *leer*. Baby Savannah sucht in jeder Ecke nach ihr...«

»Dann bist du also wieder in der Stadt.«

»Nein, Arschloch, ich rufe vom Südpol aus an.«

»Es tut mir wirklich leid wegen Pyramus, aber wie schon mein Vater bei solchen Anlässen sagte: ›Sie ist jetzt in den Händen einer höheren Macht.‹«

»Warum müssen Tiere sterben?«

»Ich weiß es nicht, Herzchen. Meine Schwester sagt immer: ›Es gibt keine schlechten Hunde und es gibt keine guten Menschen.‹«

»Hör auf damit, jeden aus deiner beknackten Familie zu zitieren.«

»Ich entstamme einer kleinen, übellaunigen Familie, die ich immer wieder gern zitiere.«

»Wahrscheinlich haben deswegen all deine Freunde die Stadt verlassen. Sie hatten die Schnauze voll davon, daß du die ganze Zeit deine Familie zitierst. Kannst du nicht einmal an etwas anderes als dich denken?«

»Hm, ich bin keine beschissene Grußkarte, aber laß mich nachdenken. Wie wär's damit: ›Du wandelst durchs Leben und hältst ihre Leine fester als du weißt.‹«

»Das ist völlig klischeehaft. Vielleicht bist du doch eine beschissene Grußkarte. Übrigens, die Beerdigung ist heute Nachmittag. Ich begrabe Pyramus in einem kleinen Garten. Eine äußerst private Veranstaltung. Du und deine kranke Katze seid nicht eingeladen.«

»Zu schade. Ich mag Beerdigungen irgendwie. Sie haben eine Ehrlichkeit, die den meisten Hochzeiten fehlt.«

»Ich mag Beerdigungen auch, besonders wenn es deine ist.«

Ich wollte noch etwas sagen, merkte aber, daß die Leitung, wie auch das Thema der Diskussion, von der Beziehung selbst ganz zu schweigen, tot war. Ich legte den Hörer vorsichtig auf die Gabel, mit der sanften Endgültigkeit, die man fühlen mag, wenn man einen kleinen Hund beerdigt. Trauernde Frauen waren noch nie meine beste Seite gewesen. Im Augenblick war ich mir sowieso nicht sicher, was meine beste Seite war. Vielleicht stand sie immer noch vorm Spiegel.

Nur für den Fall, daß man sich fragt, was der Tod eines kleinen Hundes mit dem offensichtlichen Verschwinden eines großen Mannes zu tun haben mag, ist die Antwort, wie zu erwarten war, nicht wirklich viel. Natürlich gibt es aber eine kosmische Verbindung zwischen diesen beiden Ereignissen, und als am Nachmittag ein leichter Regen einsetzte, wünschte ich fast, die Katze und ich wären zu Pyramus' Beerdigung eingeladen gewesen, und sei es nur, um einen Regenschirm über Stephanies gebrochenes Herz zu halten. Es schien jedoch ein Leck in der Traurigkeit zu geben, das die heißen Tränen auf Stephanies Antlitz um ihren kleinen Hund mit den wehmütigen Wellen des Pazifischen Ozeans, die an eine weit entfernte tropische Küste rollten, an der McGovern vom Antlitz der Erde verschwunden war, verband. In Kombination hatten diese beiden Katastrophen eine ohnmächtige Wut in mir ausgelöst, die den Tiefen meines Herzens entsprang und punktgenau gegen das Universum im Allgemeinen gerichtet war.

»Wir müssen das Thema Pyramus zur letzten Ruhe betten«, sagte ich zur Katze. »Sie ist in Sicherheit und hat keine Sorgen mehr. Und was McGovern anbelangt, der ist noch immer schwanzwedelnd wieder aufgetaucht. Wir sind jedoch ein wichtiger Bestandteil seiner Familie. Wenn er sich in irgendwelchen Schwierigkeiten befände und ich jetzt nichts unternähme, würde ich mir selbst nie verzeihen, wenn er zu Schaden käme.«

Die Katze saß auf dem Küchentresen und sah mich zweifelnd an. In ihrem begrenzten Weltbild gab es keine entlegenen Orte und jeder, der ging, kam auch unweigerlich irgendwann wieder zurück.

Ich war im Begriff, mit meinem kleinen Vortrag zum Ende zu kommen, als die beiden roten Telefone auf meinem Schreibtisch zur Venus abflogen. Ich bewegte mich mit größtmöglicher Eile in ihre Richtung.

»Das wird Hoover sein«, sagte ich, als ich den Hörer auf der linken Seite abnahm. Aber es war nicht Hoover, es war Rambam.

»Perfektes Timing«, sagte ich.

»Sag nicht, du vögelst schon wieder.«

»Leider nein. Aber ich brauche den Rat eines Experten bei einem Problem, das kürzlich aufgetreten ist. Wo bist du, Rambam?«

»In einer kleinen Stadt namens Umm-al-Fakem, ich rufe von meinem Schuhtelefon aus an.«

»Was machst du da?«

»Den Arabern beim Steineschmeißen zuschauen. Wo ist das Problem?«

»McGovern ist an einem Strand in Hawaii verschwunden.«

»Ist er *wirklich* verschwunden oder mal wieder nur davon spaziert?«

»Das ist das Problem. Ich kenne die Nummer von unseren Reisen nach Australien, Tahiti, Mexiko, San Antonio und ins East Village, um nur ein paar Orte zu nennen, an die ich mich noch erinnern kann. Er *ist* zur einen Hälfte amerikanischer Indianer und man kann ihm nicht die Schuld dafür geben, daß er ab und zu mal aus dem Reservat streunt, ohne es zu merken. Und die andere Hälfte ist natürlich irisch, also kann man ihm auch nicht die Schuld dafür geben, daß er nicht sofort zurückkommt. Aber das ist jetzt drei Tage her und...«

»Drei Tage!« rief Rambam. »Drei ganze beschissene Tage! Was ist, wenn er wirklich verschwunden ist? Wenn er entführt wurde...«

»Das ist lächerlich. Kein Mensch würde McGovern kidnappen wollen. Zum einen kennt er niemanden, der genug Schotter hat, um das Lösegeld zu zahlen, und zum anderen ist er zu groß, um entführt zu werden. Kriminelle Machenschaften kannst du ausschließen.«

»Genau an diesem Punkt liegst du falsch, Kinky. Du darfst nie Vermutungen darüber anstellen, was einer vermißten Person zugestoßen sein könnte. Wir reden hier nicht über Photos von vermißten Kindern auf Milchtüten. Die ersten vierundzwanzig Stunden sind absolut entscheidend. Danach spült die Flut alle möglichen Spuren davon. Touristen, die vielleicht Augenzeugen waren, reisen ab. Sag mal, wo hat McGovern auf Hawaii gewohnt?«

»In Honolulu, bei meinem Freund Hoover.«

»Hoover soll die 110 anrufen, *jetzt*! Sie sollen die Strände absuchen und die Krankenhäuser und Leichenhallen überprüfen. Wenn Hoover und die Bullen keinen Anhaltspunkt finden, ist der nächste Schritt, daß du mit einem aktuellen Photo von McGovern nach Hawaii fliegst und es an jede Telefonzelle und jedes Surfboard, das du siehst, klebst. Wenn auch du keinen Anhaltspunkt findest, ist Schritt drei ziemlich unangenehm, denn das bedeutet, daß ich meinen Arsch nach Hawaii bewegen muß und wenn ich um die halbe Welt fliege, um McGovern ausfindig zu machen, dann wäre es besser für ihn, Opfer einer Amnesie geworden zu sein. Ich möchte ihn nicht Mai Tai trinkend, mit einem lustigen Strohhut auf dem Kopf beim Strandtuchbingo mit einer Schar von Bräuten finden, die bei *Baywatch* nicht mitspielen durften.«

»Was meiner Meinung nach immer noch das wahrscheinlichste Szenario ist.«

»Du magst sehr wohl Recht haben«, sagte Rambam, »aber wenn du ein guter Privatdetektiv sein willst, mußt du trotzdem erst mal die Grundlagen abdecken... Jesus!!!«

»Was war das?«

»Ein Stein.«

»Bist du o.k.?«

»Ja, war nicht mein Auto.«

»Bestens. Wessen denn?«

»Hertz Niederlassung Bethlehem.«

»Gut. Ich muß jetzt Schluß machen. Ich muß jetzt Hoover anrufen.«

»O.k., aber sieh zu, daß du nicht völlig aus der Fassung gerätst. Du machst nur die Routineprozedur in Fällen von vermißten Personen. Wenn du in jedem Winkel gesucht hast, wirst du wahrscheinlich die *Baywatch* Situation vorfinden.«

»Ich denk dran.«

»Ach übrigens«, sagte Rambam freudig erregt, »ist McGovern Jungfrau?«

»Seit er dreizehn ist nicht mehr. Warum fragst du?«
»Sonst hätten sie ihn vielleicht in den Vulkan geschmissen.«

7

HOOVER, DER EHEMALIGE BIENENZÜCHTER, war ein äußerst umtriebiger Mensch. Er würde nicht lange brauchen, um die Rambam-Routineprozedur in Fällen von vermißten Personen zu erfassen, die Ohren anzulegen und loszuschlagen. Ich brauchte Hoover als meinen Mann vor Ort. Man brauchte nur drei Ziffern auf dem Telefon tippen, um die ganze Megilla in Gang zu setzen, aber noch nicht mal das konnte man von New York aus erledigen. Genauso wichtig war es, daß Hoover endlich mit der lebenslangen Verdrängung Schluß machte, die nicht nur auf Hoover beschränkt war, sondern praktisch jede getäuschte, fehlgeleitete Seele auf diesem Narrenschiff, das wir den Planeten Erde nennen, beinhaltete.

»Was ist, wenn er nur meine Telefonnummer verloren hat?« wollte Hoover wissen, sobald ich ihn am Telefon hatte.

»Darauf können wir uns nicht verlassen«, sagte ich.

»Was ist, wenn er einen dreitägigen Zug durch die Gemeinde macht?«

»Darauf können wir uns nicht verlassen«, sagte ich.

Als ich den Hörer endlich auflegte, waren Hoover und ich nicht mehr in Stimmung, uns noch auf irgendetwas zu verlassen. Wenn McGovern sich irgendwo auf dieser magischen Inselkette befand, hatten wir die feste Absicht, ihn zu finden. Hoover erinnerte mich daran, daß die Uhren auf Hawaii auch bei Fahndungen nach vermißten Personen langsamer tickten, und ich erinnerte ihn daran, daß Zeit jetzt ein entscheidender Faktor war und daß er Dinge wie Krankenhäuser besuchen und Leichenhallen überprüfen und sicherstellen, daß die Bullen dranblieben, vielleicht selbst in die Hand nehmen müsse.

»Kein Problem«, sagte er, bevor er auflegte, »das mache ich ohnehin permanent. Das ist das Leben eines Reporters.«

»Das Leben eines Reporters«, sagte ich, »ist exakt das, was am seidenen Faden hängt.«

Zum ersten Mal seit McGoverns Verschwinden fühlte ich,

wie eine Welle der Erleichterung durch die zerrüttete Atmosphäre des Lofts spülte. Es gab jetzt einen schlüssigen, praktikablen Plan, dieser überflüssigen und beunruhigenden Geschichte auf den Grund zu gehen. Ich glaubte sogar in den Augen der Katze einen leichten Schimmer von milder Billigung meiner Handlungen zu sehen; wenn dem nicht so war, war es für mich an der Zeit, in Zelda Fitzgeralds Sanatorium vorstellig zu werden.

An diesem Abend mummelte ich mich dick gegen die Kälte ein und zuckelte runter nach Chinatown, nachdem ich mir drei Zigarren für unterwegs aus dem Porzellankopf von Sherlock Holmes genommen hatte. Als ich den Loft verließ, schienen seine einsamen grauen Augen im Licht des Feuers, oder war es Gas, zu blitzen, seinerseits ebenfalls ein singuläres Zeichen milder Billigung. Ich war von dieser unerwarteten Geste so ergriffen, daß ich fast ihm das Kommando über den Loft übergeben hätte, aber mein Schutzengel war glücklicherweise genau in diesem Moment zur Stelle, und ich merkte, daß eine derartig unangemessene Aktion die Katze unweigerlich dazu veranlaßt hätte, mich für die nächsten Tage wie abgestandene Luft zu behandeln. Also übergab ich der Katze das Kommando und machte, daß ich rauskam.

Auf der Hudson stoppte ich ein Taxi und fuhr bis zur Canal, wo ich mich ungefähr sechs Blocks von der Mott Street entfernt freikaufte, um die Atmosphäre der belebten Straße aufzunehmen. Ich war das letzte Mal vor die Tür gegangen, als Jesus noch ein Cowboy war. Es war nicht verkehrt, ab und zu mal rauszukommen und Leute zu treffen, die einen an andere Leute erinnerten, die einen daran erinnerten, daß kein Mensch eine Insel war, allerdings mit der möglichen Ausnahme von McGovern, der fast so groß und stark war, daß er eine sein könnte, von der man nur hoffen konnte, daß sie zum jetzigen Zeitpunkt nicht mitten im Pazifischen Ozeans trieb.

Machte ich mir Sorgen um McGovern? Darauf konnte man wetten. War ich wütend auf McGovern? Auch darauf konnte man wetten. Fast so wütend, wie ich auf mich war, daß ich nicht verhindern konnte, daß Haustiere abkratzten oder Freunde und Geliebte aus meinem Leben verschwanden. Vielleicht sollte ich an der Tür zum Loft ein Schild aufhängen: »Zutritt für Freunde verboten.« Vielleicht würden sie endlich klug werden und wegbleiben. Wenn McGovern tot war, müßte ich das zumindest nicht seiner Familie beibringen. Nur dem Mann im Spiegel. Das war's schon. Nur dem Mann mit dem Cowboyhut und Mantel aus einer indianischen Decke, der eine Zigarre rauchte und sein müdes Spiegelbild in der Scheibe eines billigen chinesischen Coffee Shops anstarrte. Der Typ im Schaufenster wünschte sich, daß McGovern am Leben war. Der Typ im Schaufenster wünschte sich, daß Haustiere niemals sterben mußten. Der Name des Restaurants, der über dem Schaufenster stand, war Fuk Yu.

Ich aß an diesem Abend allein im Big Wong und saß einem sehr, sehr alten Chinesen gegenüber, dem ein extrem langes weißes Haar aus einem Leberfleck auf seiner verwitterten Wange wuchs. Ich erinnere mich, daß ich dachte: »Das bin ich in sechs Monaten.« Ich ging den ganzen Weg zur Vandam durch die kalte Leere der bevölkerten nächtlichen Straßen zu Fuß. In meinem Kopf tanzten ein Mann und eine Frau. Dann fingen sie an, zu streiten.

»Setz Dich ins nächste Flugzeug nach Honolulu«, sagte der Mann. »Das ist verrückt«, sagte die Frau. »Warte wenigstens, bis du was von Hoover hörst.« Als ich zu Hause angekommen war, war der Typ Zigaretten holen gegangen.

8

ES PASSIERT NICHT OFT, daß die Katze und ich Besucher in unserem bescheidenen Loft empfangen, aber wenn es passiert, sind wir gewissenhaft darum bemüht, diesen Besuch zu einem erinnerungswürdigen Erlebnis für alle Beteiligten zu machen.

Später am Abend weihten die drei, Stephanie, Thisbe und Baby Savannah, unseren Loft mit ihrer Anwesenheit und das Ergebnis war eine sehr unheilige Allianz. Ich darf an dieser Stelle ungeniert die anfänglichen Häßlichkeiten überspringen und mitten ins Geschehen gehen.

Stephanie zum Beispiel stand über einen Meter achtzig groß auf ihren blutroten Stilettos und war es zufrieden, mich an zwei Fronten gleichzeitig fertig zu machen: Warum ich ihr nicht schon früher von McGoverns Verschwinden berichtet und warum ich einen bestimmten französischen Wein nicht zu Hause hatte.

Thisbe und Baby Savannah sprangen die Wände hoch und runter und imitierten tanzende Derwische quer durchs ganze Loft. Die Katze, die ich an der Innenseite der geschlossenen Schlafzimmertür hängend zurückgelassen hatte, stieß einen lauten, wehklagenden, schwach an eine palästinensische Totenwache erinnernden Schrei aus, der das ganze Haus durchdrang und, wie ich hoffte, auch bei der lesbischen Tanzklasse für einige Irritation sorgte.

»Ich trinke keinen französischen Wein«, sagte ich angesichts der Umstände so ruhig wie möglich. »Ich gieße ihn auf dem Bürgersteig aus, als Protest gegen ihre Atomwaffentests im Südpazifik.«

»Wo sich der arme McGovern gerade befindet.«

»Nicht ganz«, sagte ich, »wenn ich im Südpazifik nach ihm suchen würde, würde ich ihn nie finden. Es ist ein ziemlich weit verbreiteter Irrtum, daß Hawaii im Südpazifik liegt. Tatsächlich liegt Hawaii im Nordpazifik.«

»Faszinierend! Für ein junges Mädchen ist es eine absolut wunderbare Erfahrung, solche Sachen von einem erfahrenen älteren Mann zu lernen. Wie lange ist er schon vermißt, Arschloch?«

»Mittlerweile drei Tage, aber Hoover...«

»Drei Tage!!« schrie Stephanie genau in dem Moment, in dem Baby Savannah mir wie eine in Flokati gehüllte Kanonenkugel ins Skrotum sprang.

»Drei verdammte Tage!! Oh Friedman, warum hast du mir das nicht *erzählt*?«

»Ich wollte dich vor der Beerdigung nicht noch zusätzlich aufregen.«

»Es gibt bald noch eine Beerdigung, wenn du diese kranke Katze nicht dazu bringst, die Schnauze zu halten.«

»Liebes, die Fairness gebietet es festzuhalten, daß die Katze lediglich aufgrund Thisbes eher schrillem, jedoch natürlich nicht unangenehmen Bellens und Baby Savannahs glücklichem, wie ein hyperaktiver Ping-Pong Ball im Apartment Herumhüpfens, leicht verstört ist.«

»Dein Gehirn ist ein hyperaktiver Ping-Pong Ball. Inspektor Sittichschwanz, *schnallst* du nicht, daß McGovern mittlerweile entweder *tot*...«

Aus Richtung des Schlafzimmers drang ein so unerwarteter Schrei, daß einem das Blut in den Adern gefror. Stephanies schönes Gesicht wurde fast so blaß wie der Porzellan-Sherlock. Ich weiß nicht, wie ich aussah, aber das war auch nicht mein Problem, ich mußte nur in Fenster chinesischer Restaurants schauen. Ich registrierte nur, daß Baby Savannah, die unter der Schlafzimmertür rumgeschnüffelt hatte, herzzerreißend jaulte und mit einem Kratzer auf ihrer süßen, kleinen, neugierigen Nase schnell zu Stephanie hüpfte.

»Armer Liebling«, sagte Stephanie und nahm Baby auf den Arm. »Hat die kranke Katze dein empfindliches Näschen verletzt?«

»Es sieht nicht allzu schlimm aus«, sagte ich zuversichtlich.

»Natürlich ist es nicht *schlimm*, schließlich hast *du* keinen Kratzer. Alles ist gut, Liebling. Mammi hat dich lieb. Steh nicht so blöd rum, Friedman. Hol einen warmen Waschlappen! Einen *sauberen* warmen Waschlappen.«

Einen sauberen warmen Waschlappen zu holen, soll heißen überhaupt irgendetwas waschlappenartiges zu finden, gestaltete sich nur wenig schwieriger als eine Flasche französischen Weins aufzuspüren. Das letzte Mal, daß ich mit einem Waschlappen in Berührung gekommen war, lag mehrere Jahre zurück, er war mir von einer Person gebracht worden, die ich verdächtigte, eine Frau und eine Terroristin zu sein, zum heutigen Zeitpunkt können diese beiden Annahmen jedoch nicht mehr als gesichert gelten. McGovern hat die Angelegenheit vermutlich am besten mit den Worten beschrieben: »Ein Blow Job aus Liebe ist genauso schön, wie Poker spielende Hunde.«

Baby Savannah wirkte definitiv nicht wie ein Hund, den man jemals Poker spielen sehen würde. Vielleicht würde sie am Pebble Beach Backgammonturnier teilnehmen oder Miniaturkroket spielen. Der Kratzer war jedenfalls zu vernachlässigen, also was zum Teufel machte ich im Badezimmer, vorgeblich auf der Suche nach einem sauberen, warmen Waschlappen, von dem ich wußte, daß ich ihn nicht finden würde, wo möglicherweise genau in diesem Moment mein alter Freund McGovern unter Gedächtnisschwund leidend, durch einen tropischen Dschungel irrte.

Es gelang mir schließlich, ein übergroßes Strandtuch zu finden, das dunkellila war, weshalb es nicht schmutzig aussah und nie gewaschen werden brauchte. Pflichtbewußt nahm ich es mit zum Waschbecken und ließ heißes Wasser darüber rinnen. Während ich darauf wartete, daß es etwas abkühlte, spähte ich nach oben, um zu sehen, ob der Zigeuner im Badezimmerspiegel da war, aber er war wohl schon eine Weile nicht mehr da gewesen. Während ich die silbrige Fläche studierte, die uns freundlich an die Vergänglichkeit der Zeit und die Traurigkeit in unseren Augen erinnert, und dem aufmerksamen Beobachter auch ab und zu mal auf das Vorhandensein eines unseligen fünfzehn Zentimeter langen Nasenhaares hinweist, hörte ich Stephanie aus der Küche rufen: »Beeil dich, Friedman! Sonst verfällt sie in einen Schockzustand.« Als ich das Klo verließ, bemerkte ich, daß die wogenden Kornfelder, die ich einst im Spiegel zu sehen glaubte, zu aufsässigen, schonungslosen Wellen in einem unendlichen, amoralischen Ozean geworden waren. Wollte der Zigeuner mir mitteilen, daß McGovern tot war? Wollte McGovern mir mitteilen, daß er am Leben war? Und was hatte Stephanie mir mitteilen wollen, bevor diese kleine Unstimmigkeit aufgetreten war?

»Mammi macht alles wieder heile, Liebling«, sagte Stephanie, als ich aus dem Badezimmer kam. »Onkel Kinky und seine kranke Katze wollten dir nicht wehtun.«

»Das ist alles, was ich finden konnte«, sagte ich und gab ihr das große lila Strandtuch.

»Was ist das«, sagte sie, »ein Waschlappen, der die Weltherrschaft übernehmen will?«

»Wie geht's Baby?«

»Sie wird durchkommen. Was mehr ist, als ich von deiner Katze behaupten kann, sollte sie Baby *jemals* wieder anrühren. Ist gut, Liebling, Mammi wollte ihre Stimme nicht erheben.«

Ich ging zu einer kleinen Vitrine und nahm mir eine Flasche Gammel Dansk, ein starker, leicht halluzinogener Drink, der einen dazu bringen kann, aus dem Reservat zu streunen. Ich goß mir einen ordentlichen Schluck in das alte Stierhorn und einen weiteren in ein Wikingerhorn, das mir ein Freund aus Schweden geschickt hatte. Ich nahm in jede Hand ein Horn und ging rüber zum Tresen, wo Stephanie Baby Savannahs Behandlung fast abgeschlossen hatte. Ich drückte ihr den Drink in die Hand und stieß die beiden merkwürdigen Behältnisse zu einem Toast zusammen.

»*Slainte*«, sagte ich, was »sa-*lan'*-cha« ausgesprochen wird, für alle, die kein Gälisch können.

»Was ist das?« fragte Stephanie nicht unschlau.

»Der Drink ist Dänisch, der Trinkspruch ist Irisch«, sagte ich.

»Warum kannst du nicht wie jeder normale Itzig *l'chaim* sagen?«

»Wenn ich ein normaler Itzig wäre – wenn ich überhaupt ein normaler Mensch wäre –, würden die Wurzeln meiner Männlichkeit nicht tief genug in meiner Seele gründen, um mich dazu zu befähigen, diesen vertrockneten Haufen Mist zu überleben, den ich mir mit größtem Vergnügen ziemlich regelmäßig von der smartesten, schönsten und geistreichsten Vierundzwanzigjährigen auf der ganzen Welt, für die ich mit Freuden sterben würde, anhöre.«

Wir tranken den Gammel Dansk. Er glitt meine Kehle hinunter wie ein Rennbob und ich sah, daß es Stephanie mit dem bitteren Gebräu ebenso ging. Augenblicklich stellte sich der angenehme Effekt ein, uns leicht orientierungslos zu machen.

»Was hast du über McGovern gesagt, bevor die Katze wie eine Palästinenserin zu wehklagen anfing?«

»Daß er dein einziger Freund ist, den ich mag?«

»Nein, du hast gesagt, nachdem er seit drei Tagen vermißt ist, wäre er entweder *tot* oder ...«

»Tot. Ja, wäre möglich.«

»Aber du sagtest *entweder* tot. Entweder tot oder *was*?«

»Oder es geht ihm wie manchmal meinem Herz«, sagte Stephanie mit der Stimme eines kleinen Kindes, halb geflüsterte, halb vergessene Worte. »Er will nicht gefunden werden.«

9

STEPHANIE, THISBE UND DIE überbemutterte Baby Savannah hatten gerade den Loft verlassen und die Katze war denkwürdig eingeschnappt aus dem Schlafzimmer herausgeschossen, als die Telefone klingelten. Ich war damit beschäftigt, mir ein Gute-Nacht-Schlückchen Gammel Dansk einzuschenken, um nach dem ganzen Streß ein bißchen runterzukommen, also kippte ich den Drink ab, schluckte den bitteren Rennbob und eilte zum Schreibtisch.

»Das ist bestimmt Hoover«, sagte ich zu der Katze.

Die Katze sagte natürlich nichts. Tatsächlich war es eine hochproblematische Angelegenheit, ob sie je wieder mit mir reden würde. Ich nahm den Hörer zur linken auf.

»O.B.-Kundenservice«, sagte ich.

»Kinky, hier ist F. Murray Abraham«, sagte die Stimme. »Ich suche McGovern.«

»Wer nicht?« sagte ich.

Ich hatte Murray auf meiner zweiten Fahrt an Bord der *Queen Elisabeth II* kennen gelernt, wo ich als Countrymusiker aufgetreten war, und Murray, »du kannst F. zu mir sagen«, Gastlesungen zum Thema, wie es war, gleichzeitig in zwei lächerlich disparaten Blockbustern, *Amadeus* und *Scarface*, die Hauptrolle zu spielen, gehalten hatte. Während meiner ersten Kreuzfahrt auf der *QE2* hatte ich, in Begleitung der Miss Texas 1987, Robert Stack, einen großartigen, humorvollen Amerikaner getroffen und mit ihm viel Zeit verbracht. Verständlicherweise hatte ich später gezögert, noch einen dritten Trip mit der *QE2* zu machen, denn es wäre durchaus im Bereich des Möglichen gewesen, mich selbst zu treffen und kennenzulernen.

»McGovern hat mich gebeten, ein Rezept zu seinem neuen Buch *Eat, Drink, and Be Kinky,* beizusteuern«, sagte Abraham gerade.

»Super Titel«, sagte ich abgelenkt.

»Also habe ich in Kleinstarbeit ein Salatrezept mit einem herausragenden Whiskydressing zusammengestellt, und jetzt habe ich schon mehrfach versucht, ihn anzurufen ...«

»Es sieht nicht so aus, als ob es ein Rezeptbuch geben würde«, sagte ich, »McGovern ist auf Hawaii verschwunden.«

»Wie ist das passiert? Und wann?«

»Alles was ich weiß ist, daß er vor drei Nächten am Strand von Waikiki verschwunden ist und daß seitdem keiner mehr etwas von ihm gesehen oder gehört hat.«

»Klingt nicht gut. Wenn er ertrunken wäre, wie lange würde es dauern, bis die Flut ihn an Land spülen würde?«

»Wie viele Schwellen liegen unter den Schienen, Murray? Wie viele Sterne stehen am Himmel? Wie zum Teufel soll ich das wissen? Glaubst du, ein Typ, der in New York City Fahrrad fährt, der einzige Mieter in seinem Haus ist und sich standhaft weigert, Miteigentümer zu werden, den Typen, der die Pizzeria an der Ecke betreibt, seine Steuererklärung machen läßt, hat genug gesunden Menschenverstand, um nicht auf Hawaii zu ertrinken?«

»Ich bin mir nicht sicher, ob es das trifft, aber das sind schreckliche Neuigkeiten. Was wirst du machen?«

»Was kann ich machen? Wir überprüfen die Strände, Krankenhäuser und Hotels, und die Leichenhalle. Wenn er nicht verdammt schnell wieder auftaucht, setz' ich mich ins nächste Flugzeug und klatsche Plakate von McGovern überallhin. Ich weiß nicht, was ich sonst noch tun kann...«

»Ich weiß nicht, ob diese Plakatgeschichte hinhaut, die Leute haben eine bestimmte Vorstellung im Kopf und können das, was direkt vor ihrer Nase ist, nicht sehen. Ich zum Beispiel werde ständig angesprochen, und dann erzählen mir die Leute, wie großartig ich in *Gandhi* war, aber bei *Gandhi* hab ich gar nicht mitgespielt. Das war Ben Kingsley. Ich habe sogar Autogramme mit der Unterschrift ›F. Ben Kingsley‹ gegeben, weil die Leute mir nicht glauben wollten.«

»O.k., ich muß jetzt in die Hufe kommen. Ich kann nicht hier rumsitzen und Strickschriften austauschen. Was weißt du über Gedächtnisverlust, Murray?«

»Nicht viel«, sagte Abraham, »Ben Kingsley hat keine Filme über Amnesie gedreht.«

Eine halbe Stunde später, nachdem ich meinen alten lila Bademantel angelegt, der Katze feuchtes, zartes Gourmethuhn in Stückchen gegeben und sie es ostentativ ignoriert hatte, und nachdem ich meine alte JFK Pfeife für eine lange schlaflose Nacht geholt hatte, klingelten die Telefone. »Das ist bestimmt Hoover«, und er war es auch. Leider konnte auch er nicht viel Licht in das bringen, was sich zu einer äußerst unguten Situation auswuchs. Alles, was getan werden konnte, wurde getan. Von McGovern keine Spur.

»Die gute Nachricht«, sagte Hoover, »soweit man davon sprechen kann, ist, daß seine Leiche noch nicht am Strand angespült wurde. Die schlechte ist, daß die Bullen nur so tun, als ob sie etwas täten, eigentlich haben sie überhaupt keinen Anhaltspunkt.«

»Was ist, wenn McGovern mit Gedächtnisverlust durch die Gegend spaziert? Vielleicht hat er, als du gerade weggeschaut hast, versucht, seinen Kopf gegen das Surfboard des Duke zu stoßen. Wenn er nicht ertrunken ist, sollten sie dazu fähig sein, ihn zu finden.«

»Nicht diese Bullen. Die sitzen in ihren Streifenwagen, trinken Kona Kaffee und essen *Malasadas*. Ich bin an ihnen dran geblieben, aber es gestaltet sich ziemlich schwierig, in einem tropischen Paradies nachhaltige Aktivitäten bei einem Vermißte-Person-Fall zu generieren.«

»Was ist mit *Hawaii Fünf-Null*? Gibt es nicht so eine Spezialeinheit wie die? Ich hab zwar im *National Enquirer* gelesen, daß Jack Lord Alzheimer hat...«

»Supernummer«, Hoover kicherte düster, »ein Alzheimerkranker auf der Suche nach einem Amnesieopfer.«

»Vielleicht ist Jack Lord auch schon tot.«

»Das würde es ihm natürlich noch mehr erschweren, die Untersuchung durchzuführen. Warum kommst du nicht her? Du hast Willie Nelson gefunden, als er vermißt war, vielleicht findest du auch McGovern.«

»Willie hat mir zumindest ein paar Anhaltspunkte hinterlassen.«

»McGovern vielleicht auch. Warum schiebst du deinen Arsch nicht hier rüber, Kinkyhead?«

Das war eine gute Frage und sie verdiente eine Antwort. Mehr noch, es bedurfte meines sofortigen Engagements, wenn ich noch irgendeine Chance haben wollte, meinen irischen Lieblingspoeten lebend wiederzufinden.

»Ein Freund muß tun, was ein Freund tun muß«, sagte ich zu der Katze während ich den braunen Lederkoffer nahm, den Stephanie in glücklicheren Zeiten unter Nutzung meiner Kreditkarte aus einem Katalog für mich bestellt hatte.

Die Katze schlug wild mit dem Schwanz und ihre Augen blinkten gelb, dann grün. Offenkundig schien sie meiner Behauptung nicht beizupflichten. Ihrer Meinung nach war Freundschaft ein archaisches, überbewertetes Gefühl. Sie glaubte, Freunde waren dazu da, einen zu benutzen, von einem zu profitieren, wenn es einem gut ging, und einen hängen zu lassen, wenn man schlecht drauf war. Es war eine Hund-frißt-Hund-Welt und für die Katze war das auch in Ordnung. Ich konnte ihr nicht unbedingt widersprechen, da es mir nie gut genug gegangen war, um ihre Theorie wirklich zu testen.

Aber Katzen ziehen sich oft in sich zurück, wenn es darum geht, ihre Schmerzen, Befürchtungen und Ängste zu kommunizieren. Es war genauso gut möglich, daß ihre sofortige Negativreaktion nicht durch meine Loyalitätserklärung meinem lieben Freund McGovern gegenüber hervorgerufen worden war, sondern durch die unwillkommene Handlung, meinen Koffer hervorzuholen. Die meisten Katzen reisen nicht gerne und sind voller Abneigung und Widerwillen den irregeleiteten Seelen gegenüber, die dies gelegentlich tun. Die Haltung der Katze war zugegebenermaßen ziemlich provinziell, auf der anderen Seite jedoch auch nachvollziehbar, schließlich hatte sie noch nie einen Rückspiegel gebraucht, in dem sie sich selbst sehen konnte.

Ich hatte gerade ein paar Hawaiihemden und meinen alten Friedenskorps-Sarong in den Koffer geworfen, als die Telefone klingelten. Ich lauschte einen Moment ihrem Klingeln und stellte mir vor, die Geräte seien empfindungsfähig und mit einem Sinn für Dringlichkeit ausgestattet. Natürlich war es spät. Natürlich war es einen Gammel Dansk über dem Strich. Es konnte jeder dran sein. Oder jemand, der sich verwählt hatte. Aber dem war nicht so.

»Schieß los«, sagte ich, als ich den Hörer zur Linken abnahm.

Die Stimme klang merkwürdig und die Verbindung war schlecht und es hörte sich an, als käme der Anruf von einem weit entfernten Ort wie vielleicht einem Affenarsch. Aber die Worte würden für immer auf meinem Skrotum eingestanzt bleiben.

»Bleib locker«, sagte die Simme, »Lono ist zu Hause.«

Bevor ich antworten konnte, hörte ich eine andere Stimme, mir lieb und teuer, die jedoch noch weiter entfernt und dringlich klang.

»MIT!-MIT!-MIT!« sagte sie.

Dann war die Leitung tot.

Teil Zwei

Im Flug

10

Die Gulfstream IV flog wie ein Silberstreif hoch über der kalifornischen Küste auf ihrem westlichen Kurs nach Hawaii. Das Privatflugzeug verdankte ich meinem Freund McCall, dem Shampookönig aus Dripping Springs, einer kleinen Stadt außerhalb von Austin, wo Willie Nelson sein allererstes 4. Juli-Picknick veranstaltet hatte. Als Willie vor ein paar Jahren freiwillig auf Hawaii verschwunden war, hatte John ein Privatflugzeug gechartert, um mir bei der Suche zu helfen. Aber wir fanden Willie in nur drei Tagen, wohingegen McGovern schon länger als diese Zeitspanne vermißt war.

»Ich hab zwei Bücher mitgenommen«, sagte McCall vom Sitz auf der anderen Seite des schmalen Gangs. »Eins ist dieser dicke Band mit dem Titel *Power*, geschrieben von so einem Hilf-Dir-Selbst-Business-Schwachmaten. Seiner Meinung nach ist Macht nicht nur der Schlüssel zum Erfolg, sondern auch zu Freiheit und Glück, was der Grund dafür ist, daß jeder, ob bewußt oder unbewußt, sein Leben damit verbringt, nach Macht zu streben.«

»Er hat Recht«, sagte ich.

»Das andere ist *Der große Gatsby*«, sagte McCall, »in dem Fitzgerald deutlich beschreibt, daß jegliche Form von Macht reine Illusion ist und nicht das geringste mit ultimativem Erfolg zu tun hat, von Freiheit und Glück ganz zu schweigen.«

»Er hat Recht«, sagte ich.

»Moment mal«, sagte McCall. »Der Business-Schwachmat sagt, Macht ist das ein und alles, und du sagst, er hat Recht.

Fitzgerald sagt, Macht bedeutet rein gar nichts und du sagst, *er* hat Recht. Sie können nicht *beide* Recht haben.«

»Du hast auch Recht«, sagte ich.

Ich war nicht wirklich konzentriert. Meine Gedanken waren in Chicago, bei einem alleinstehenden Mann in den mittleren Jahren, der vor einigen Jahren in seiner Wohnung gestorben war. Alle, die ihn kannten, hatten geglaubt, er sei nicht zu Hause oder sich einfach nicht gekümmert, oder aber seine wunderbaren Freunde waren alle mit ihren Projekten beschäftigt und auf seine Weise war er das sicher auch, wenn man sein Projekt dahingehend deutet, daß Katzen und Ratten seinen Körper fraßen, während er wartete, wie lange es dauern würde, bis jemand merkte, daß er durch die Falltür verschwunden war.

McGovern hatte die Story auf dem Ticker eines Nachrichtendienstes gesehen und mir vorgelesen, woraufhin die Man-In-Trouble Hotline ins Leben gerufen wurde, mit der wir in Verbindung blieben und uns gegenseitig mit der Begrüßung »MIT!-MIT!-MIT!« anriefen. Immer wenn einer von uns gelangweilt, depressiv oder in drohender Gefahr war, sich mit den Absätzen an der Espressomaschine aufzuhängen, konnte diese Nachricht einfach auf dem Anrufbeantworter des anderen hinterlassen werden und kurze Zeit später fand etwas statt, das menschlichem Kontakt sehr ähnelte.

Die Man-In-Trouble-Hotline hätte wahrscheinlich eine Menge Leute retten können, überlegte ich. Oscar Wilde hätte Emily Dickinson im Regen von einer Telefonzelle aus anrufen können. Gauguin hätte seine Ruhelosigkeit auf Tahiti mit Robert Louis Stevensons Einsamkeit auf Samoa teilen können. Davy Crockett im Alamo hätte Phil Hartman eine Nachricht hinterlassen können. Sylvia Plath hätte ihren Kopf nicht in den Ofen stecken, Ernest Hemingway sein Hirn nicht wie Orangensaft verspritzen müssen. Richard Corey hätte eines Nachts nicht nach Hause gehen und sich eine Kugel in den Kopf ballern müssen. Sonny Liston hätte John Henry oder Julia oder Jesus anrufen können, so daß die Bullen nicht die Zeitungen von dreizehn Tagen auf seiner vorderen Veranda in Las Vegas gefunden hätten.

Aber die Man-In-Trouble Hotline kann nicht jeden retten. Zwischen einer Windmühle und der Welt gibt es nicht den richtigen Zeitpunkt, um einen Van Gogh zu kaufen, Mozart aus der Gosse, Sharansky aus dem Gulag und Rosa aus dem Bus zu helfen, oder Anne Frank aus der Dachkammer. Schon komisch, über was man in einem Flugzeug so nachdenkt.

»Als du mir vor zwei Nächten zum ersten Mal vom Verschwinden des großen Mannes erzählt hast«, sagte McCall gerade, »habe ich Russell Walker auf den Fall angesetzt. Er hat Kontakte zum FBI, zur DEA, sogar zum CIA. Die ganzen Großbuchstaben. Sie suchen alle auf Hawaii nach McGovern. Wenn die ihn nicht finden können, wer dann.«

»Ich hoffe, sie finden ihn, aber ich bezweifle es.«

»Wen sollten wir deiner Meinung nach denn anheuern? Die berittene kanadische Polizei?«

»Wenn du Großbuchstaben magst, wie wär's mit MM?«

»Was ist MM?«

»Nicht was. Wer.«

»Okay, wer ist MM?«, sagte McCall mit den ersten Anzeichen von Irritation.

»Miss Marple«, sagte ich.

McCall sah mich an, als ob ich aus einer Tagesklinik käme und wendete eine Seite in einem seiner beiden Bücher. Ich drehte und wendete mental den letzten Anruf, den ich erhalten hatte, bevor ich New York verließ. »Bleib locker. Lono ist zu Hause.« Und dann natürlich den erstickt klingenden, besorgt klingenden, verzweifelt klingenden McGovern, der murmelte »MIT!-MIT!-MIT!!!«

»Alles was wir wissen«, sagte ich zu McCall, »ist die Information aus dem Anruf, den ich bekommen habe. Wir wissen, daß McGovern vor achtundvierzig Stunden noch am Leben war. Wir wissen, daß er in Schwierigkeiten steckt, möglicherweise von einer unbekannten Person gefangen gehalten wird. Es würde uns weiterbringen, wenn wir wüßten, wer Lono ist.«

»Warum fragst du nicht Miss Marple?«

Ich brütete über Johns Frage als mir ein kleiner weißer Flauschball plötzlich am Bein hochsprang, sich von meinem Skrotum auf meine Schulter hochkatapultierte und dann auf meinen Kopf hopste.

»Baby Savannah!« rief eine strenge, scharfe Stimme irgendwo hinter mir.

Baby und ich drehten unsere Köpfe instinktiv, vorsichtig und gleichzeitig nach hinten und sahen eine traumhafte, lässige Gestalt, die sich bequem in ihren Sitz zurücklehnte, Thisbe und ihre Bibel, die aktuelle Ausgabe von *People*, auf dem Schoß.

»Geh von Onkel Kinkys Kopf runter, Liebling«, sagte Stephanie. »Du weißt nicht, wo dieser Kopf schon gewesen ist.«

11

STEPHANIE ZU ÜBERREDEN, mich auf den Trip zu begleiten, war kein leichtes Unterfangen gewesen. Meiner Meinung nach gab es drei triftige Gründe, warum sie mitgekommen war. Erstens mochte sie McGovern wirklich sehr und fand ihn »süß«, während sie Ratso abgeneigt und Rambam mißtrauisch gegenüberstand. Wäre McGovern nicht vermißt und möglicherweise in großer Gefahr gewesen, hätte ich eifersüchtig werden können. Der zweite Grund, warum Stephanie gekommen war, ich meine jetzt nicht sexuell, war der Tod der kleinen Pyramus, der für sie eine trostlose, melancholische Atmosphäre in New York hinterlassen hatte, und ein Ortswechsel schien angesichts der traurigen Umstände der richtige Schritt. Der dritte Grund, warum sie zustimmte, war, glaube ich, daß McCalls Privatmaschine Baby Savannah und Thisbe direkt ans Ziel bringen würde, ohne Quarantäne, Papierkrieg, Gefahren oder Unbequemlichkeiten für die beiden kleinen Passagiere.

Warum John McCall zustimmte, so kurzfristig ein Privatflugzeug zu chartern und mit mir nach Hawaii zu kommen, war klar. Ich war sein Freund, McGovern war sein Freund und er liebte es zu reisen, viel Geld für durchgeknallte Sachen rauszuschmeißen und auf Gänsejagden zu gehen, so lange seine eigene Gans nicht währenddessen gebraten wurde, und manchmal war ihm selbst das egal.

Warum ich nach Hawaii wollte, war einfach. Ich glaubte, McGovern besser als jeder andere zu kennen. Wenn das FBI, die CIA und DEA mit all ihren Mitarbeitern und Mitteln ihn nicht finden konnten, vielleicht konnte ich es, mit meinem intimen Wissen über diesen halb-indianischen, halb-irischen, häufig halb-marinierten, brillanten Kopf. Wenigstens konnte ich Hoover den Druck, unter dem er stand, nehmen. Es war von ein und demselben menschlichen Wesen ziemlich viel verlangt, zuerst mit McGovern als Hauspest klarzukommen, und dann, kaum hat es sich von dieser einzigartig abstoßenden Erfahrung erholt, von ihm zu fordern, ihn wiederzufinden.

Einen großen Mann wie McGovern auf einer kleinen Inselkette zu finden, sollte nicht allzu schwer sein, aber auf Hawaii gab es Orte, wo selbst Haoles keinen Fuß hinsetzten. Es gab abgelegene Strände voll von Vietnamveteranen, die in einem tödlichen Sperrgebiet nicht enden wollender Flashbacks gefangen waren. Es gab geheime Unterwasserhöhlen, die nur uralte, knorrige Kahunas zu betreten wagten. Es gab menschenleere Dörfer, von Lepra zerstört, die nur noch von Geistern bewohnt wurden. Es gab auf Hawaii Orte, wo die süße, gefährlich parfümierte Nachtluft gesättigt war mit dem Duft nach Blut- und Feuerritualen und Menschenopfern.

Ein Gefühl absoluter Vergeblichkeit schwamm gemeinsam mit einem Gefühl dunkler Vorsehung den synaptischen, albtraumhaften Gedankenstrom, den ich nicht aus meinem fiebrigen Gehirn bannen konnte, entlang. »Bleib locker«, sagte eine Stimme in meinem Kopf, als ich hinunter auf den glänzenden, klaffenden, tragischen Pazifik blickte. Wie soll man locker bleiben, wenn man außer Kontrolle über einen Abgrund des Chaos zu fliegt, um einen Freund zu finden, der nicht gefunden werden kann. »Lono ist zu Hause«, sagte die Stimme, aber wer zum Teufel war Lono und wo war zu Hause, und wo war Lono gewesen, bevor er nach Hause kam. Bitte nur Fakten, Fakten, Fakten, meine Dame.

»Fang jetzt nicht an, schlecht gelaunt und beleidigt zu sein, Friedman«, sagte Stephanie. »Du verdirbst allen den Urlaub.«

»*Die einen* fahren in den Urlaub«, erinnerte ich sie, »während andere McGovern finden wollen.«

»*Alle* hier wollen, daß McGovern gefunden wird«, sagte Stephanie. »Das FBI wird ihn schon finden.«

»Und wenn nicht?«

»Dann solltest du ihn *besser* finden. Aber das wirst du auch, oder Baby? Onkel Kinky wird McGovern finden! Keine Angst, Liebling. Onkel Kinky ist unser Held. Wir werden gemeinsam unsere kleinen Gläser heben und rufen: ›Ein Hoch auf Arschgesicht!‹«

John McCall mußte lachen, was nicht allzu häufig passierte. Leute, die mehr als Hundert Millionen US Dollar schwer sind, scheinen nicht mehr so oft zu lachen.

»Ich stelle mir gerade vor, wie die Hündchen ihre Gläschen

hochhalten und ›Ein Hoch auf Arschgesicht!‹ rufen«, sagte McCall.

Stephanie lachte ebenfalls, was immer wunderbar anzusehen war, und, um alles in der Welt, sogar Thisbe und Baby Savannah schienen zu lachen. Ich dachte, ob ich nachfragen sollte, ob sie *mit* mir oder *über* mich lachten, überlegte es mir aber im Interesse meiner geistigen Gesundheit anders. Also lachte ich mit den anderen, den beiden kleinen Hunden, der bildschönen jungen Frau, die ich zutiefst verehrte, und die, was ich nur ungern zugebe, in nahezu 100 Prozent aller Fälle Recht hatte, und dem Mann, der das Flugzeug gechartert und gegenwärtig eine kleine Armee von Architekten gewinnbringend unter Vertrag hatte, die eine 18 Millionen US Dollar Immobilie in Lick Creek außerhalb von Austin baute, die angemessenerweise Taj McCall getauft worden war. Warum sollte ich auch nicht lachen. Alles, was ich hatte, war eine antisoziale Katze, die im Augenblick vermutlich Lesbenlektionen bei Winnie nahm. Außerdem hatte McGovern seine kleinen Abenteuer in der Vergangenheit immer überlebt. Vielleicht würde ich am Ende wirklich derjenige sein, der ihn fand.

»Oh, Gott!« sagte Stephanie, »das ist echt zu viel, Friedman. McGovern hat das Glück der Iren an seiner Seite. Außerdem hast du noch jeden dämlichen Fall, in den du dich eingemischt hast, erfolgreich gelöst. Natürlich meistens mit meiner Hilfe und unter meiner Leitung.«

»Wie dem auch sei«, sagte McCall und versprühte noch etwas mehr irritierenden, freundlichen Optimismus, »sogar die Person, die dich angerufen hat, hat keinerlei Gefahr für McGovern signalisiert. Sie sagte ›Bleib locker‹. Also teilt uns sogar der mutmaßliche Entführer mit, daß wir uns keine Sorgen machen sollen.«

»Ja«, sagte ich, »aber ihr überseht beide die Man-In-Trouble-Hotline, ein genau für solche Fälle von McGovern und mir etabliertes System. McGoverns eigene Worte stehen in absolutem Widerspruch zu der ›Bleib locker‹ Begrüßung. Ich habe noch seine Stimme im Ohr, wie er verzweifelt, fast flehend ›MIT-MIT-MIT!!!‹ sagt.«

»Vielleicht ist ihm ja der Wodka ausgegangen«, sagte Stephanie.

12

Die Stimmung in dem schlanken kleinen Flugzeug war erheblich gestiegen, als das satte grüne Äußere der schönsten Inselkette der Welt in Sicht kam. Schließlich, dachte ich, *gab* es noch andere Erklärungen für das aufgetretene Phänomen. Diese Erklärungen waren zwar langwierig, aber durchaus nicht tragisch. Vielleicht war McGovern betrunken an einem Strand bewußtlos geworden und man hatte ihn als neues Mitglied einer homosexuellen, nudistischen New Age Kommune, die in den Regenwäldern von Kauai wohnte, requiriert. Nachdem er dann Nudist geworden war, war er Hoovers Telefonnummer verlustig gegangen und daher konnte er auch nicht anrufen. Vielleicht war Lono der New Age Name, den sie ihm gegeben hatten. Ebenso gut war es möglich, daß McGovern eine ganze Reihe farbenfroher, harmlos aussehender tropischer Schirmchendrinks genommen hatte, von denen man erst fast nichts merkt und die einen dann ganz schnell dahin befördern, wo keine Busse mehr fahren. Im Zuge dessen hatte er den Zettel mit Hoovers Telefonnummer getrunken. Oder er wollte nicht zu Hoover gehen, weil er eine Braut kennengelernt und beschlossen hatte, ein blaues Wochenende mitten in der Woche zu verbringen. Er konnte irgendwo nahe des Strands in Honolulu und genau in diesem Moment in den Armen einer fülligen, bulgarischen Masseuse in leidenschaftlicher Umarmung eingeklemmt sein. Wie Rambam mal festgestellt hatte:

»Deswegen hat Gott Hotels erschaffen.«

»Ursprünglich hießen sie Sandwich Inseln«, sagte McCall, während wir alle auf eine Galaxie von üppigen grünen Sternen in einem blauen Universum herabblickten. »Benannt nach dem Earl of Sandwich.«

»Blöder Name«, sagte Stephanie.

»Blöde Welt«, sagte ich. »Imus hat mir mal gesagt, das wäre der Grund gewesen, warum er so spät geheiratet hatte. Er konnte sich sein Sandwich selbst machen.«

»Was mehr ist, als man von dir behaupten kann«, sagte Stephanie.

»Warum hast du eigentlich noch nicht geheiratet«, fragte McCall. »Du hättest schon lange aus einem glücklichen Burschen einen jammernden, quengelnden, rülpsenden, mürrischen, unangenehmen jüdischen Ehemann machen können.«

»Ha«, sagte ich, »der häßliche Kopf des Antisemitismus erhebt sich wieder.«

»Das sollte besser der einzige häßliche Kopf bleiben, der sich hier erhebt«, sagte Stephanie plötzlich sensibilisiert. »Warum gibst du nicht endlich zu, daß du eine verkappte Schwulette bist?«

»Ich werde vermutlich eines Tages noch eine rasende Transe, wenn du mich nicht heiratest.«

»Schnauze, Friedman! Hör auf, in Anwesenheit von Baby und Thisbe perverse Sachen zu sagen. Ihr Süßen, es tut Onkel Kinky leid. Er wollte keine schlimmen Dinge sagen. Du kannst Mammi heiraten, Onkel Kinky«, sagte Stephanie, die Baby Savannah vor sich hielt und wie ein schlechter Bauchredner mit gequetschter, dünner Stimme sprach. »Aber zuerst mußt du versprechen, ihr *immer* zu gehorchen, dann brauchst du soviel Geld wie McCall *sowie* eine Persönlichkeitstransplantation, *und* du mußt McGovern finden.«

»Also besteht noch Hoffnung«, sagte ich.

»Es *ist* eine verrückte Welt«, sagte Stephanie.

Das kleine Flugzeug streifte im Sturzflug auf den kleinen Privatflughafen fast die Palmen. McCall und ich schlossen gerade unsere Gurte, als der Bauchredner wieder mit Baby Savannahs schrillen Protesten loslegte.

»Mammi, Mammi, schau mal, da ist ein Strand! Können wir am Strand spielen gehen?«

»Nein, Liebling, dazu ist es schon zu spät«, sagte Stephanie mit beruhigender Stimme. »Wir gehen in unserem kleinen Hotelzimmerchen ins Betti. Morgen nimmt Onkel Kinky euch an den Strand mit – nachdem er McGovern gefunden hat.«

»Ich kenne Stephanies kleine Salonnummer mit dem Hund ja nicht, aber sie könnte ziemlich schnell ziemlich alt werden.«

»Genau wie Onkel Kinky«, kreischte Baby Savannah.

Danach blieb Mann, Frau und Hund nicht mehr viel Zeit zum Reden. McCall, der nur knapp einen Flugzeugabsturz in Alaska überlebt hatte, entwickelte nun bei allen Starts und Landungen eine ziemlich ausgeprägte Gänsehaut. Diese manifestierte sich darin, daß er die Fötushaltung annahm, besessen durch das kleine Cockpit starrte, um die Landebahn auszumachen und bei jedem kleinen Geräusch, das das Flugzeug machte, schrie:

»Was ist das?!!« Dieses Verhalten trug wenig zu entspannter Unterhaltung in gemütlicher Atmosphäre seitens seiner Mitreisenden bei.

Als wir auf dem Privatflughafen landeten, war es schon fast dunkel. Dank McCall, der die Räder großzügig mit einem Geldbündel, das er immer bei sich trug und beiläufig als Beschleuniger bezeichnete, schmierte, flogen wir mit höherer Geschwindigkeit als das Flugzeug durch die Sicherheitsabfertigung.

Als ich Hoover bedrückt auf dem Rollfeld stehen sah, wie er desinteressiert drei farbenfrohe Leis in der Hand hielt, wußte ich, daß etwas nicht stimmte. Er begrüßte Stephanie, McCall und mich der Form halber mit Aloha, legte uns ziemlich steif die Leis um den Hals und zog mich dann auf die Seite.

»Die Bullen haben die Leiche gefunden«, sagte er.

TEIL DREI

Am Strand

13

MAN KANN NATÜRLICH EIN PAAR PALMEN davor pflanzen, aber eine Leichenhalle bleibt eine Leichenhalle. Wie eine Katze oder ein Hund, die sich einer Veterinärklinik nähern, kann man die Atmosphäre schon spüren, bevor man tatsächlich da ist. Genau dieses Gefühl hatten Hoover und ich, als wir den kleinen Mazda auf dem Parkplatz zurückließen und uns dem Gebäude näherten. McCall, eine gehorsame Stephanie und ihre beiden *Enfants* waren mit der Limousine ins Hotel gefahren. Man braucht kein Empfangskomitee, um die Leiche eines lieben Freundes zu identifizieren.

»Es tut mir so leid, Kinky«, sagte Hoover, als er mir die Eingangstür aufhielt. »Ich weiß, daß ihr euch sehr nahe standet.«

»Du hast dein Möglichstes getan«, sagte ich abwesend. »Wenn ich nur früher hier eingetroffen wäre ...«

»Das hätte auch nichts geändert. Soviel ich von den Bullen weiß, ist McGovern in dieser Nacht schon kurz nach seinem Verschwinden ertrunken.«

»Aber wer hat dann drei Tage später am Telefon ›MIT!-MIT!-MIT!‹ gesagt?«

»Vielleicht hat sich jemand verwählt.«

Für eine Leichenhalle brummte das Gebäude vor Aktivität. Das war natürlich keine große Überraschung. Da die meisten Leichenhallen rund um die Uhr geöffnet sind, gibt es keine wirkliche Friedhofsschicht. Die Rezeptionistin bat uns, Platz zu nehmen. Sie sagte, man würde sich sofort um uns kümmern. Ich sagte, wir wären nicht in Eile.

»Es wäre nicht das erste Mal, daß die Bullen sich irren«, sagte ich zu den fluoreszierenden Anschlüssen an der Decke. Ich hatte Probleme, Hoover anzusehen, er wirkte todtraurig.

»Hm«, sagte er halbherzig, »aber ich glaube nicht, daß sie dieses Mal auch falsch liegen. Sie kennen McGoverns Größe, Gewicht, Alter und Haarfarbe. Alles stimmt überein. Todeszeit und Fundort passen auch ins Bild. Und außerdem gab es zum fraglichen Zeitpunkt keine weiteren vermißten Personen in der Gegend. Wenn sie einen Fehler gemacht haben, ist das ein Hammer.«

»Jeder macht mal einen Fehler«, sagte ich mit der stumpfen Benommenheit der Tragödie. »Ich habe bei McGovern auch einen gemacht.«

»Und welcher soll das gewesen sein?«

»Ihn zu sehr zu mögen.«

»Das ist immer ein Fehler«, sagte Hoover.

»Meine Herren, wenn Sie mir bitte folgen wollen«, sagte ein wohlerzogener junger Mann in einem Laborkittel mit leichtem Lispeln. »Ich muß mit Ihnen sprechen.«

Hoover und ich folgten dem beflissenen unscheinbaren Burschen in ein kleines Büro, in dem die Temperatur merklich um ein paar Grad kühler war. Wir warteten, während er ein bißchen an seinem Haar fummelte und dann die Blumen auf dem Schreibtisch anders arrangierte. Er sah zuerst mich, dann Hoover mit klaren blauen Augen an, die für einen Leichenhallenangestellten etwas zu sehr zwinkerten.

»Wer von Ihnen beiden«, sagte er, »war sein Liebhaber?«

»Wie war das?« sagte ich.

»Ist es hier kalt oder liegt das an mir?« sagte Hoover.

Die Augen des Typen funkelten vor Neugier und eine Nuance Lüsternheit lag in seinem Blick. Hoover und ich schauten uns kurz an. Das war mit Sicherheit nicht die Frage, die wir erwartet hatten.

»Bevor wir hier weiter machen«, sagte er, »brauche ich eine Antwort auf meine Frage.«

Hoover und ich sahen uns erneut an. Ob aus allgemeiner Perversität oder weil er die Situation wirklich komisch fand, dieses Mal bekam Hoover einen Lachanfall.

»Warum wollen Sie das wissen?« fragte ich schließlich.

»Weil er noch Sex hatte, bevor er ertrunken ist.«

»Das kann nicht McGovern sein«, murmelte Hoover.

»Das ist echt durchgeknallt«, sagte ich. »Wo ist denn Dr. Quincy?«

»Die forensische Medizin«, sagte der Labortechniker, »ist seit, äh, Dr. Quincys Tagen um vieles differenzierter geworden. Wir haben nicht nur im Magen, sondern auch im Rektum Spermaspuren gefunden.«

»Gab es noch andere charakteristische Merkmale außer einem Arschloch, das groß genug ist, um mit einem Volkswagen durchzufahren?« fragte Hoover.

Das Licht war grell und der Typ ziemlich blaß, und es war schwierig zu sagen, ob er noch blasser wurde, zusammenzuckte oder grinste. Was auch immer es war, er erholte sich ziemlich schnell davon.

»Äh, es gibt noch ein weiteres charakteristisches Merkmal«, sagte er. »Hatte Ihr Freund ein Tattoo in Herzform, in dem ›Fred‹ stand, auf seinem rechten Bizeps?«

»Nein«, schrie ich unbewußt, wie ein Quizshowteilnehmer. »McGovern lebt!«

»Nicht so schnell«, sagte Hoover. »Wir sind jetzt bis hierher gekommen. Willst du dir den Steifen nicht wenigstens ansehen?«

»Das bringt uns nicht viel weiter«, sagte der Laborangestellte. »Er hat kein Gesicht mehr.«

Einen Augenblick später auf dem Parkplatz lachten Hoover und ich laut genug, um die Toten aufzuwecken. Die Tragödie hatte sich, wie so oft, im zweiten Akt zur Komödie entwickelt.

»Das erinnert mich an einen Witz«, sagte Hoover.

»Das war ein Witz«, sagte ich.

»O.k., ich weiß noch einen: ein Typ sagt zu seiner Frau ›Komm, laß uns ins Bett gehen.‹ Die Frau sagt ›Gut, aber wir machen heute nicht die Nummer mit dem Finger im Arsch.‹ Sagt der Typ ›Hey, es ist mein Finger und mein Arsch!‹«

Die Wiedergeburt und das Wiedererwachen des menschlichen Geistes kann an den unwahrscheinlichsten Orten vorkommen, wie Motels, Herrentoiletten, Leichenhallen, praktisch überall außer bei der Purim Party der jüdischen Junggesellen in Dallas. Jetzt, wo Hoover uns Richtung Diamond Head und New Otani Kaimana Beach Hotel fuhr, funkelten die Sterne tatsächlich wie Diamanten und die Lichter der Stadt glänzten wie Sterne. McGovern lag nicht in einem überdimensionierten Kühlfach in der Leichenhalle. Es bestand noch Hoffnung, ihn lebend zu finden, es bestand noch Hoffnung, eines Tages die zerbrechliche, spröde Hand Stephanie DuPonts zu gewinnen, es bestand noch Hoffnung, beim Hotel anzukommen, bevor die Bar schloß.

»Vielleicht kommen wir noch rechtzeitig zurück, um uns ein großes haariges Steak in dem Restaurant mit der Terrasse unter dem *Hau* Baum zu bestellen, wo Robert Louis Stevenson mal klinische Depressionen bekam, weil er sich nicht entscheiden konnte, ob er Dr. Jekyll oder Mr. Hyde war.«

»Ich bin nicht sehr hungrig«, sagte Hoover. »Der Besuch einer Leichenhalle nimmt mir irgendwie den Appetit.«

»Ganz zu schweigen von dem Wunsch«, sagte ich, »einen Volkswagen zu fahren.«

14

Es gibt zwei Formen menschlicher Unternehmungen, bei denen man auf Hawaii keinesfalls mit schnellem Erfolg rechnen kann. Eine davon ist Skilanglauf, die andere der überall arbeitsintensive Prozeß, Fälle von vermißten Personen aufzuklären. Wie die längst verwehten Wolken am texanischen Himmel auf einem Foto aus dem Jahr 1952 von jemandem, den man geliebt hat, hat Hawaii eine wandernde Bevölkerung. Eine komplette mittelgroße Stadt auf dem Festland könnte man innerhalb einer Woche nach Hawaii ein- und ausfliegen, und keiner würde sie so vermissen, wie ich meine Mutter. Eines Tages werden wir alle unsere Mütter vermissen, zusammen mit unseren Freunden, Geliebten und allen anderen, die uns etwas bedeutet haben. Entweder das oder alle anderen vermissen eines Tages uns, aber sie werden vermutlich damit fertig werden, wie wir alle. Das ist eben einer der Gründe, warum die Suche nach vermißten Personen so schwierig ist. Wie Moses Gott am Berg Sinai fragte: »Warum müssen Haustiere sterben?« und Gott, laut des alten Testaments, keine Antwort wußte und Moses lediglich den Rat gab, zwei Tabletten zu nehmen und sich ins Bett zu legen.

Am folgenden frühen und strahlend schönen Morgen hatte ich Probleme, meine Augen anzupassen. Das lag einerseits an dem Kater von den ungefähr neunzehn Pina Coladas, die ich anläßlich unserer kleinen, spontanen »McGovern Lebt!« Party getrunken hatte, andererseits an der blendenden Schönheit Stephanie DuPonts in ihrem hellroten trägerlosen Badeanzug. Jedes empfindungsfähige Wesen am Strand, mich selbst eingeschlossen, starrte sie an. Thisbe, die für einen Yorkie ziemlich korpulent war, watschelte angestrengt durch den Sand. Baby hingegen flitzte wie ein Strandkrebs, dem das Ritalin ausgegangen war, herum.

»Bitte sag mir, daß du noch einen anderen, etwas dezenteren Badeanzug dabei hast«, sagte ich zu Stephanie.

»Ich habe noch fünfundzwanzig andere Badeanzüge dabei«, sagte Stephanie und half Thisbe, die im Sand eingesunken war.

»Heilige Mutter Gottes«, stieß ich hervor, »du hast nicht wirklich fünfundzwanzig Badeanzüge dabei.«

»*Natürlich*, Arschloch, Mädchen brauchen Auswahlmöglichkeiten. Zum Glück gehörst du nicht dazu.«

»O.k., zumindest haben wir jetzt die volle Aufmerksamkeit aller. Vielleicht finden wir jemanden, der vor fünf Nächten, als McGovern verschwunden ist, auch schon hier war. Die Blassen kannst du vergessen...«

»So wie dich.«

»Jeder, der lange genug hier ist, um ein Augenzeuge gewesen sein zu können, ist mittlerweile entweder gebräunt oder hat einen tierischen Sonnenbrand.«

»Was ist mit den Schwuletten da drüben, die sind ziemlich braun. Vielleicht solltest du sie mal fragen. Wie viele Speedos hast du dabei?«

»Mir ist gerade etwas klar geworden. Keiner dieser Touristen hält sich nachts am Strand auf.«

»Das ist gut, denn mit diesem dämlichen Cowboyhut nimmt dich sowieso keiner ernst!«

»Vielleicht sind sie von deiner Schönheit so erschüttert, daß sie sowieso nicht mehr reden können.«

Stephanie hob Baby Savannah hoch und hielt sie sich unters Kinn. Es war ziemlich klar, daß ihre kleine Nachtclubeinlage wieder losgehen würde.

»Meine Mammi ist die hübscheste Braut am ganzen Strand«, quietschte Baby.

»Das *könnte* irgendwann langweilig werden.«

»*Schnauze*, Arschloch.«

»Mammi will wissen, was McGovern *wirklich* auf Hawaii gemacht hat«, sagte Baby. »Sie glaubt nicht, daß er nur hergekommen ist, um Rezepte zu sammeln. Sie glaubt, daß er dazu viel zu abgebrannt war.«

»Jetzt, wo du das sagst...«

»Ich hab es nicht gesagt, Baby hat's gesagt.«

»Ja, natürlich. Aber Hoover hat irgendwas von einem Gratisticket erwähnt. Er war sich nicht ganz sicher. McGovern hat sich nicht so klar ausgedrückt.«

»Da haben wir's ja schon, Nancy Drew. Das könnte der Schlüssel zum Rätsel um McGoverns Verschwinden sein.«

»Das Gratisticket könnte wirklich wichtig sein«, sagte ich. »Ich will nur hoffen, daß niemand versucht, es zu lochen.«

»Wir wissen, daß es nicht McGovern war, der in der Leichenhalle lag«, sagte Stephanie, während sie beiläufig ihr schmerzlich schönes Privateigentum mit Sonnenlotion eincremte. »Aber wir haben immer noch keine Ahnung, wo er wirklich ist, und warum. Ich finde, wir sollten die Mädels ein bißchen am Strand spielen lassen, an unserer Bräune arbeiten, und die Sache noch mal von Anfang an durchgehen. Wir brauchen einen kohärenten *Plan*, um McGovern zu finden. Ich glaube, das Ticket ist verdächtig. Hier könnten wir anfangen. Aber du kannst nicht mit diesem Hilfssheriffcowboyhut durch die Gegend laufen, eine stinkende Zigarre paffen und jeden Touristen, den du triffst, fragen, ob er McGovern gesehen hat. Das ist eine absolute Anfängernummer!«

»Ich hab einen Plan. Ich komme gegen Mitternacht wieder her, also ungefähr zu der Zeit, zu der McGovern die Statue von Duke Kahanamoku bestaunt hat, und zu der ihn das letzte Mal jemand gesehen hat. Ich schaue mich nach Einheimischen, anderen Figuren oder Liebespaaren am Strand um.«

»Oh, *die* freuen sich sicher, dich zu sehen.«

»Außerdem plane ich, heute Nachmittag die staatliche psychiatrische Anstalt zu besuchen. Rambam hat gesagt, daß die Bullen gerne die Psychiatrie vergessen, wenn sie die Krankenhäuser überprüfen. Die Klapsmühle ist genau der Ort, an dem ein Amnesieopfer wieder auftauchen könnte.«

»Baby Savannah! Geh von dem Buch der netten Dame runter!«

»Vielleicht *mag* sie Dannielle Steel wirklich.«

»Gut, heute Nachmittag checken wir die Psychiatrie und

heute um Mitternacht den Strand. In der Zwischenzeit arbeiten wir an unserer Bräune und schmieden Pläne zur Rettung unserer Freunde.«

»Hast du mal darüber nachgedacht, Rapper zu werden?«

»Baby Savannah! Gib dem Mann die Kopfhörer wieder!«

»Vielleicht *mag* sie Neil Diamond wirklich.«

»Hör mal, Friedman, bevor wir mit dieser Untersuchung irgendwie weitermachen, gibt es eine Sache von äußerster Priorität, die du unbedingt erledigen mußt.«

»Welche?«

»Hol mir einen Liegestuhl.«

15

DIE WICHTIGSTE VORAUSSETZUNG bei Fällen von vermißten Personen, ist eine gesunde negative Einstellung. Es mußte einen Grund geben, warum McGovern sich bei keinem von uns gemeldet hatte. Hoover hatte nichts von ihm gehört, ich hatte in New York keine Nachricht von ihm bekommen und Beverley, seine ewige Freundin, hatte auch kein Wort von ihm gehört und fürchtete bereits das Schlimmste. Es gab meiner Meinung nach nur drei mögliche Erklärungen für diese ziemlich unerfreuliche Situation. Entweder McGovern war Opfer einer Amnesie geworden, oder er war in kriminelle Machenschaften verwickelt und wurde irgendwo gegen seinen Willen festgehalten, oder er war mittlerweile Haifutter. Über die letzte Möglichkeit dachte ich nur sehr ungern nach, und die Vorstellung, daß mehrere Tausend kleine Liliputaner ihn gefangen hielten war ziemlich grotesk, also mußte ich von der eher unwahrscheinlichen Annahme ausgehen, daß er sich ungefähr siebenundneunzig tropische Drinks reingezogen hatte, umgefallen war und sich den Kopf angeschlagen hatte, jetzt wie ein Schwachsinniger auf dem Zahnfleisch in der Gegend rumlief und seine PIN-Nummer nicht mehr finden konnte.

Das alles sah eher nach einem Drei-Zigarren-Problem aus und wenn ich den Fall erfolgreich aufklären wollte, mußte ich einen klaren und konzentrierten Überblick über die ganze Situation behalten. Hoover brauchte nur die Liaison mit den

Bullen im Griff haben und McCall sollte sich mit den Großbuchstaben auseinandersetzen. Mein Gefühl war eher: wenn die Kräfte, die jetzt wirkten, den Fall klären konnten, hätten sie es schon getan. Es bedurfte, so stellte ich mir vor, nicht nur intimer Kenntnisse des McGovernschen Gehirns, sondern auch eine gute Portion Einfühlungsvermögen in Bezug auf die menschliche Natur, ein wissenschaftliches Gebiet, das mir mit zunehmendem Alter widerwillig bewußt wurde. Und ich war schließlich schon alt genug, um unter Einsatz einer batteriebetriebenen Spezialpinzette vor Nasenhaaren auf der Hut zu sein. Ich war alt genug, um eine Katze zu vermissen. Ich war alt genug, um einen Freund zu vermissen.

Nachdem ich Stephanie ihren Liegestuhl gebracht hatte, zog ich mich auf den Lanai meines Zimmers zurück, der, zumindest was mich anbelangte, zum spirituellen Hauptquartier der Untersuchung geworden war. Ich hatte eine Suite mit partiellem Meerblick, man konnte sowohl den Ozean, als auch die grüne Hügelkette der Insel sehen, auf dem Lanai in der Sonne sitzen, Kona Kaffee trinken, eine kubanische Zigarre rauchen und jeden, den man wollte, anrufen. Ich hatte meinen Lieblingsausblick direkt vor Augen, einen Spritzer Feuerwehrrot auf einem blaßgrünen Liegestuhl am funkelnden weißen Strand in der Nähe des türkisblauen Ozeans. Der perfekte Ort, um die Puzzleteile zusammenzusetzen. Dummerweise gab es nur ziemlich wenige Teile, mit denen man arbeiten konnte. Wenn nicht sehr bald irgendeine Art von zusammenhängendem Muster auftauchte, würde es mehr als nur Ärger im Paradies geben. Wenn Naturgewalt oder kriminelle Machenschaften etwas damit zu tun hatten, wobei ich stark zu letzterem tendierte, konnte McGovern mittlerweile schon längst zu Jesus gegangen sein. Wenn er noch am Leben war, war es meine Pflicht, meinen Kopf nicht nur als Hutablage zu benutzen. Wenn rationales Denken und die gute alte amerikanische Cowboylogik mich jetzt verließen, würde ich meinen irischen Lieblingsdichter vielleicht für immer verlieren.

Ich rief Beverley in New York an und verifizierte nach langwierigem Händchenhalten, daß McGovern tatsächlich angedeutet hatte, er habe ein Gratisticket nach Hawaii. Er hatte sie nicht gebeten mitzukommen und sie wollte ihre Nase nicht in seine Angelegenheiten stecken und war davon ausgegangen, er wolle einfach eine Weile allein sein. Jetzt gab sie sich die

Schuld dafür, ihn gehen gelassen zu haben. Ich sagte ihr, McGovern sei schon früher an ziemlich abseitigen Orten gewesen, einschließlich eines langen Soloaufenthalts in Roratonga. Ich sagte ihr ebenfalls, ich sei mir sicher, er würde sich bald mit uns in Verbindung setzen, obwohl ich mittlerweile ernsthaft daran zweifelte, daß das tatsächlich passieren würde.

Als nächstes rief ich Hoover an und bat ihn, McGoverns Sachen nach dem Flugticket durchzusehen und mich dann zurückzurufen. Hoover hatte nichts Neues von den Bullen gehört. Ich fragte ihn, ob er am Nachmittag mit in die psychiatrische Anstalt kommen wollte. Er lehnte ab, mit der Begründung er würde bereits in der Psychiatrie arbeiten. In diesem Fall hieß sie wie eine der wichtigsten Zeitungen der Hauptstadt. Hoover stimmte zu, uns abends am Strand zu treffen, um uns die Stelle zu zeigen, wo er das Rezeptbuch des großen Mannes gefunden hatte.

»Es gibt hier noch einen Berichterstatter«, sagte Hoover, »der mit dir über die Untersuchung sprechen möchte.«

»Stell ihn durch.«

»Zunächst handelt es sich nicht um einen Mann. Ihr Name ist Carline Ravel und sie sieht echt gut aus.«

»Stell sie durch.«

»Außerdem ist sie nicht hier. Sie macht eine Story auf der großen Insel. Ist es in Ordnung, wenn sie dich im Hotel anruft?«

»Warum nicht? Im Moment scheinen unsere Aktivitäten sowieso im Sand zu verlaufen. Wie sieht sie die Angelegenheit?«

»Ziemlich merkwürdig. Vielleicht sogar ein bißchen unheimlich. Aber ich mußte ihr versprechen, daß sie es dir selbst erzählen kann.«

»Sehr schön«, sagte ich, »niemand außer Stephanie hat mir was erzählt, seit ich hier bin. Und die hat mir erzählt, ich solle ihr einen Liegestuhl bringen.«

»Was du natürlich auch gemacht hast. Ich wette, jeder Mann am Strand war grün vor Neid.«

»Daran gewöhnt man sich.«

Ich zündete mir eine neue Zigarre an, goß mir noch einen Schluck Kona Kaffee nach und blickte über die Stadt und das Meer. Wenn man Kona Kaffee auf das Festland importiert, schmeckt er nie so gut wie auf den Inseln. Sogar der Kaffee, den sie im Denny's by the Sea, vom Hotel aus nur die Straße runter, servieren, schlägt jede Gourmetröstung um Längen. McGovern war nun schon fast eine Woche vermißt und ich saß hier auf einem luxuriösen Lanai mit Blick auf Stephanie Du-Ponts roten Badeanzug, aß Sushi mit Stäbchen und dem scharfen grünen Zeug, von dem ich mir nie merken kann, daß es Wasabi heißt, also nenne ich es einfach Yosemite Sam und sie wissen, was ich meine. Genau wie wenn ich ein großes haariges Steak bestelle und nach Gestaposauce frage, weil ich mir Tabasco nicht merken kann, aber sie bringen trotzdem das Richtige. Es interessiert sie nicht, ob man erstickt oder sich beim Masturbieren erhängt, so lange man flüssig ist, bringen sie es, egal was es ist und egal wer sie sind.

Es war irgendwie tragisch, daß das Paradies einfach fortbestand, obwohl McGovern schon eine Woche vermißt war. Vielleicht hatten wir uns alle etwas vorgemacht, und deshalb hatte es auch so lange gedauert, bis wir die Ernsthaftigkeit der Lage begriffen hatten. Mit den Touristen und der Flut verschwand auch die kleine Flamme der Hoffnung und die Antworten waren weggespült worden. Es gab keine Hinweise. Es gab keine Anhaltspunkte, außer vielleicht dem Gratisticket. Es gab keine Lösegeldforderungen.

Als positiv zu werten war allerdings die Stimme von McGovern, die vor drei Tagen am Telefon »MIT!-MIT!-MIT!!« gesagt hatte. Zu diesem Zeitpunkt war McGovern also noch am Leben und in dem Bewußtsein, daß er ein Mann in Not war. Hatte jemand meine Nummer aus ihm herausgepreßt, um mir zu sagen, ich solle locker bleiben, es sei alles in Ordnung, McGovern würde nichts geschehen? Oder hatte McGovern mir etwas ganz anderes mitteilen wollen. Mir wurde klar, daß McGoverns Leben durchaus davon abhängen könnte, wie ich die Nachricht am Telefon interpretierte. Und mit jeder neuen Welle, die an den Strand spülte, wurde die Zeit für Interpretationen knapper.

Ich stellte gerade die Überlegung an, ob ich mich auf Stephanies Liegestuhl zwölf Stockwerke unter mir aufspießen sollte, als John McCall so plötzlich hinter meiner linken Schulter auftauchte, daß ich fast seitwärts vom Lanai gehüpft wäre.

»Schleich dich nie an einen Veteranen ran«, sagte ich und hob meine Zigarre vom sandigen Boden auf.

»Du bist nicht an die Tür gekommen, also habe ich das

Zimmermädchen gebeten, mich reinzulassen«, sagte er. »Was hältst du davon?«

Er klatschte mir einen Stapel Plakate in die Hand, auf denen McGoverns lächelndes Konterfei unter dem Wort »Vermißt« zusammen mit einer 0180er-Nummer und der Erwähnung einer großzügigen Belohnung zu sehen war. Ich wußte, daß es reine Routine bei Fällen von vermißten Personen war, in der ganzen Stadt Vermißtenplakate zu kleben, genau wie man das tun würde, wenn man seine Katze vermißt, trotzdem schien es einfach eine erbärmliche »Letzte-Möglichkeit-Taktik« zu sein, die mir die Ergebnislosigkeit unserer bisherigen Bemühungen vor Augen führte und mich zutiefst deprimierte. Und die ganze Zeit lächelten diese irischen Augen.

»Jesus«, sagte ich, »das reicht, um endlich mit dem Verdrängen aufzuhören. Wo hängen wir die auf?«

»Sie werden schon überall in der Stadt verteilt«, sagte McCall, »ich habe heute morgen unter den Hotelangestellten etwas Beschleuniger verteilt. Die kümmern sich drum. Zumindest könnte das etwas Druck auf die ausüben, die McGovern festhalten und sie nehmen vielleicht zu uns Kontakt auf.«

»Also glaubst du, daß er gekidnappt worden ist?«

»Dem Anruf, den du bekommen hast, bevor wir losgeflogen sind, dem Ausbleiben jeder Kommunikation seitens McGovern und dem Fehlen seiner Leiche nach zu urteilen, würde ich sagen, zum Teufel ja, er ist gekidnappt worden.«

»Warum hat es dann noch keine Lösegeldforderung gegeben?«

»Vielleicht kommt die noch.«

»Wie es beim Schnorcheln so schön heißt, ›nicht den Atem anhalten.‹«

16

AUCH WENN EINE GANZE PALMENPLANTAGE davorsteht, eine psychiatrische Anstalt bleibt eine psychiatrische Anstalt. Wo auf der Welt sie auch stehen mag, es entströmt ihr die schwere verzweiflungsschwangere Klapsmühlenluft, die den gelegentlichen Besucher der Freakshow an Traurigkeit ersticken läßt. Man kommt, um zu sehen, aber nie, um zu wissen. Das hat heute auf Hawaii genauso viel Gültigkeit wie damals in Zelda Fitzgeralds »Sanatorium«, das auf mysteriöse Weise bis auf die Grundmauern abbrannte, während Jesus, Napoleon und Zelda sich noch im Haus befanden. Irgendwie kosmisch, mit einer Ironie, die selbst F. Scott zu schätzen gewußt hätte, war der Ort dieses Großbrandes Asheville, North Carolina. Selbst heutzutage berichten Besucher der Stätte noch, daß sie die Qualen der Asche in diesem imaginären Auschwitz spüren können.

»Bei diesem Ort läuft es mir kalt den Rücken runter«, sagte Stephanie als wir die Auffahrt hoch liefen. »Ich bin froh, daß wir uns entschieden haben, Thisbe und Baby Savannah im Hotel zu lassen.«

»Ich auch«, murmelte McCall.

»Wirklich zu schade, daß Baby und du eure kleine Bauchrednereinlage nicht den Seelenklempnern da drinnen vorführen könnt«, sagte ich, während mehrere offensichtlich derangierte Individuen an uns vorbeispazierten. »Sie würden uns alle einsperren und den Schlüssel wegwerfen.«

»Das könnte für euch beide eine positive erzieherische Erfahrung sein«, sagte Stephanie und nickte zu einem Schild neben der Tür rüber. »Wenigstens wüßtet ihr beiden senilen Wichser dann, daß heute Donnerstag und die nächste Mahlzeit das Abendessen ist.«

»Hab ich schon bestellt?« fragte John McCall.

»Ich mein es ernst«, flüsterte Stephanie, »dieser Ort ist echt *gespenstisch*.«

»Hab ich schon *gegessen*?« fragte John McCall.

Irgendetwas an der internen Struktur jeder Klapsmühle macht die jeweilige Einrichtung derjenigen in *Einer flog über das Kuckucksnest* auf unheimliche Weise ähnlich. Vielleicht hatte das Klapsmühlenpersonal den Film auch gesehen und so hatte auf die eine oder andere Weise eine Art Überidentifikation mit den verschiedenen Figuren stattgefunden. Wie dem auch sein mag, die Rolle von Schwester Ratched wurde von einer großen beflissenen Frau, die Schwierigkeiten zu haben schien, die genaue Natur unseres kleinen Besuchs zu erfassen, sehr gut ausgefüllt. Stephanie und John nahmen im Besucherbereich Platz, während ich zum Empfang bei der Schwesternstation rüberging.

»Ich hatte vorhin angerufen, um einen kleinen Rundgang durch das Krankenhaus zu arrangieren ...«

»Davon weiß ich nichts. Besuchen Sie einen Patienten?«

»Ich suche einen Freund«, sagte ich.

»Aha«, sagte Schwester Ratched und nahm ihre ziemlich schmucklose Brille ab, um den Blick auf ein Paar ziemlich schmucklose Augen freizugeben. »Warum glauben Sie, Ihr Freund könnte hier Patient sein?«

»Weil er vor ungefähr einer Woche verschwunden ist und ansonsten nirgendwo zu sein scheint.«

»Diese Zigarre ist nicht an, oder?« sagte sie mit ziemlicher Schärfe.

»Nein, ist sie nicht. Er könnte Opfer einer Amnesie geworden sein.«

»*Wer* könnte Opfer einer Amnesie geworden sein?«

»Mein Freund.«

»Ich verstehe«, sagte die Frau, ließ sich aber nicht anmerken, ob sie das wirklich tat. Einen Moment lang sortierte sie einige Papiere völlig willkürlich.

»Warum *dauert* das so lange?« sagte Stephanie. Ihre schrille Stimme traf mich wie ein Pfeil in den Rücken. Ich drehte mich um, um meine meuternde Truppe zu besänftigen.

»Immer langsam mit den jungen Bräuten!« sagte ich.

»Das ist mal was, um das du dir keine Sorgen machen brauchst«, sagte sie.

Ich drehte mich zurück und lächelte die große Schwester mit dem charmantesten Lächeln an, das ich noch auf Lager hatte. Sie lächelte nicht zurück.

»Wie lautet der Name Ihres Freundes?« fragte die Frau, während sie meinen Strohcowboyhut eingehend studierte. Das Studienobjekt schien ihr jedoch zu mißfallen.

»Michael R. McGovern«, sagte ich. »Aber das wüßte er natürlich nicht.« Vielleicht sollte ich den Cowboyhut irgendwie verschwinden lassen, dachte ich.

»Woher wissen Sie, daß er es nicht wüßte?« sagte die Frau wie eine mißtrauische Hausfrau, die ihren Mann bei einer Lüge erwischt.

»Würde er an Amnesie leiden«, sagte ich ziemlich frustriert, »wüßte er seinen Namen nicht mehr.«

»Sind Sie Arzt?« fragte die Frau sanft, aber auch gleichzeitig wütend.

»Warum *dauert* das so lange?« rief Stephanie.

Die bürokratischen blauen Augen der Schwester hielten für einen langen Moment die gebieterischen blauen Augen meiner blonden Begleiterin fest. McCall und ich standen daneben wie unschuldige Passanten, die starr vor Schreck zuschauen. Männer können nur wenig davon erahnen, was in der seidenen Fabrik hinter den blauen Augen vorgeht und außerdem wollten weder McCall noch ich uns einmischen. Niemand, der bei Verstand ist, steht auf Zickenterror in der Psychiatrie.

»Ich bin kein Arzt«, sagte ich schließlich. »Ich bin ein Mann, der versucht, eine psychiatrische Anstalt zu besuchen. Ich hatte bereits angerufen und war davon ausgegangen, alles sei geregelt, aber offensichtlich hat das nicht geklappt...«

Es hatte keinen Sinn mehr weiterzureden. Es war niemand mehr hinter dem Empfangstisch. Die Frau hatte sich offenbar in ihren kleinen Hasenstall zurückgezogen und mich einfach stehen gelassen, so daß ich wie einer der Patienten zu mir selbst wie zu einem imaginären Freund sprach. Ich befand mich in einer ziemlich unangenehmen Situation, aber angesichts des Ortes, an dem sie stattfand, konnte man wohl kaum von einem merkwürdigen Vorfall sprechen.

John und Stephanie waren bereits auf den Beinen und ich war im Begriff, mir die Zigarre in der Lobby anzustecken, sozusagen als Vorbereitung zum Verlassen des Gebäudes, als ein höchst aufgeregtes Individuum in phlegmafarbenem Trainingsanzug wie ein Irrer auf uns zusprang. Erst glaubte ich, seine Aufregung sei auf die erbärmlich vorhersehbare, standardisierte Reaktion in den meisten Einrichtungen, egal ob psychiatrisch oder anderweitig, auf den völlig inakzeptablen Umstand, daß ein Mann seine Zigarre in der Lobby ansteckt, zurückzuführen. Dann überlegte ich es mir anders und identifizierte ihn als Patienten, der mich töten wollte. Wie es das Schicksal wollte, hatte ich beide Male Unrecht.

»Hallo! Ich bin Kimo!« sagte er und geiferte Stephanie tierisch an. »Fertig, Leute? Die große Tour durch den Zoo beginnt!«

Seinen Worten treu, schlitterte der Wärter sofort in die Eingeweide des Gebäudes. Wir folgten seinem großen schwabbelnden Gesäß in einen langen, gewundenen, leicht albtraumhaften Korridor, in dem Geräusche widerhallten, die bar jedes Menschlichen schienen.

»Ich bin *heilfroh*, daß ich die Mädels im Hotel gelassen habe«, sagte Stephanie.

»Ich wünschte, du hättest mich auch da gelassen«, sagte John McCall.

Ihr benehmt euch wie zwei zimperliche, verzogene, kleine Babies«, sagte ich. »Es gibt praktisch keinen Unterschied zwischen dem Wahnsinn innerhalb dieser Mauern und der stillen Verzweiflung außerhalb. Es handelt sich nur um eine Frage der Abstufungen des menschlichen Verhaltens, das mit den Augen Gottes, der Geschichte oder eines großen, intelligenten, vorsichtig beobachtenden Hundes betrachtet, praktisch komplett grotesk ist. Viele dieser Leute werden in ein paar Jahren wir sein und viele von uns werden sie sein.«

Plötzlich schoß ein blasser, nackter Typ, der lediglich eine Macadamianußkette und eine Monstererektion trug, über den Flur und verschwand auch gleich wieder, während er in extrem schrägem Falsetto schrie »Fang mich, wenn du kannst!«

Ihm dicht auf den Fersen war ein Wärter in phlegmafarbenem Trainingsanzug, der rief: »Albert! Bleib steh'n oder ich nehm dir deine Beanie Babies weg!«

»Das ist Kinky in zwei Jahren«, sagte Stephanie.

»Sicher nicht«, sagte ich, »ich hasse Beanie Babies. Wenn ich eins in die Finger kriege, hänge ich es verkehrt rum auf und verstümmele seine Genitalien.«

»Das ist Kinky in zwei *Wochen*«, sagte Stephanie.

»Könnte passieren«, sagte McCall plötzlich in ernstem Tonfall, »wenn er McGovern nicht findet.«

Kimo, unseren neuzeitlichen Virgil, darüber zu informieren, daß wir nur an den Zugängen in der letzten Woche interessiert waren, trug dazu bei, unseren kleinen Ausflug etwas abzukürzen. Nachdem wir einige McGovern-freie Tagesräume überprüft hatten, zeigte Kimo uns ein ziemlich großes Zimmer, in dem sich jede Menge Japaner befanden. Es war unklar, ob einer von ihnen glaubte, Hirohito anstatt Napoleon zu sein, aber speziell ein Patient kam auf uns zu und verbeugte sich mehrfach ziemlich aufgeregt vor uns. Als er sprach, glichen sein Akzent und seine Intonation der eines Gefängniswärters in einem alten Hollywoodstreifen über den Zweiten Weltkrieg.

»Hilft mil! Hilft mil hiel laus zu kommen!« schrie er mit abgehackter, maschinengewehrartiger Stimme. »Ehlenweltel Besuch-el! Ich-bin-*kein*-Ja-pa-nel!«

In jeder Klapsmühle gibt es eine alles durchdringende Traurigkeit, die ich zum Teil der Anwesenheit Jesus' zuschreibe. Viele der Bewohner glauben, Jesus zu sein, vermuten, sie könnten Jesus sein oder stehen auf ziemlich vertrautem Fuß mit ihm. Jeder, der nicht Politiker, Fußballtrainer oder Fernsehprediger ist, befindet sich hier auf ziemlich gefährlichem Territorium. Es ist ebenfalls meine langjährige Überzeugung, daß Jesus tatsächlich mit diesen Menschen kommuniziert und zwar in der absoluten Gewißheit, daß der Rest von uns Idioten ihnen ohnehin keinen Glauben schenken wird.

Wenn Jesus also unleugbar in der Klapsmühle weilte, so wurde mir immer klarer, daß McGovern das nicht tat. Eigentlich verblaßte das komplette Amnesieszenario sehr schnell vor meinem inneren Auge als reale Möglichkeit. Aber was blieb? Es war, als ob man ein Objekt aus weiter Ferne sieht und noch nicht weiß, ob es sich nur um ein großes Stück Pappe handelt, das im Wind flattert, oder um einen riesengroßen braunen Hund, der sich auf dem Seitenstreifen des Highway oder am Ende der Welt in hypnotisierend schrecklichen Todesqualen verrenkt.

Gerade als Kimo uns wieder nach draußen in den Sonnenschein führen wollte, weg von dem abgestandenen Parfum antiseptischer Anonymität und Verzweiflung, passierten wir einen Zugangsschalter, wo sich gerade eine ziemlich packende Szene abspielte.

So sehr ich mir auch wünschte, ein günstiger Wind würde mir den Dreck der Menschheit von meiner fiebrigen Stirn pusten, so sehr verspürte ich das Bedürfnis, noch einmal in den Abgrund zu schauen. Also hingen wir noch kurz am Eingangsbereich rum und hörten den Rest der Unterhaltung zwischen einem Mann, der klar als eingehender Verwundeter zu kategorisieren war, und einem anderen, der offensichtlich einer der angestellten Seelenklempner war.

»Verdammte Scheiße, ich bring' mich um!« schrie der Neuzugang. »Verdammte Scheiße, ich bring' mich um!«

»Sie werden nichts derartiges tun«, sagte der Seelenklempner ruhig und bestimmt. »Ich möchte, daß Sie Ihre Medikamente nehmen und sich entspannen, und heute Nachmittag gibt es eine wunderbare Abwechslung. Der Zirkus ist in der Stadt und Bozo der Clown kommt vorbei und gibt hier eine ganz besondere Matineevorstellung. Sie brauchen nur Bozo dem Clown eine kleine Weile zuzuschauen und schon wird ihnen beträchtlich leichter ums Herz.«

»Doktor«, sagte der Mann, »ich *bin* Bozo der Clown.«

17

»Was soll das heißen, du kannst sein Flugticket nicht finden?« sagte ich. Es war mittlerweile früher Nachmittag und ich befand mich in der Kommandozentrale für vermißte Personen auf meinem *Lanai*, mit einer Pina Colada in der einen und einer Zigarre in der anderen Hand, und meine Augen brannten so hell, wie die Robert Louis Stevensons, während ich die Wellen beobachtete, die weiter zurückrollten als die Fotos meiner Großeltern, die ich im Kopf hatte.

»Ich kann sein Flugticket nicht finden«, wiederholte Hoover, dieses Mal etwas lauter.

»Vielleicht hatte er ein elektronisches Ticket«, sagte ich.

»Nein, ich hab das Scheißticket bei seiner Ankunft am Flughafen an der Gepäckausgabe gesehen. Und ich weiß, daß er es in der Nacht als er verschwand nicht bei sich trug. Sein ganzes Zeug ist noch bei mir, sein Koffer, Toilettentasche, Ausweis, Adressbuch, nur das Flugticket nicht.«

»Dann schaust du eben noch mal nach. Stell dir einfach vor, wo du stecken würdest, wenn du ein Flugticket wärst.«

»Ich hab' den ganzen Scheiß jetzt zum siebten Mal durchwühlt. Als ob es nicht schon schlimm genug wäre, daß McGovern vermißt ist, jetzt ist auch noch sein verdammtes Flugticket verschwunden.«

»Und was folgerst du daraus, mein werter Watson?«

»Ich folgere daraus, wenn wir McGovern und sein Ticket nicht bald finden, verliere ich nicht nur den Verstand, sondern auch meinen Job. Mein Verstand ist nicht so wild, aber Arbeit bei der Zeitung ist heutzutage nicht so leicht zu finden.«

»Das Gleiche gilt für McGovern, und wenn wir ihn nicht finden, haben wir alle bald keine Arbeit mehr.«

»Was sich bei dir ziemlich schwierig gestalten würde, da du sowieso noch nie im Leben eine gehabt hast.«

»Hier liegst du absolut falsch, werter Watson. Ich habe einen

Job. Er ist nur einfach nicht durch exakte Zeiten abgegrenzt oder wird finanziell kompensiert. Meine einzigen Arbeitgeber sind mein Verstand und das grenzenlose Vorstellungsvermögen meiner Phantasie.«

»Ich habe nicht davon gesprochen, daß du dir einen runterholen lassen sollst«, sagte Hoover.

Nach ungefähr vier Stunden düsterer Spötteleien, gelang es mir, Hoover zu einem mitternächtlichen Rendezvous an der Statue von Duke Kahanamoku zu überreden. Dies waren Ort und Zeit der letzten McGovern-Sichtung. Ich hatte die Absicht, hier mit dem proaktiven Teil der Untersuchung zu beginnen. Ich bezweifelte zwar ernsthaft, daß die Bullen, die Touristen und die Flut noch irgendwelche Spuren am Strand zurückgelassen hatten, aber vielleicht lungerten die üblichen Subjekte herum.

Vom Nachmittag war nicht mehr viel übrig, und auch von Hoover oder dem FBI via McCall kamen keinerlei Informationen. Das fehlende Flugticket verhalf mir zu einer kleinen Pause, aber Flugtickets gehen manchmal verloren wie Hunde und Katzen, unter gewissen Umständen nicht ganz unähnlich ihren Besitzern.

Es war kurz vor Sonnenuntergang, als ich einen Anruf auf Rambams Schuhtelefon einschob, niemanden erreichte, und eine Nachricht auf seiner angezapften Leitung in New York hinterließ. Jedes Mal, wenn man ihn anrief, konnte man ein metallisches Klicken hören, von dem Rambam einräumte, das sei der Klang des FBI. Sehr wahrscheinlich hatte er Recht. Nachdem das FBI Rambams Leitung so intensiv überwachte, war es verständlich, daß sie nicht mehr die Zeit fanden, im Fall McGovern mit etwas Vernünftigem rüberzuwachsen. J. Edgar Hoover war bereits neben Oscar Wilde in der Hölle aufgewacht, was diesem zweifelsfrei leichtes Mißvergnügen bereitet hatte, aber Hoovers Erbe lebte weiter. Obwohl so gefährliche Individuen wie Martin Luther King, John Lennon und Leonard Bernstein bei Jesus weilten und nicht länger nutzbringend ausspioniert werden konnten, sah die Regierung nun neue Bedrohungen, die deren Platz als Ziele der Bundesagenten einnahmen. Das FBI würde bei diesen heimlichen, indirekten Aktivitäten immer besser abschneiden, als bei der Suche nach meinem irischen Lieblingsdichter. In der Prioritätenliste des FBI standen Dichter nicht gerade an erster Stelle.

Stephanie, ich und *les Enfants* sahen von meiner Suite mit Meerblick aus zu, wie der flammende Sonnenball seinen glutroten Schwanz im Pazifik zu kühlen begann. Ich stellte fest, daß Stephanie schnell eine traumschöne apricotfarbene Bräune bekommen hatte. Die sah in Verbindung mit dem süßen kleinen pfirsichfarbenen Badeanzug, den sie trug, besonders gut aus. Ich überlegte, daß es eine Menge Dinge gab, die ich gerne an Stephanie sehen würde, mich natürlich mit eingeschlossen.

»Jeder am Strand hat Thisbe was zu Fressen gegeben«, sagte sie. »Wenn wir wieder abreisen, sieht sie aus wie ein Sumoringer.«

»Sie sieht jetzt schon aus wie ein Sumoringer«, sagte ich. »Schau doch mal, wie sie die lilafarbenen Poi Rolls auf dem Kaffeetisch ins Visier nimmt.«

»Baby hat am Strand nach McGovern gesucht. Es ist wirklich traurig, daß wir nicht *irgendetwas* unternehmen können.«

»Wir werden etwas unternehmen. Ich habe versucht, die Nummern von ein paar Leuten in meinem alten schwarzen Adressbuch zu finden, aber das verdammte Ding ist ungefähr sieben Zentimeter dick und die Hälfte der Leute darin ist tot.«

»Das ist bei einem alten Mann wie dir ganz natürlich. Eigentlich ist das gar nicht so schlecht. Es bedeutet nur, daß du die Hälfte der Leute, die du kanntest, überlebt hast.«

»Ja, aber es handelt sich um die falsche Hälfte.«

Während wir den schönsten Sonnenuntergang der Welt beobachteten, schickte ich ein kleines Stoßgebet an Jesus, daß sich McGovern nicht der Hälfte der Bewohner meines Telefonbuchs anschließen würde, die eine Rufumleitung in den Himmel hatten. Ich wußte aus früheren Fällen mit Rambam, daß die Suche nach vermißten Personen manchmal gemächlich, manchmal irrwitzig schnell und manchmal frustrierend langsam voranschreiten konnte, gleichsam als ob sie ihren eigenen Kopf hätte. Egal, wie viele Knöpfe man gedrückt oder Grundlagen abgedeckt hatte, das Wichtigste war, einen klaren, aufmerksamen Kopf, eine professionelle Einstellung und sich selbst im Sattel zu bewahren, bis man den Bastard in den Stall geritten hatte. Diese Fälle unterlagen einem natürlichen Rhythmus, der einige Stunden oder einige Jahre dauern konnte, und der Versuch, diesen Rhythmus zu manipulieren oder zu unterbrechen, war immer eine Dummheit. Man mußte nur mit dem Strom schwimmen, und in Hawaii war man davon umgeben.

»Du mußt den Sonnenuntergang beobachten«, sagte ich, »vielleicht siehst du ja den grünen Blitz.«

»Den einzigen grünen Blitz, den ich in letzter Zeit gesehen habe, war McCalls Bündel Beschleuniger.«

»Was ich meine, ist ein natürliches Phänomen, so eine Art Hawaiianische Version des nördlichen Polarlichts. Was genau den grünen Blitz verursacht, wissen nur die Wissenschaftler. Was er bedeutet, wissen nur die Kahunas. Warum Leute wie wir hier sitzen und danach Ausschau halten, weiß nur Gott. Denn wenn man auf ihn wartet, sieht man ihn fast nie.«

»Ich hoffe, wir finden McGovern«, sagte Stephanie.

»Ich auch, mein Schatz.«

»Es scheint hier nur alles so schwierig zu sein. Wir wissen nichts über die Leute, die Polizei, das Land und die Sitten. In New York hättest du ihn mit Hilfe all deiner beknackten Freunde schon längst gefunden. Hier könnte es ewig dauern. Vielleicht hätten wir gar nicht erst kommen sollen.«

»Sexuell?«

»Das war noch *nie* komisch, Friedman. Und schon gar nicht zum jetzigen Zeitpunkt. Gib's zu. Vielleicht hast du mehr abgebissen, als du kauen kannst.«

»Wir mußten herkommen«, sagte ich. »Wir alle lieben McGovern. Und jetzt, wo wir hier sind...«

»... und nichts passiert ...«

»Sei dir nicht zu sicher, daß nichts passiert. Die friedliche Stimmung auf den Inseln ist trügerisch, sie könnte sich innerhalb eines Atemzugs ändern. Vielleicht dauert es nur etwas länger, bis unsere Bemühungen Früchte tragen, weil uns die Umgebung fremd ist. Ich habe noch nie zuvor eine kriminalistische Untersuchung im Paradies durchgeführt. Hier ist alles fremd und ungewohnt.«

»Hm, du weißt ja, was mein Vater immer sagt.«

»Ich hab' nicht den blassesten Schimmer.«

»Bestell' nie eine Margarita in einem Chinarestaurant«, sagte Stephanie.

Da ich ihren Vater nicht kritisieren wollte, nickte ich nur anerkennend und beobachtete weiter, wie die Sonne am wässrigen Horizont verschwand. Es gab keinen Grund die Weisheiten ihres Vaters zu hinterfragen. Es gab keine Zeit bei dieser Untersuchung zu verschwenden. Es gab keinen grünen Blitz.

18

»MAHALO«, SAGTE DER PARKWÄCHTER, als Hoover sein Auto in dieser Nacht am Hotel stehen ließ.

Obwohl die Umstände anfingen, entschieden schlecht auszusehen, fühlte es sich gut an, endlich den vorgeblichen Tatort in Augenschein nehmen zu können. Es stimmte natürlich, daß die Zeit, die Gezeiten und die Touristen gekommen und gegangen waren, aber ich hatte immer noch die Hoffnung, jemanden zu finden, der McGoverns Verschwinden beobachtet hatte. Laut Hoover hatte McGovern ein hellblaues, ziemlich auffälliges Hawaiihemd getragen, mit großen grünen und gelben Palmen, die über die gesamte Länge des Hemds verliefen, welche in McGoverns Fall beträchtlich war.

»Heilige Mutter Gottes«, sagte ich, als Stephanie, Hoover und ich die Kalakaua Avenue in Richtung Waikiki entlang liefen. »Das ist das Hemd, das ich ihm mal von einer meiner früheren Reisen hierher mitgebracht habe.«

»Mit deiner Vorgeschichte als indianischer Spender«, sagte Stephanie, »ist das vermutlich ein gutes Omen. Vielleicht kommt das Hemd ja zu dir zurück und McGovern steckt noch drin.«

»Da bin ich mir nicht so sicher«, sagte ich grimmig. »Ich hab das Hemd im Royal Hawaiian Hotel bei einem Typ gekauft, der mir versichert hat, es sei eine exakte Kopie, in dem Montgomery Clift in *Verdammt in alle Ewigkeit* gestorben ist.«

»Das ist vermutlich kein gutes Omen«, sagte Hoover. »Übrigens, wo ist eigentlich dein Millionärskumpel McCall? Warum ist er nicht da und hilft uns, den Strand abzukämmen?«

»Zunächst mal«, sagte ich, »ist er gar kein Millionär. Er ist Multimillionär. Er hat über Hundert Millionen Dollar...«

»Und dann läßt er einen Pleitegeier wie dich gestern Abend die Rechnung bezahlen?«

»Deswegen ist er ja Multimillionär«, sagte ich. »Aber um deine Frage zu beantworten, Hoover, er ist gegenwärtig in seiner Suite und überwacht gewissenhaft die Aktivitäten der CIA, die gewissenhaft die Aktivitäten der DEA überwacht, die vermutlich damit beschäftigt ist, irgendjemandem die Marihuana Plantage in Miami auseinanderzunehmen.«

Egal wie düster das Leben gerade aussehen mag, wenn man vom Diamond Head auf der farbenprächtigen Kalakaua Avenue runter nach Waikiki läuft, erwachen unweigerlich wieder die Lebensgeister. Vielleicht liegt es am Strand und am Ozean, die wie ein treuer Freund parallel zur Kalakaua verlaufen. Vielleicht liegt es an dem vorübergehenden Glücksgefühl vorübergehender Leute. Vielleicht liegt es an der Tatsache, daß King Kalakaua zu Lebzeiten jede Menge Lebensgeister erwachen ließ. Laut Robert Louis Stevenson trank der Merry Monarch einst fünf Flaschen Champagner vor dem Frühstück. Anschließend – wieder laut Robert Louis Stevenson – merkte man keinerlei Veränderungen in seinem Auftreten oder Benehmen, außer daß er »spürbar mehr Würde ausstrahlte«. Etwas von Kalakauas Geist schien indessen auf Will Hoover übergegangen zu sein.

»Es war einst ein Mann namens Gandhi«, rezitierte er, »der erwachte morgens neben einem Dandy.«

»Das ist nicht mal im entferntesten witzig«, sagte Stephanie.

»Er sagte zu seinem Sekretär, hol mir irgendwas her, am liebsten die scharfe Mandy.«

»Das war grauenhaft«, sagte Stephanie. »Ich bin froh, daß ich die Mädels im Hotel gelassen habe.«

»Ich auch«, sagte Hoover.

»Ich wünschte, wir hätten *deinen* Arsch im Hotel gelassen«, sagte Stephanie.

»Bitte«, sagte ich, »keine Zwistigkeiten in den eigenen Reihen in dieser entscheidenden Phase der Untersuchung.«

»Untersuchung, mein süßes Rebellenärschchen«, sagte Stephanie mit einer nicht unbeträchtlichen Spur Spott, »wann soll die denn anfangen?«

»Sie hat Recht, Kinkyhead«, sagte Hoover. »Wir haben bisher nicht den kleinsten Anhaltspunkt, geschweige denn Spur von McGovern.«

»Da liegst du falsch, werter Watson«, sagte ich. »Aber das ist nicht der richtige Zeitpunkt, um dieses Thema zu vertiefen. Wenn ich mich nicht irre, ist das da direkt gegenüber die Statue von Duke Kahanamoku.«

»Es ist auch ziemlich schwierig, sie zu verfehlen, Arschgesicht«, sagte Stephanie, »es ist die einzige Statue am ganzen Strand und sie ist ungefähr fünfmal so groß wie Gott.«

»So ist es«, sagte ich abgelenkt, »und jetzt Hoover, stell'

dich doch bitte mal genau an die Stelle, von der aus du McGovern das letzte Mal gesehen hast.«

»Das geht nicht«, sagte Hoover.

»Warum nicht, Watson?«

»Weil mich dann die große weiße, mit japanischen Touristen besetzte, Limousine überfahren würde.«

»Cool«, sagte Stephanie, »dann müßten wir uns auch keine blöden Limericks mehr anhören.«

Ich wartete, bis die Limo vorbeigefahren war. Dann ging ich auf die leere Straße bis vor die Statue. Das erste, was mir ins Auge fiel, war das Bullenbüro, das unmittelbar rechts von der Statue lag.

»Um Himmels Willen«, sagte ich, »du hast mir gar nicht erzählt, daß ein Bullenbüro so nah an der Statue ist.«

»Du hast mich auch nicht danach gefragt«, sagte Hoover. »Was bedeutet das, oh großer Kinkyhead?«

»Ja, was bedeutet das, Arschgesicht?« sagte Stephanie. »Man muß ziemlich durchgeknallt sein, um jemanden so nah an einer Polizeiwache zu kidnappen.«

»Es eröffnet uns eine neue Sichtweise auf die Angelegenheit«, sagte ich. »Hoover, jetzt mußt du deinen Geist in jene verhängnisvolle Nacht zurückversetzen. Erstens, hast du wirklich gesehen, daß McGovern zum Strand ging? Und zweitens, kannst du uns zu der Stelle führen, wo du die Notizen für sein Kochbuch gefunden hast?«

»Ein Nein auf die erste Frage«, sagte Hoover, »ein Ja auf die zweite.«

»Auf was warten wir dann noch?« sagte ich, während ich mir im Schutz des riesigen Surfboard des Dukes eine Zigarre anzündete. »Frisch ans Werk, Watson.«

19

Es war nicht Bali Hai. Es war nicht Iwo Jima. Es war nicht die Normandie. Es war lediglich ein öffentlicher Strand bei Nacht, der von der Öffentlichkeit verlassen worden war. Es waren die Sandkörner von Hertz Rent-a-Car. Die Sandkörner von McDonald's. Die Sandkörner vom Sheraton,

Hilton und Hyatt. Die traurigen Sandkörner der amerikanischen Einsamkeit, die dereinst Teil eines urzeitlichen Felsen und jetzt reduziert waren auf verwitterte, wandernde Fußspuren, die kein Auge je sehen und denen kein Herz je folgen würde. Es war lediglich ein verlassener Strand, gefangen in einem dunklen Stundenglas zwischen den glitzernden Lichtern der unbeteiligten Stadt und den phosphoreszierenden Spiegelungen des ewigen Ozeans.

»Irgendwie unheimlich«, sagte Hoover. »Scheint genau der richtige Ort für *Menehune* zu sein.«

»Wer sind die *Menehune*?« fragte Stephanie.

»Das sind kleine koboldartige Wesen, von denen die Hawaiianer glauben, sie kämen mitten in der Nacht hervor, um Unfrieden zu stiften.«

»Wie du und Hoover«, sagte Stephanie, während sie sich wie eine Meeresgöttin zu ihrer vollen Höhe von einem Meter zweiundachtzig aufrichtete und einen stechenden Blick auf uns herabwarf.

»Vielleicht wäre jetzt noch ein Limerick angebracht«, sagte Hoover

»Vielleicht wäre es jetzt angebracht, deinen Arsch zu strangulieren«, sagte Stephanie.

»Wir finden sowieso nichts mehr an diesem Scheißstrand. Hier ist keine Menschenseele.«

»Das stimmt nicht ganz«, sagte Hoover und zeigte in die Dunkelheit. »Was ist mit dem Typ da?«

Wir konnten jetzt ganz klar die gebeugte Gestalt eines alten Mannes erkennen, der am Wasser entlang schlurfte und den Sand langsam mit einem Metalldetektor absuchte. Als er näher kam, sah er immer mehr wie ein Prophet aus dem Alten Testament aus, oder wie dessen moderne Version, ein Mann aus einem Obdachlosenheim. Er war ein »Poi« Mann, seine Vorfahren ein bunt gemischter Haufen, das Resultat mehrerer hundert Jahre Sonne und Sex auf den Inseln. Wenn wir nur weit genug in unsere Vergangenheit zurückblickten, würden wir vermutlich feststellen, daß wir alle – vielleicht mit Ausnahme der zarten arischen Blüte Stephanie DuPont – »Poi« Menschen sind. Das ist eines der Dinge, die Amerika groß und Hawaii magisch gemacht haben.

Bevor ich auch nur wußte, was geschah, parlierte Hoover als versierter Reporter und Interviewer auch schon mit dem alten

Mann. Sie schienen Pidgin miteinander zu sprechen, ein paar Brocken Englisch, ein paar Hawaiianisch, viele Gesten mit Hand und Kopf, sogar Lippenzeichen seitens des alten Mannes, ein ziemlich ungewöhnlicher Brauch, den ich seit meinen Friedenskorpszeiten im Dschungel von Borneo nicht mehr beobachtet hatte. In Borneo wird es als unhöflich angesehen, mit der Hand zu zeigen. Die meisten Mütter haben ihren Kindern genau das beigebracht. Was der zivilisierte Westen vergißt, behält der primitive Osten bei.

»Er hat McGovern gesehen«, rief Hoover aufgeregt. »Er erkennt ihn auf dem Foto.«

Hoover faltete prompt das Vermißtenplakat zusammen und kehrte zu seiner angeregten Konversation mit dem alten Mann zurück.

»Das ist mehr, als wir erwarten konnten«, sagte ich zu Stephanie. »Die Götter der verlorenen Münzen und Menschen scheinen mit uns zu sein.«

»Mal abwarten«, sagte Stephanie skeptisch.

»Er ist da lang«, rief Hoover und zeigte auf die rosafarbenen malerischen Mauern des Royal Hawaiian Hotel, das älteste Hotel am Strand. »Er ist mit einer Wahine weggegangen!«

»Was ist eine Wahine?« fragte Stephanie.

»Eine Frau«, sagte ich.

»Eine Schönheit?«

»Sicher nicht so schön wie du.«

»Alles ist relativ«, sagte Stephanie und warf ihr langes blondes gepflegtes Haar in Richtung der lockenden See. »Das sollte nicht eitel klingen, ich hab' mich nur gefragt, ob sie attraktiv genug war, um McGovern zu verführen.«

»Die Antwort lautet ja«, sagte ich. »Für McGovern ist alles mit zwei Beinen und einer Vagina...«

»Friedman! Ich warne dich!«

»... eine Schönheit. Jede unter fünfzig ist jung. Jede Frau, die eine Arbeit hat, ist unabhängig und reich. Mit anderen Worten, es könnte ihn praktisch jede Wahine aufgegabelt haben.«

»Das spricht nicht gerade für McGovern.«

»Ganz im Gegenteil, das spricht für sich. Er nimmt nur Frauen mit, die freundlich, mitfühlend, höflich, intelligent, großzügig und einigermaßen gepflegt sind.«

»Warum sucht er sich dann nicht einen Pfadfinder?« fragte Stephanie.

»Die sind zu sparsam«, sagte ich.

Zumindest kamen wir ein Stück voran. Die Wendung mit der Wahine erklärte einige Dinge. Das war der Grund, warum McGovern überhaupt so leicht entführt worden war. Das war der Grund, warum man ihn so leicht von einem Ort weggelockt hatte, an dem ein Bullenbüro nur einen Steinwurf weit weg war. Das war möglicherweise auch der Grund, warum anfänglich niemand von ihm gehört hatte. Das war jedoch nicht der Grund für den beunruhigenden MIT-MIT-MIT Anruf, den ich erhalten hatte. Und es erklärte ebenfalls nicht das absolute Ausbleiben jeglicher Kommunikation seit diesem Zeitpunkt.

Als Hoover sein Gespräch mit dem alten Mann beendet hatte, waren wir alle uns darüber im Klaren, daß wir nun wenigstens eine Spur hatten. Eine Spur ist etwas, dem die Hoffnung folgen kann. Sie führt einen nicht immer dahin, wohin man möchte, aber das ist immer noch besser, als einen nackten Mann zu beobachten, der mit einer Monstererektion durch eine psychiatrische Anstalt rennt.

»Wir sind auf einer heißen Fährte«, sagte Hoover fröhlich. »Das erinnert mich an einen Limerick, den ich kenne.«

»Ach du lieber Gott«, sagte Stephanie, »kannst du ihn nicht zum Schweigen bringen, Friedman.«

»Es war einst ein Perverser namens Hoover«, begann Hoover. »Der kannte eine Sexbesessene in Vancouver.«

»Ich will es nicht *hören*«, sagte Stephanie.

»Sie war eine laszive junge Schlampe...«

»Er leidet am Tourette Syndrom«, sagte Stephanie.

»Und hatte ne dicke Wampe ...«

»Mach', daß er aufhört, Friedman!«

»Geht nicht.«

»Und lehrte ihn das Schleckmopsmanöver«, endete Hoover schwungvoll.

»Das war grauenhaft«, sagte Stephanie.

»Was machen wir jetzt, Sherlock?« fragte Hoover mit einem selbstvergessenen Lächeln.

»Wir schenken dir einen Maulkorb zu Weihnachten«, sagte Stephanie.

»Konnte der alte Mann die Wahine beschreiben?« fragte ich Hoover. »Besondere Merkmale, Haarfarbe, Größe? War sie vielleicht so groß wie Stephanie?«

»*Niemand* ist so groß wie Stephanie«, sagte Hoover.

»Das solltest du auch nicht *vergessen*, du kleiner *Mehuna*«, sagte Stephanie.

»Das heißt *Menehune*«, sagte Hoover. »Eine *Mehuna* wiederum ist eine ziemlich obskure Gerätschaft, die man einer Wahine auf den Unterleib legt ...«

»Friedman! Das ist zuviel!« schrie Stephanie. »Ich gehe zurück ins Hotel und kümmere mich um *les Enfants*.«

Aber bevor sie ihre Drohung wahr machen konnte, sahen wir eine Gestalt, die aus der Dunkelheit auf uns zurannte. Als die Gestalt näher kam, materialisierte sie sich allmählich in John McCall. Er war in einem Zustand größter Erregung.

»Wie hast du uns gefunden?« fragte ich.

»Ich bin bis zur Statue runtergerannt und ab da dem Zigarrengestank gefolgt«, sagte John.

»Wir haben eine Spur«, sagte Hoover.

»Wir haben noch mehr«, sagte McCall.

»Was?« sagte Stephanie mit Furcht in der Stimme.

»Eine Lösegeldforderung«, sagte McCall.

Teil Vier

Am Geld

20

Der einzige Ort, an dem man in Hawaii richtig schlechten Kaffee bekommt, ist das Starbucks. Wenn man sich von dort fernhält, kann eigentlich schon fast nichts mehr schief gehen. Der Zimmerservice eines schicken Hotels oder einer Absteige, gute Restaurants oder Denny's by the Sea, sogar das Forty-Nine Diner (so genannt, weil alle glaubten, Hawaii wäre der 49. Staat der Union und alle falsch lagen), sie alle servieren erstklassigen Kaffee, den sie mit variierenden Mengen magischen Konabohnen von Jakob und der Wunderbohne zubereiten. Ohne Zweifel ist dieser Kaffee das Getränk der ersten Wahl, wenn man darauf wartet, daß Kidnapper wegen einer Lösegeldforderung wieder Kontakt aufnehmen.

Die Lösegeldforderung an sich war eine ziemlich einfache und direkte Angelegenheit. Die Kidnapper hatten offensichtlich die Vermißtenplakate gesehen, die angegebene Telefonnummer der Hotelrezeption gewählt, dann entgegen unseren Instruktionen, nicht den Anruf durchstellen lassen, sondern einfach aufgelegt und statt dessen beschlossen, uns einen Zettel mit der Lösegeldforderung zukommen zu lassen. Was das in dieser frühen Phase zu bedeuten hatte, blieb offen.

Die Lösegeldforderung lautete: »Wir haben Ihren Freund. Tun Sie, was wir Ihnen sagen und es geschieht ihm nichts. Beschaffen Sie 50.000 US Dollar in kleinen, gebrauchten Scheinen. Keine Fünfziger oder Hunderter. Warten Sie auf weitere Anweisungen. Wenn Sie die Polizei verständigen, ist Ihr Freund tot. P.S. Rufen Sie uns nicht an. Wir rufen Sie an.«

Mittlerweile waren die frühen Morgenstunden angebrochen und ich becherte Kaffee, brütete über der Lösegeldforderung und betete, Rambam würde einen meiner vier Anrufe beantworten, bevor die Kidnapper erneut Kontakt mit mir aufnahmen. Plötzlich kam Bewegung in die Sache, eine Art beginnende Hysterie, es war eine Situation, in der eine leichte Panne oder ein kleineres Versehen schreckliche Konsequenzen haben konnte.

Meine relativ begrenzten Erfahrungen als Amateurdetektiv hatten mich nie in die Verlegenheit kommen lassen, persönlich eine Lösegeldforderung zu erhalten, eine knallharte, konkrete Bedrohung für das Leben einer Person, die mir sehr nahe stand. Ich war so schlecht ausgerüstet und unsicher, wie ich das anpacken sollte, wie Lindbergh das sicherlich seinerzeit auch gewesen war. Ich beschloß für den Augenblick, die Forderungen genau zu befolgen. Ich würde einfach weiter Kaffee trinken und, obwohl jedes Hotel in Honolulu mit »Bitte nicht die Vögel füttern, *Mahalo*«-Schildern ausgestattet war, würde ich den Vögeln auf meinem Lanai einfach weiter lilafarbene Poi Rolls geben, die sie offensichtlich mochten. Für den Moment würde ich darauf warten, daß entweder Rambam oder die Kidnapper anriefen und ich beabsichtigte, das zu tun was die jeweilige Partei – welche auch immer das sein würde – mir vorschlug. Ich würde keinen Kontakt mit der Polizei aufnehmen.

Die Aufgabe, das Lösegeld zusammenzukriegen, hatte ich bereits an John McCall delegiert. Wenn man mit einem Multimillionär reist, kann man davon ausgehen, daß er der geeignetste Kandidat für diesen Job ist. Wenn John 50.000 Dollar lokker machen mußte, war das wie wenn einer von uns einem Straßenmusiker eine Münze zuwarf. Der Lösegeldbetrag war mir überraschend niedrig vorgekommen, aber es war vermutlich keine schlechte Idee, nicht zu tief in die Gehirnwindungen eines Kidnappers blicken zu wollen. Die beste Strategie war wohl, still zu sitzen, auf den Anruf zu warten und währenddessen die Vögel zu füttern.

An den meisten Orten schlafen die Vögel nachts in ihren kleinen Nestern und träumen von Würmern, tollen Ausflügen oder tropischen Paradiesen. In Hawaii haben Vögel und auch Tauben einen wesentlich flexibleren Flugplan. Wenn es einen rund-um-die-Uhr Zimmerservice gibt, so gilt das auch für Vögel. Wenn sie ein großes Säugetier sehen, das auf seinem Lanai mit einem dunklen Zweig in der Hand unter gelegentlichem Ausstoßen kleiner Rauchwolken hin- und herwandert, denken sie, da könnte was abgehen. Zerbricht das große Säugetier dann auch noch Poi Rolls und verstreut die Krümel auf dem Boden seines Lanai, spricht sich das schnell rum. Auf Traumschwingen scharen sie sich um das große nächtliche Säugetier, ohne je etwas von dem Aufruhr seines Herzen zu erfahren.

Federn flatterten, Tauben schissen und das nächste, an das ich mich erinnere, war, daß es halbdrei morgens war und die Telefone klingelten. Ich rannte zum nächstgelegenen Hörer, der ausgerechnet in der Toilette war, und packte ihn schnell und fest, meine Hand nicht unähnlich der Klaue eines Falken, der seine Beute reißt.

»Schieß los«, sagte ich.

»O.k., laß mal die Lösegeldforderung hören«, sagte Rambam cool. Der Klang seiner Stimme beruhigte mich sofort. Wenn es jemanden gab, der mir sagen konnte, wie ich mich in dieser Situation verhalten sollte, dann Rambam.

Ich klappte den Klodeckel runter und setzte mich drauf. Dann las ich den Zettel vor. Er sagte einen Augenblick nichts und ich bekam das beunruhigende Gefühl, er könnte eingeschlafen sein. Schließlich sagte er:

»Gut, dann weißt du ja, was du zu tun hast.«

»*Natürlich* weiß ich nicht, was ich zu tun habe. Ich habe keine *Ahnung*, was ich zu tun habe. Deswegen habe ich dir vier Nachrichten hinterlassen.«

»Du mußt die Bullen informieren«, sagte Rambam.

»Wenn Sie die Polizei verständigen«, las ich laut vor, »ist Ihr Freund tot.«

»Kinky, es besteht die nicht so geringe Wahrscheinlichkeit, daß das ohnehin schon der Fall ist. Du mußt auch auf diese Möglichkeit vorbereitet sein.«

»Aber du persönlich glaubst doch nicht, daß McGovern tot ist?«

»Ich persönlich glaube, daß man das Wettbüro schließen sollte, wenn man erst mal bei Lösegeldforderungen angelangt ist. Du weißt, daß ich allergisch auf Bullen reagiere, aber sie sind die einzigen, die über genügend Ausrüstung und Personal verfügen, um eine Fangschaltung mit Anrufrückverfolgung durchzuziehen. Heutzutage kann man Kidnapper nicht mehr mit einer pedalbetriebenen Rikscha jagen.«

»O.k., also bringen wir die Bullen ins Spiel. Aber was soll Fangschaltung mit Anrufrückverfolgung heißen?«

»Das ist genau wie im Kino. Sie verfolgen den Anruf zurück und dann fangen sie den Kidnapper«, sagte Rambam.

»Dann müßte es verfolgen und fangen heißen.«

»Es müßte auch Roll'n'Rock heißen. Sag' den Bullen einfach nur Fangschaltung mit Anrufrückverfolgung, dann glauben sie, du sprichst ihre Sprache. Das dürfte die Dinge etwas beschleunigen. Du rufst sie an, sobald ich aufgelegt habe. In ein paar Tage komm ich auch rüber.«

»Großartig«, sagte ich und war selbst von der Welle der Erleichterung überrascht, die mich durchflutete. »Wo bist du gerade?«

»Am Flughafen von Paris auf dem Weg nach Marokko. Ich muß dort einen groß angelegten Kameldiebstahl aufklären.«

»Verstehe«, sagte ich. »Aber du kommst, so schnell du kannst?«

»Sicher«, sagte Rambam. »Aber laß dir gesagt sein, wenn die Angelegenheit erst mal in den Händen der Bullen ist, gibt es für mich nicht mehr viel zu tun.«

»Du bist zu bescheiden«, sagte ich, »du kannst mir beim Rikscha treten helfen.«

Ich legte den Hörer auf und verließ das Bad. Dann goß ich mir noch einen Kaffee ein. Dann zündete ich mir noch eine Zigarre an. Dann rief ich die Bullen an.

21

EIN HAWAIIANISCHES SPRICHWORT lautet, der ungezielte Pfeil trifft immer. Es handelt sich hier um ein kleines Kahuna Zen Geheimnis, das die Haoles auf dem Festland noch nicht entdeckt haben und, so wie es aussieht, wohl auch nicht werden. Es bedeutet, daß man ganz gute Chancen hat, es zu bekommen, wenn man sich nicht zu sehr auf etwas, das man unbedingt will, fixiert. Es bedeutet auch, daß die Uhren auf Hawaii langsamer ticken, aber wenn es dann losgeht, sollte man sich ganz fix seine Jimmy-Buffett-Flip-Flops und seinen Schirmchendrink schnappen und zuschauen, daß man aus der

Schußlinie springt. Man sollte schleunigst abhauen, bevor das eigene Karma mit dem Surfboard über das Dogma fährt.

Ich machte gerade einen kleinen Powerschlummer, während ich auf die Bullen wartete, als das Telefon klingelte. Ein Telefon am Bett und eins auf der Toilette ist natürlich nicht dasselbe wie zwei rote Telefone zu beiden Seiten des Schreibtischs, aber mit solchen Unannehmlichkeiten muß man unterwegs eben klar kommen, vergleichbar mit dem Umstand, sein Gänsefederbett gegen einen Schlafplatz auf dem kalten Boden neben dem Hippiecamper einzutauschen. Oder statt einer dunkelgefiederten Taube, die auf eine rostige Feuerleiter scheißt, einer weißgefiederten Taube auf einer Palme zuzuschauen, die einem auf den Kopf scheißt. Es heißt, wenn einem ein Vogel auf den Kopf scheißt, sei das unweigerlich ein gutes Omen. Ich vermute, daß ich das halb träumte, halb hoffte, als die Telefone klingelten. Ich nahm den Hörer neben dem Bett ab.

»Schieß los«, sagte ich.

»Aloha«, sagte eine temperamentvolle Frauenstimme, »rufe ich zu spät an?«

»Wer will das wissen«, sagte ich.

»Ich bin Carline Ravel, Hoovers Freundin vom Honolulu Advertiser, ich bin immer noch hier auf der großen Insel, aber er sagte, ich könne jederzeit anrufen, Sie seien ein Träumer, der nie schläft.«

»Das hat er von Captain Midnight geklaut«, sagte ich. Mir war plötzlich bewußt, daß ich die Telefonleitung frei haben wollte, für den Fall, daß die Kidnapper anriefen.

»Ich glaube, ich bin über etwas gestolpert, daß Ihnen helfen könnte, Ihren Freund zu finden«, sagte sie.

Mittlerweile war ich hellwach. Das war die Braut, von der Hoover erzählt hatte, sie habe möglicherweise sonderbare Informationen über McGovern. Er hatte sie als Freundin und »Sahneschnitte« beschrieben, aber was vielleicht wichtiger war, sie war auch Reporterin. Das ergab zusammen also schon drei Reporter an Deck, obwohl dem einen natürlich gerade der Presseausweis abhanden gekommen war. Ich war kein ausgesprochener Feind der Presse, aber wenn man darauf wartet, daß endlich die Bullen auftauchen, um eine Fangschaltung zu legen, damit sie den Kidnapper schnappen, der bald anrufen könnte, ist das Letzte, was man gebrauchen kann, eine Medienfrau auf Kreuzzug, die in der Hoffnung herumschnüffelt, ihren

Rüssel in die sensiblen Speichen deines Albtraums stecken zu können. Ich mußte vorsichtig, schnell und diplomatisch sein.

»Hoover sagt, Sie seien eine hübsche Puppe«, sagte ich, »aber im Moment bin ich leider damit beschäftigt, die Schublade mit meiner Reiseunterwäsche neu zu arrangieren und ...«

»Ich möchte Ihnen nicht Ihre wertvolle Zeit stehlen«, sagte sie, »ich dachte nur, es könnte Sie interessieren, was ich über McGovern herausgefunden habe. Wenn Sie wollen, treffen wir uns morgen im Bishop Museum da, wo das historische Auslegerboot ausgestellt ist. Ich bin Punkt drei Uhr da.«

»Ich kann nichts versprechen«, sagte ich, aber Carline hatte schon aufgehängt.

Während ich noch meinerseits den Hörer auflegte, klopften auch schon die Bullen an die Tür. Einen Augenblick später waren sie drin, stellten rudimentäre Fragen, untersuchten den Lösegeldwisch, akzeptierten den von mir angebotenen Kaffee mit Poi Rolls und warteten im Grunde darauf, daß die Schnüffler und Techniker endlich auftauchten. Auf die Frage, ob sie eine Fangschaltung mit Anrufrückverfolgung benutzen würden, um die Kidnapper zu schnappen, zuckten sie mit den Schultern, erhoben Einwände und fragten schließlich, ob ich glaubte, der Zimmerservice könne ihnen *Malasadas* bringen. *Malasadas*, eine Art portugiesisches Gebäck, erfreuen sich auf den Inseln großer Beliebtheit. Das Hotel hatte keine *Malasadas*. Aber es gab Kaffee und Poi Rolls. Ich bestellte genug für einen kleinen Bar-Mizwa-Empfang. Dann wagte ich noch eine Frage.

»Wie stehen die Chancen«, fragte ich, »daß die ganze Angelegenheit gut ausgehen wird?«

Eine der Uniformen zuckte wieder mit den Schultern. Der andere blickte lange aufs Meer und schüttelte dann den Kopf. Sein breites dunkles Gesicht hatte den ambivalenten Gesichtsausdruck der Hawaiianer, bereit von einer Sekunde auf die andere ein Freudentänzchen zu machen oder in tiefe Trauer zu fallen.

»Zu viel *Pilikia*«, sagte er.

Pilikia ist, so erfuhr ich später, das hawaiianische Wort für Ärger. Ich weiß bis heute nicht, ob der Bulle damit sein Leben, seine Arbeit, die Welt, die Rettung McGoverns oder alles zusammen meinte. Und mittlerweile würde es auch zu viel *Pilikia* machen, es herauszufinden.

Mehrere Tassen Kaffee und neunzehn Poi Rolls später, waren zwei Schnüffler angekommen und stellten mir ein Meer von Fragen, während zwei Techniker ihr Equipment auf dem Tisch in der Ecke meines Zimmers aufbauten. Als die werdende Morgenröte ihr Licht über Land und Wasser strahlte, waren mir mehr als bereit zum Fangen und Verfolgen. Die beiden Schnüffler entspannten sich auf dem Lanai, die Techniker hatten ihre Kopfhörer auf und ich nahm einen kurzen Powerschlummer, als wir unseren ersten Fisch fingen.

»Wach auf, Arschloch!« sagte Stephanie.

»Hallo?«

»Was ist los? Bist du *hirntot*? Oder in einem *Scheißkoma*?«

Mit wachsender Irritation sah ich, wie die Techniker sich angrinsten. Die Unterhaltung wurde von einer Freisprecheinrichtung wiedergegeben, daher waren auch die beiden Schnüffler mit leicht amüsiertem Gesichtsausdruck vom Lanai zurück in den Raum gekommen.

»Äh, Stephanie...«

»Was ist passiert? Kippt deine eiserne Lunge gerade?«

Mittlerweile lachten die Bullen und ich regte mich immer mehr auf, aber wenigstens war ich jetzt wach.

»Hör zu, Stephanie. Ich zieh mir diese Scheiße nicht rein. Dieser Anruf wird aufgezeichnet, um die Kidnapper zu fangen und zu verfolgen...«

»Von mir aus können sie diesen Anruf bei *Hard Copy* senden, Arschloch. Ich krieg dich am Arsch und verfolge die Absicht, meine Sozialversicherungsnummer in deine Eier zu stanzen.«

»Wer spricht dort bitte?«

»Gib's zu Arschloch«, sagte Stephanie, wobei sie ganz offensichtlich das gut hörbare Gelächter im Raum bediente, »du mußt dir jeden Scheiß reinziehen, den du von mir kriegen kannst, weil ich einzweiundachtzig groß bin, noch wunderschöner als Grace Kelly, smarter als du, witziger als du, reicher als du und klüger als du ...«

»Aber du magst keine Limericks ...«

»Ich mag *dich* nicht. Was zum Teufel geht in deinem Zimmer ab, Sittichschwanz? Klingt wie das Frühstück in einem Club von Schwulen.«

Die Bullen schüttelten sich mittlerweile vor Lachen. Ich setzte mich im Bett auf, in der Absicht, mir die erste Zigarre des Morgens anzuzünden und das, was von meinem Gehirn noch übrig war, zusammenzurühren, um mir ein gute Ausrede einfallen zu lassen, Stephanie endlich aus der Leitung zu kriegen.

»Hör zu, Prinzessin. Es ist äußerst wichtig, die Leitung freizuhalten, für den Fall, daß die Leute, die McGovern haben, anrufen. Meinst du, wir könnten zu gegebener Zeit noch mal auf dieses Thema zurückkommen, oder muß ich erst einen Gabelstapler hier reinfahren, um dich vom Hörer wegzukriegen?«

»Ich kann dich richtig vor mir sehen, wie du Gabelstapler fährst, Friedman. Du würdest dich wahrscheinlich dabei umbringen, was mich im übrigen nicht stört, aber es wäre zumindest der erste Job, den du in deinem Leben machen würdest.«

»Bitte leg jetzt auf, Liebling, wir diskutieren das später.«

»Okay, Itzig, aber vergiß nicht, daß du gerade die Stimme deines Herren gehört hast.«

»Stephanie ...«

»Vergiß es nicht!« sagte Stephanie »Ciao, Itzig.«

Sie legte den Hörer auf. Ich tat es ihr nach. Zu meiner Überraschung hörte ich einen kleinen Applaus von der in meinem Hotelzimmer versammelten Menge.

»Oh Gott«, sagte einer der Schnüffler anerkennend, »was für ein Weltklassefrau. Die macht dich fertig.«

»Es würde mich nicht stören, von *dieser* Mieze gekidnappt zu werden«, sagte der andere.

Ich stieg aus dem Bett und goß mir einen Kaffee ein. Es ist eine merkwürdige emotionale Mischung, sich stolz und lächerlich zugleich zu fühlen, aber es ist besser, als gar nichts zu spüren.

»Ist sie auch nur im entferntesten so wie sie klingt?« fragte einer der Techniker nicht unhöflich.

Ich beobachtete, wie die Vögel auf dem Lanai die Poi Rolls unter dem Schild, auf dem stand »Bitte nicht die Vögel füttern, *Mahalo*«, pickten. Ich paffte an meiner Zigarre und nickte gedankenverloren.

»Sie ist eine Hure mit einem Herz aus Gold«, sagte ich.

22

DER TELEFONVERKEHR NACH Stephanies kleinem Weckruf war an diesem Morgen praktisch nicht existent und es dauerte dann auch nicht lange, bis einer der Schnüffler und einer der Techniker sich verpißten. Die verbleibenden zwei versicherten mir, alles sei eingerichtet, um die Kidnapper, wenn sie denn anriefen, zu fangen und zu verfolgen. Sie sagten, sie würden in Schichten arbeiten und den Einsatz aufrecht erhalten, so lange er sinnvoll schien. Ich fragte, wie lange das denn sein würde, und sie antworteten, so lange die Poi Rolls und der Kaffee nicht ausgingen.

Gegen zehn schaute McCall vorbei. Er trug ein farbenfrohes Hawaiihemd, Khakishorts, Jesuslatschen, eine verspiegelte Sonnenbrille und einen mittelgroßen, ausgesprochen seriös wirkenden Aktenkoffer. In diesem Aufzug sah er aus wie ein freundlicher Drogendealer, der bessere Kreise versorgte. Ich stellte ihn den Bullen vor und er legte den Koffer aufs Bett.

»Alles da«, sagte er, »fünfzig Riesen in Fünfern, Zehnern und Zwanzigern, nur gebrauchte Scheine.«

»Warum hat das so lange gedauert?« fragte ich. »Du hast vermutlich so viel Beschleuniger auf Tasche, daß du den größten Teil ohnehin gleich selbst stellen könntest.«

»Banker sind einfach immer Schweinehunde«, sagte McCall. »Und je kleiner die Transaktion ist, desto größere Schweinehunde sind sie. Wäre das eine wirklich hohe Lösegeldforderung gewesen, sagen wir im Millionenbereich, hätte ich den Deal wahrscheinlich in einem Atemzug machen können.«

»Vielleicht beim nächsten Mal«, sagte der Bulle, während er den Koffer öffnete und McCalls Geld durchsah.

»Sie haben noch nicht angerufen, oder?« fragte McCall.

»Nein«, sagte ich, »die Leitungen in der Spendengala für Jerry Lewis' Gesichtszuckungen sind noch nicht heiß gelaufen.«

»Sie rufen schon noch an«, sagte der Bulle grimmig. »Und wenn es soweit ist, denken Sie an das, was ich Ihnen gesagt habe. Erklären Sie sich mit allem, was sie fordern einverstanden, aber lassen Sie sich dabei Zeit. Je länger das Telefongespräch dauert, desto leichter ist es mit der Fangschaltung zurückzuverfolgen.«

»Was bedeutet mit der Fangschaltung zurückverfolgen?« frage McCall einen Augenblick später als wir beide es uns in den Stühlen auf dem Lanai bequem gemacht hatten und versuchten, den glitzernden Ozean zu dechiffrieren. Die Bullen waren noch im Zimmer und zählten McCalls Geld nach.

»Eine Fangschaltung mit Anrufrückverfolgung ist der korrekte Ausdruck für eine moderne Polizeimethode, den Anruf der Kidnapper zu verfolgen, um anschließend die besagten Kidnapper zu fangen«, sagte ich.

»Warum heißt es dann nicht Verfolgen und Fangen?« fragte McCall

»Warum heißt es nicht Roll'n'Rock?« sagte ich.

»Warum versuchen wir nicht, den Zimmerservice zu verfolgen und zu fangen?« sagte der Bulle.

McCall bestellte das Japanische Gesundheitsfrühstück, bestehend aus Algen, Misosuppe und mit Knoblauch angebratenem Reis, ich die Poi Pfannkuchen und ein Omelette mit Schinken und Maui Zwiebeln, der Bulle eine portugiesische Wurst mit zwei Spiegeleiern. Der Techniker blieb bei Kaffee und Poi Rolls. Ich bestellte auch noch eine große Tasse Kona Kaffee sowie eine Karaffe mit Eiswasser und eine mit frischem Guavensaft.

»Immer wenn mein Vater Spiegeleier bestellt«, erzählte ich dem Bullen, »sagt er, ›ich möchte zwei Eier, die mich anschauen.‹«

»Ihr Vater ist ein kluger Mann«, sagte der Bulle. »Heutzutage kann man niemandem mehr trauen.«

Der Kellner entfernte gerade das Sarongkondom von der Karaffe mit Guavensaft, als die Telefone klingelten und jeder zu seiner Gefechtsposition eilte. Ich rannte zum Telefon am Bett, der Techniker rannte zu dem Tisch mit seiner Ausrüstung, der Bulle rannte zum gleichen Ort, den ich mir schon ausgesucht hatte, und schielte mir wie einem Patienten mit forschem, geschäftsmäßigem Blick über die Schulter, und der Kellner rannte um sein Leben, als McCall ihm etwas Beschleuniger unterjubelte und ihn auf den Gang schob.

»Gehen Sie noch nicht ran«, rief der Techniker. »Lassen Sie es noch ein paar Mal klingeln.«

Es fällt mir schon unter den günstigsten Voraussetzungen schwer, ein Telefon länger klingeln zu lassen. Ich bin unheilbar telefonsüchtig und glaube, jeder Anruf könnte die magische

Kraft haben, mein Leben für immer zu verändern. Bisher war dieser Anruf natürlich ausgeblieben. Dieses Mal war ich mir jedoch nicht so sicher, daß mein Leben danach das Gleiche sein würde. Das könnte der Anruf sein, an den ich mich erinnern würde, wenn mich Geistliche auf dem Sterbebett quälten.

»Heben Sie ab, *jetzt*!« schrie der Techniker.

Mein Adrenalinspiegel war im roten Bereich und meine Hand zitterte stärker als ich wollte, während ich den Hörer abhob. Als ich Hallo sagte, hatte ich McGoverns freundliches, unschuldiges Gesicht, das irgendwo zwischen Sonne und Meer schimmerte, vor Augen. Das war der Anruf, der auch sein Leben ändern konnte.

»Wer spricht?« sagte eine emotionslose Stimme.

»Kinky Friedman«, sagte ich.

»Gut, Mr. Friedman«, sagte der Typ mit ungefähr soviel Gefühl wie ein Teilnehmer des monatlichen Treffens der Eigentümerversammlung, der sich darüber beschwert, daß der Laster des Landschaftsgärtners immer vor dem Gebäude geparkt ist. »Haben Sie, was wir wollen?«

»Ja, habe ich«, sagte ich.

McCall, der ganz leise den Raum betreten hatte, stand wie eine Statue an der Tür. Der Bulle stand wie eine Statue am Bett. Nur der Techniker, der auf seinem Kopfhörer mithörte, nickte mir ermutigend zu. Wie Hank Williams fühlte ich mich *so lonesome I could cry*.

»Sehen Sie aus dem Fenster«, sagte die Stimme am Telefon.

Ein kalter Schauer durchfuhr mich. Wenn der Typ mich sehen konnte, konnte er auch sehen, daß noch andere Personen im Raum waren. Wenn das der Fall war, könnte es für McGovern schon zu spät sein. Ich schaute aus dem Fenster.

»Sehen Sie den alten großen steinernen Swimming Pool, der direkt ins Meer gebaut ist?« Er meinte ein sogenanntes Natatorium, ein Erster-Weltkriegs-Denkmal, das wie eine altertümliche Ruine direkt unten am Strand stand.

»Ja, das sehe ich«, sagte ich.

»Um Punkt 11.30 Uhr sitzen Sie in Reihe 13 der Steintribüne da drinnen. Sie können in der Nähe des *Hau* Baums durch das alte rostige Tor auf der Diamond Head Seite reinschlüpfen. Und Sie sollten mitbringen, was ich will.«

»Haben Sie, was ich will?« fragte ich. »Kann ich mit ihm sprechen?«

»11.30 Uhr, Reihe 13. Wenn wir auch nur einen einzigen Bullen sehen, werden Sie Ihren Freund nie wieder sehen. *Pau kanaka make.*«

Die Leitung war tot, der Techniker fluchte und ich legte auf. Der Bulle sah zum Techniker rüber.

»Hast du ihn zurückverfolgt?« fragte er.

»Ja, zu einer Telefonzelle auf Kapahulu.«

»Scheiße«, sagte der Bulle. »Es ist immer eine Telefonzelle auf Kapahulu.«

»Was sagt uns das?« fragte ich.

»Rein gar nichts, verdammt«, sagte der Bulle.

»Und was bedeutet *Pau kanaka make*?«

»Es bedeutet, wir sollten dafür sorgen, daß Ihr Arsch um 11.30 Uhr in Reihe 13 sitzt, andernfalls ist Ihr Kumpel Haifischfutter.«

»Hört sich auf Hawaiianisch besser an«, sagte ich.

»Das ist mit allem so«, sagte der Bulle.

23

BEVOR ICH DEN RAUM mit einem Koffer voller Geld verließ, hatten mich mehrere neu eingetroffene Schnüffler bearbeitet, ich solle einem von ihnen die Übergabe überlassen. Sie argumentierten ganz logisch, daß die Kidnapper keine Ahnung hatten, wie ich aussah, und daß ein Undercover-Bulle an meiner Stelle, bessere Chancen hatte, das Lösegeld für McGovern zu übergeben und die Mutprobe lebend zu überstehen. Ich hatte ihnen gesagt, es gäbe auf dieser Welt ohnehin schon mehr als genug Kinky-Friedman-Imitatoren und dies sei etwas, was ich selbst regeln mußte. Das war natürlich nicht notwendigerweise rational, aber so persönlich wie ich nur werden konnte. Ich ließ die Bullen auch wissen, daß es mich einen Scheißdreck interessierte, wie hoch meine Chancen waren, aus dieser Situation lebend wieder rauszukommen, wenn es mir nicht gelang, ein kleines Loch zu bohren und McGovern mit mir da durchzuziehen. Sie sagten, ich solle nicht den Helden spielen und nichts riskieren. Ich lieferte ihnen ein großartiges Zitat von Damon Runyon: »All of life is six-to-five against.«

Sie sagten, schön, dann schicken wir Damon Runyon. Aber das alles hatte natürlich stattgefunden, bevor ich mit einem Koffer voller Geld den Raum verlassen hatte.

Man macht im Leben viele ernüchternde Erfahrungen, aber allein in See zu stechen, um Kidnappern das Lösegeld für seinen irischen Lieblingsdichter zu übergeben, gehört nicht zu den unwichtigsten. Liebe und Geld hingen in der Schwebe, als ich wie ein Tourist mit leichtem Gepäck die Hotellobby verließ. Ich ging zum Strand und fand meinen Weg durch das schattige Blätterbaldachin des *Hau* Baums. Es war fast elf Uhr morgens in Honolulu, aber mich durchbohrte eine Kälte, die schlimmer war als die Kindheit. Ihr Name war *Pau kanaka make*.

Der »große alte steinerne Swimming Pool«, den die Kidnapper zum Treffpunkt auserkoren hatten, war ein Natatorium genanntes Salzwasserschwimmbad von olympischen Dimensionen. Es war direkt nach dem ersten Weltkrieg erbaut worden, im Andenken an all die Spielzeugsoldaten aus Fleisch und Blut, die vor langer Zeit an fernen Orten vom Tisch gewischt worden waren. Jetzt lag es in all seinem verblaßten Ruhm vor mir, ein Gebäude, das langsam bröckelte, wie das Vertrauen in den Erfolg meines Vorhabens, das innerhalb seiner verwitterten Mauern stattfinden sollte.

Die Wahl des Natatoriums zeugte von einer gewissen Cleverness seitens der Kidnapper, es stand einzeln und abgelegen wie eine Göttin der Freiheit an der belebten Küste. Einen Ausblick auf die steinerne Tribüne innerhalb des Gebäudes zu bekommen war praktisch genauso schwierig, wie sich einen Einblick in die ruhmreiche Vergangenheit des Gebäudes zu verschaffen. Aber ich konnte die Vergangenheit um mich herum spüren, während ich mich durch Seeschwämme, Bierdosen und den ganzen Müll des modernen Lebens hindurch zum Tor eines vergangenen Garten Edens schlängelte. Genau wie der Mann am Telefon gesagt hatte, war das Tor leicht geöffnet, und es war kein Problem für mich, meinen Weg in die leere Ruine zu finden. Soweit ich das überblicken konnte, war die einzige Zeugin meines Eindringens eine langhaarige, orangefarbene Katze mit großen gelben Augen, die mein eigenes Mißtrauen in die ganze verdammte Welt im allgemeinen und in diese Situation im besonderen zu reflektieren schienen. Ich registrierte, daß die Katze genug gesunden Menschenverstand hatte, um das Natatorium nicht zu betreten.

»Ich *bin* Bozo der Clown«, sagte ich zu der Katze, als ich das Sonnenlicht hinter mir ließ und in einen muffig feuchten, dunklen Gang trat. Vielleicht, dachte ich, war es doch ein Fehler gewesen, nicht einen Undercoverbullen den Lösegeldaustausch machen zu lassen. Vielleicht hätte ich die Bullen auch in Bezug auf ihre weitere Vorgehensweise oder was ich tun sollte, wenn etwas schief ging, stärker ausquetschen sollen. Es gab jede Menge Raum, wo etwas schief gehen konnte, überlegte ich, während ich die sorgenfreie, zivilisierte Welt aus den Augen verlor und mir vorsichtig einen Weg durch die schattigen Eingeweide des Natatoriums suchte. Die Bullen hatten mich mit einem Peilsender ausgerüstet, mich aber gewarnt, daß dieser in urbanen Bereichen nicht immer perfekt funktionierte. Mir war nicht klar, ob die archäologische Ruine, die ich gegenwärtig bewohnte, als urbaner Bereich qualifiziert war, aber es war offensichtlich, daß es für die Bullen die Hölle werden würde, zu überwachen, was sich hier abspielen würde, es sei denn, sie hätten ein paar Taucher oder ein U-Boot mit Periskop im Pool untergebracht. Für den Kinkster waren das auf jeden Fall nicht gerade herzerwärmende Neuigkeiten. Ich planschte für die nächsten sieben Jahre durch das im Tunnel stehende Wasser und tauchte schließlich im hellen Sonnenlicht neben dem Pool wieder auf.

Mit dem Koffer in der Hand ging ich die Steinwüste bis Reihe 13 hoch und setzte mich, das Gesicht zum Pool und zum Meer gewandt. Die Touristen am Strand waren weit entfernt in meinem peripheren Blickfeld. Nicht ein einziges lebendes Wesen regte sich innerhalb der Begrenzungen meines Schlosses. Eine leichte Brise wehte geisterhaft aus Richtung des Diamond Head. Es war fünf vor elf. Ich lehnte mich in der Sonne zurück und wartete auf die Show.

Wäre ich in den Goldenen Zwanzigern hier gewesen, wäre der Ort voll mit Leuten gewesen. Der große Duke Kahanamoku weihte das Gebäude 1927 mit einem Schwimmgang offiziell ein und stieg unter rauschenden Ovationen aus dem Wasser. Auch Johnny Weissmuller war hier angetreten, zusammen mit Buster Crabbe, der dann später in den Tarzanfilmen seine Rolle einnahm. Jetzt schwammen sie alle im Himmel und der altersschwache einsame Pool schmollte in der Sonne wie ein längst verflossener Geliebter; der Ruhm, der Glanz, die glücklichen gebräunten Gesichter der jubelnden Menge, all das war für immer verblaßt wie die Koda der Jazzära. Die Kidnapper waren unpünktlich. Ich haßte unpünktliche Kidnapper.

»Wir übernehmen jetzt den Koffer«, sagte eine Stimme in meinem Rücken, die mich beinahe durch mein Arschloch nach Amerika hüpfen ließ. Während ich den Koffer fest im Griff hatte, drehte ich den Kopf, um zwei Männern ins Gesicht zu sehen, die sich aus einem kleinen Alkoven oben an der Steintribüne materialisiert hatten. Sie trugen Hawaiihemden, Jeans, Tennisschuhe und ihr Auftreten war lässig, zuversichtlich, nahezu unbarmherzig positiv, als ob sie einen Koffer für Jesus abholen würden.

»Mach mal halblang«, sagte ich. »Wo ist McGovern?«

»Hör gut zu, Freundchen«, sagte einer der beiden Männer. »Die Sache läuft so: Du gibst uns den Koffer, ich tippe ein paar Zahlen in dieses Mobiltelefon. Ich sag' ihnen, wir haben den Schotter. Sie lassen deinen Freund gehen.«

»Wie wär's, wenn wir erst mal darüber reden«, sagte ich. »Wie wär's, wenn du ein paar Zahlen in dein Mobiltelefon tippst und mich McGoverns Stimme hören läßt, damit ich weiß, daß er o.k. ist.«

»Wie wär's wenn du mir endlich diesen Koffer gibst«, sagte der Typ, »bevor ich dir dein Scheißhirn wegpuste.«

Es ist einfach nicht höflich, wenn jemand seine Kanone auf einen richtet, und jeder der diese Erfahrung schon mal gemacht hat, weiß wie sich das anfühlt. Es bedurfte keiner allzu lebhaften Phantasie, sich vorzustellen, wie die beiden Typen einen einsamen Haole in einem verlassenen Natatorium wegballerten, ihm einen Koffer voller Geld abnahmen und sich auf zum Disneyland ihrer Wahl machten. Die einzige Frage, die ich mir noch stellte, war, ob sie die Leiche auf der Steintribüne zurücklassen würden, damit die Möwen ihr die Augen auspickten, oder ob sie sie in den Pool werfen würden, in den aufgrund des baulichen Zustands das Meerwasser zumindest so weit eindrang, daß kleine Fische mit hereinschwammen, die sich über den für immer erschlafften Penis der Leiche hermachen würden. Da beide Möglichkeiten attraktive Szenarien waren, hatte ich das Gefühl, es sei an der Zeit, sich nach den Ausgängen umzusehen, die unglücklicherweise seit über siebzig Jahren nicht mehr klar gekennzeichnet waren. Als ich über einen Pflasterstein stolperte und mich lang machte, hörte ich zwei Schreie und einen Schuß, die durch das leere Natatorium widerhallten, wie ein Spielzeugtrommler, der die Synapsen meines Nervensystems entlang marschierte. Die Kugel verfehlte ihr Ziel, prallte aber unangenehm nah an meinem linken Ohr irgendwo ab. Die beiden Schreie klangen irgendwie nach »Laß den Koffer fallen, Wichser«, und »Stehen bleiben! Polizei!«

Zu dem Zeitpunkt, an dem ich mich in Reihe 7 wieder zusammenstellte, waren die Bullen schon drin und hatten die beiden Kidnapper einkassiert. Der Schnüffler aus dem Hotelzimmer kam zu mir und beurteilte kühl mein Wohlbefinden und das des Koffers. Wir waren beide ein bißchen mitgenommen, aber kamen bei der Inspektion durch.

»Die Typen sind uns bekannt«, sagte er. »Sie sind einheimische Betrüger. Die Gang, die nicht geradeaus schießen kann.«

»Was soll das heißen«, sagte ich viel niedergeschlagener als ich ihm zeigen wollte.

»Der Punkt ist, sie haben Ihren Freund nicht«, sagte der Bulle. »Sie wären noch nicht mal im Stande, einen zahmen Mungo erfolgreich zu kidnappen.«

»Aber von wem wird McGovern dann festgehalten?« sagte ich. Der Bulle antwortete nicht. Er zuckte nur mit den Schultern, drehte sich um und schaute über die endlose, blaue, wogende Meeresoberfläche.

TEIL FÜNF

Im Traum

24

DAS NARRENSCHIFF GERIET SCHLINGERND außer Kontrolle. Vielleicht war es auch nie unter Kontrolle gewesen. Alles was ich jetzt wußte und nicht gewußt hatte, bevor ich nach Hawaii kam, war, daß der Mensch nicht nur von Poi Rolls allein leben konnte. McGovern war nicht in der Leichenhalle, nicht in der psychiatrischen Anstalt und auch nicht von der ortsansässigen Trickbetrügergang gekidnappt worden, die die Lösegeldforderung geschickt hatte. Also blieben noch jede Menge tragischer Möglichkeiten, bei denen ich gedanklich nur ungern verweilen wollte.

Der ungezielte Pfeil, von dem die Hawaiianer so oft sprechen, schwirrte vermutlich immer noch irgendwo herum, und ich begann mich langsam damit abzufinden, daß sein Ziel entweder mein Arsch als Detektiv oder mein Herz als Freund sein würde.

»Jede Spur, der wir folgen, scheint ins Nichts zu führen«, sagte ich am Nachmittag zu Hoover, während wir auf dem Highway zum Bishop Museum fuhren. »Das ist ziemlich entmutigend.«

»Ziemlich genau wie beim Limerick schreiben«, sagte Hoover. »Ich arbeite nun schon seit drei Tagen an einem und das Scheißding geht nicht auf.«

»Bleib dran«, sagte ich, »aber behalt ihn für dich, solange er noch nicht fertig ist. Ich bin mir sicher, daß Stephanie dir mit großer Freude zuhören wird, wenn du ihn ihr vorträgst. Sie bewundert deine Arbeit.«

»Ich bewundere ihre Titten«, sagte Hoover. »Vielleicht sollte ich einen Limerick über ihre Titten verfassen.«

»Sie würde ihn lieben.«

»Weißt du, ich bin am Grübeln. Detektive sind nicht die einzigen, die Spuren folgen. Auch Reporter folgen Spuren. McGovern war auch ein Reporter.«

»Was meinst du mit *war* ein Reporter?«

»Genau das, was ich gesagt habe. Du mußt den Tatsachen ins Auge sehen, Kinkyhead. Der Kerl ist seit einer Woche vermißt. Er weiß, daß alle eine Scheißangst um ihn haben. Er kann sich auch ausmalen, daß seine Freunde verzweifelt nach ihm suchen. Wenn er sich immer noch nicht gemeldet hat, was sonst soll das bedeuten?«

»›MIT!-MIT!-MIT!‹« sagte ich.

»Du hast mir schon von dieser Man-in-Trouble-Hotline-Geschichte erzählt, aber du hast den Anruf bekommen, als du noch in New York warst. Seitdem hast weder du noch irgendjemand, den wir kennen, etwas von McGovern gehört. Was sagt dir das?«

Ich paffte halbherzig an meiner Zigarre und beobachtete, wie die Palmen am Fenster vorbeiflogen. Es heißt, die Wahrheit kann einen befreien, aber sie kann einem auch das Herz brechen.

»Du mußt die Angelegenheit mit den Augen eines Reporters sehen«, fuhr Hoover erbarmungslos fort. »Du hast schon zu sehr nach Anhaltspunkten oder Mustern gesucht. Versuch mal, lediglich die Story abzuchecken.«

»Versuch mal, lediglich Auto zu fahren«, sagte ich, als Hoover fast einen mit Ananas beladenen Pickup rammte.

»Was ich sagen will, ist, daß diese Carline einen wirklich guten Riecher für eine Story hat. Außerdem hat sie noch ein paar andere physische Aktiva, derer du gewahr werden wirst, wenn du sie siehst. Der Punkt ist, sie würde dir nicht erzählen, sie habe möglicherweise Informationen über McGovern, und sich die Mühe machen, dieses Treffen mit uns im Bishop Museum zu arrangieren, wenn sie nicht über etwas verdammt Wichtiges gestolpert wäre. Also, gib die Hoffnung nicht auf.«

»Mach ich nicht«, sagte ich, »aber eben hast du noch in der Vergangenheit von McGovern gesprochen.«

»Alles ist möglich«, sagte Hoover. »Vor drei Tagen hat man noch in der Vergangenheit von Jesus Christus gesprochen.«

»Wo sind wir hier? Freizeitbibelstunde?«

»Dann ist er natürlich am Murmeltiertag wieder auferstanden«, sagte Hoover.

Hoover fuhr weiter. Ich versuchte weiter, die Dinge durch die Augen eines Reporters zu betrachten. Irgendwann bemerkte ich, daß ich darüber nachdachte, was wohl passieren würde, wenn ein Mann mit den Augen eines Reporters eine Frau mit einem Riecher für eine Story trifft. Würde sich dann McGovern magisch materialisieren?

»Warum müssen wir diese Braut im Bishop Museum treffen?« fragte ich Hoover, der unbeirrt unsere Insel-Odyssee fortsetzte.

»Ich weiß nicht genau warum«, sagte Hoover. »Ich weiß nur, daß das Bishop Museum sowohl für Carline als auch für mich ein bedeutsamer Ort ist. Es ist nicht nur das authentischste und umfassendste Museum in ganz Polynesien, es ist auch der Ort, an dem Carline und ich eine Menge Material gesammelt haben. Da habe ich auch die Story über die *Ka'ai* her.«

»Was zum Teufel ist eine *Ka'ai*?«

»Zuerst mal ist das Plural. Es gibt zwei davon. Es sind geflochtene Körbe, die die Gebeine altertümlicher Könige beinhalten. Zweitens sind es die beiden ältesten Relikte hawaiianischer Kultur...«

»Und ich dachte, das wären *wir*.«

»Und drittens wurden die *Ka'ai* vor fünf Jahren aus dem Bishop Museum gestohlen und sind immer noch vermißt.«

»Genau wie McGovern«, sagte ich.

25

DAS BISHOP MUSEUM ENTPUPPTE SICH als ein zweistöckiges, burgähnliches, leicht unheilschwangeres Gebäude im gotischen Stil, in dem man nur ungern im Dunkeln herumspazieren wollte. Offensichtlich hatte das aber jemand getan, ansonsten wären die *Ka'ai*, von denen Hoover gesprochen hatte, nicht vermißt. Aber auch wenn sie verschwunden waren, wurde hier so ziemlich alles, was auch nur im entferntesten für Hawaii repräsentativ war, ausgestellt. Wie jedes Museum, das seinen Namen verdiente, war das Bishop Museum der Speicher des Landes, das es repräsentierte. Es stand da wie ein stolzer Schrein, der jeden, der an die Vergangenheit glaubte, hereinwinkte.

Während Hoover und ich auf dem Treppenabsatz des zweiten Stocks standen, auf seine Freundin Carline warteten und dabei den fünfzehn Meter langen, ausgestopften Pottwal studierten, wurde mir nicht zum ersten Mal bewußt, daß ich mich schrecklich zu todgeweihten Menschen hingezogen fühle. Natürlich sind alle Menschen irgendwie todgeweiht, aber manche unter uns fahren auf der Überholspur und diese überaus charmanten Individuen scheinen mit dem Leben so verschwenderisch umzugehen, daß ich mich zu ihnen hingezogen fühle, wie eine Motte zum mickrigen Licht der Freundschaft. Viele der charismatischsten Menschen, die ich gekannt hatte, hatten vorzeitig ejakuliert und waren zu Jesus gegangen. Die Liste war unnatürlich lang, aber während ich mit dem Pottwal ein Zwiegespräch hielt, dachte ich vor allem an meinen Bruder Tom Baker, John Belushi, Lowell George, Keith Moon und Abbie Hoffman. Sie alle schienen in meiner Erinnerung die Augen von Anne Frank zu haben. Sogar der Pottwal schien die Augen von Anne Frank zu haben. Vielleicht sagten die Toten auch einfach nur den Lebenden, daß alles in Ordnung war.

Obwohl es wahrscheinlich schon zu spät war, wollte ich nicht, daß McGovern in meinem kleinen schwarzen Telefonbuch von der Aktiv- auf die Passivseite wechselte. Ich dachte, wenn ich ihn nicht glorifizierte oder heroisierte, könnte das irgendwie seine Anwesenheit auf dieser schäbigen Ausrede von einem Planeten verlängern. Das war natürlich irrational, hatte überhaupt keine Logik. Ich überlegte nur, daß er, wenn ich wirklich anfinge, ihn zu vermissen, wahrscheinlich verloren wäre. Also starrte ich in eines der großen Glasaugen des Pottwales und versuchte an Dinge zu denken, die mich an McGovern wirklich irritierten. Das war nicht allzu schwierig.

Einer der verstörendsten Aspekte der zwischenmenschlichen Beziehungen mit McGovern war die absolut unvermeidliche Erfahrung, sich seinem legendären Wohnzimmertape, das er selbst mit einigen seiner Lieblingsinterpreten zusammengestellt hatte, auszusetzen. Wo immer McGovern auf diesem, unserem blauen Planeten auch hinreiste, er nahm das Tape überall mit hin und spielte es solange unaufhörlich, unerbittlich, gnadenlos und brutal seinen jeweiligen Begleitern vor, bis diese darum baten, in die nächstgelegene psychiatrische Anstalt gebracht zu werden.

Wenn man es nur ein- oder zweimal hörte, war das Tape an sich nicht schlecht und zeigte sogar etwas von McGoverns großem Herzen sowie seinen vielen unterschiedlichen Seiten, obwohl es stark zu der Musik tendierte, die McGovern mit dem Geräusch von Abendroben, die über längst vergangene Tanzböden wischten, assoziierte. Die Aufnahme begann mit Nilsson, der den alten Fred-Neil-Song »Everybody's Talkin'« sang, und ging dann in völlig willkürlicher, planloser Folge mit Bessie Smith, Frank Sinatra, Duke Ellington, »The Girl from Ipanema«, »Swing, Swing, Swing« von Benny Goodman, Van Morrison, Stephane Grappelli, »Back Door Man« von Willie Dixon und einer Reihe anderer Titel weiter, die ich verständlicherweise verdrängt habe, weil ich das verfluchte Tape ungefähr sieben Millionen Mal gehört habe. Die einzelnen Interpreten und die einzelnen Songs sind völlig in Ordnung, aber wenn das Material als Aggregat zusammengeschmolzen ist und einem unterschwellig, permanent und manipulativ aufgezwungen wird, hat es etwas an sich, das einen dazu bringt, wie McGovern zu denken und sich wie McGovern einzuschenken, und ich bin mir nicht sicher, was schlimmer ist.

Vor einigen Jahren war ich mit McCall in seinem Jet zu ein paar sonnigen Wochen in eine Villa oberhalb der Küste von Cabo San Lucas aufgebrochen. Die Entourage umfaßte McGovern, meine Schwester Marcie, Russell Walker (McCalls rechte und linke Hand), mehrere Lesben und mehrere Heterosexuelle, denen es vermutlich unangenehm wäre, ihren Namen hier gedruckt zu sehen. McGovern war es ganz bestimmt nicht unangenehm, sein Tape in der Anlage des riesigen Hauses zu sehen, sobald wir dort angekommen waren. Ein paar Tage später lagen einige Mitreisende, einschließlich McGovern, wegen einer Lebensmittelvergiftung flach. Nachdem ich ihn längere Zeit nicht aus seinem Zimmer kommen sehen hatte, machte ich mir ernsthaft Sorgen um seinen Gesundheitszustand.

»Glaubst du, McGovern ist von uns gegangen?« fragte ich Marcie nachmittags, als wir uns in den Liegestühlen am Pool flezten.

»Er ist am Leben«, sagte sie. »Sein Scheißtape läuft.«

In etwas jüngerer Vergangenheit anläßlich eines Trips zu

McCalls Haus in LaJolla, hatte McCall sich über McGoverns Tape beschwert und ich mich uncharakteristisch kritisch McGoverns Tape im Besonderen und McGoverns Person im Allgemeinen gegenüber gezeigt. Ich hatte mehrfach den Klang der Stille im Haus beschworen und McGovern hatte sich schließlich dem Druck ergeben und das Tape ausgestellt. Ich war mir dunkel bewußt, daß die Songs sehr persönlicher Natur waren und für McGovern zweifellos einen meditativen Wert hatten, dennoch fuhr ich fort, an McGovern und seiner Musik herumzunörgeln. Zugegebenermaßen war er sich sicherlich bewußt, daß das unaufhörliche Abspielen seines selbst zusammengestellten Tapes jedes vernunftbegabte Wesen, einschließlich meiner selbst, irre machte. Trotzdem fing der große Mann nicht an, sich zu verteidigen. Er schien noch nicht mal sauer zu sein. Er hielt die kleine Kassette nur stoisch und liebevoll in seiner großen Hand.

»Ich möchte nur irgendwo hingehen«, sagte McGovern, »wo die Leute meine Musik zu schätzen wissen.«

So ermüdend ich McGovern auch manchmal finden mochte, ich hoffte sehr, daß auf irgendeiner sonnigen Insel gerade sein Tape gespielt wurde. Vielleicht wurde es an einem abseits gelegenen, wenig besuchten, wunderschönen Strand genau auf der Insel gespielt, auf der ich neben meinem Kumpel Hoover stand und auf dessen Freundin Carline wartete, während ich das zerrspiegelähnliche Auge eines traurigen ausgestopften Pottwales betrachtete, der mit der Stimme von Earl Buckelew sagte, daß mit der Flut schon alles proper rauskäme, nur daß sich der Pottwal zweifelsohne auf etwas anderes als den bekannten Haushaltsreiniger bezog.

»Carline ist an und für sich sehr pünktlich«, sagte Hoover. »Sie hat sich noch nie so sehr verspätet.«

»Vielleicht kann sie den Gedanken an diesen Pottwal nicht verkraften«, sagte ich.

26

»DAS IST ECHT MERKWÜRDIG«, sagte Hoover ungefähr zwanzig Minuten später, als wir vor einem bodenlangen Umhang aus roten und gelben Federn standen.

»Hier steht«, sagte ich, »daß es auf der ganzen Welt weniger als hundert dieser Federgewänder gibt. Der scheue O-O Vogel steuerte die gelbe Feder auf der Unterseite seiner Schwingen bei. Leider ist der O-O Vogel heute ausgestorben. Es heißt hier, daß die roten Federn...«

»Ich hab nicht von dem Scheißumhang gesprochen«, sagte Hoover. »Ich meine den merkwürdigen Umstand, daß Carline nicht zu unserer Verabredung gekommen ist. Ich kenne sie und ihre Gewohnheiten. Sie ist kein leichtlebiger Mensch. Wenn sie sagt, es ist wichtig, dann ist es wichtig. Mit Verabredungen ist sie ziemlich pedantisch. Wenn Carline sagt, daß sie da ist, dann ist sie da. Irgendetwas ist hier definitiv nicht koscher.«

»Ziemlich unglückliche Wortwahl«, sagte ich, während ich weiter das letzte Meisterwerk des O-O Vogels studierte. »Was macht dich so sicher, daß diese durchgeknallte Braut überhaupt Licht in die Angelegenheit McGovern bringen könnte?«

Hoover starrte mich ungläubig an. Ich starrte weiter auf den Federumhang. Die Rot- und Gelbtöne schienen so fröhlich und samtig, so lebendig, daß es mich nicht allzu sehr überrascht hätte, wenn das Scheißding abgehoben hätte und aus dem Fenster des Museums geflogen wäre.

Es war absolut erstaunlich, wie raffiniert die Farbmuster auf einem Netz aus Fasern befestigt waren. Die Rot- und Gelbtöne gingen so fein ineinander über, wie die gewundenen Flüsse unseres Lebens.

»Sie ist keine durchgeknallte Braut«, sagte Hoover.

»Wer ist keine durchgeknallte Braut?«

»Ah, Kinkyhead! Wie Captain Cook bevor du der Magie des Federumhangs erliegst.«

»Kaum, Watson, kaum. Ich beobachte lediglich die lebendige Schönheit dieses Federkleids.«

»Und was sagen dir deine beobachterischen Fähigkeiten, Holmes?«

»Sie sagen mir, wenn jemand deinen Arsch mit einer Feder

kitzelte, könnte dieser Umhang vermutlich deinen Penis zu Venus schicken.«

»Du bleibst schön hier und hältst noch ein kurzes Zwiegespräch mit deinem gefiederten Freund, und ich versuche, ein Telefon und Carline zu finden. Ich kann einfach nicht glauben, daß sie uns hier einfach stehen läßt.«

»Der Federumhang ist wirklich unglaublich«, sagte ich. »Er ist lebendiger, als die meisten Leute, die ich kenne.«

Als ich mich umdrehte, war Hoover schon weg. Ein brillantes rot-gelbes, kaleidoskopähnliches Nachbild schwamm vor meinen Augen. Die Farben schienen vor Leben nur so zu pulsieren, fast als ob sie versuchten, mir etwas mitzuteilen. Ich begann zu wünschen, daß jemand mir bald etwas mitteilte, denn wenn sich die Suche nach McGovern noch länger ohne ernstzunehmende Anhaltspunkte hinziehen würde, würde ich mich zweifelsfrei von der menschlichen Rasse zurückziehen.

Ich war natürlich auf Holzwege, Sackgassen und vorgetäuschte Kidnappings vorbereitet gewesen, genauso wie auf Feldforschung in psychiatrischen Anstalten, die unvermeidbarer Bestandteil der Detektivarbeit sind. Aber ich hatte nicht damit gerechnet, daß diese Untersuchung mein Talent und meine Gefühle so unbarmherzig auf die Probe stellen würde, wie das bisher der Fall gewesen war. Während ich wie ein jüdischer Mariachi durch das Museum spazierte, mußte ich mir traurig eingestehen, wie wenig Licht ich wirklich in die Angelegenheit hatte bringen können, seit ich die Insel Manhattan gegen die Insel Oahu eingetauscht hatte. Offensichtlich hatte in jener schicksalsträchtigen Nacht auf Waikiki eine Frau McGovern vom Strand weggelockt. Ebenso offensichtlich hatte eine andere Frau nun Informationen bezüglich McGovern, die sie mir mitzuteilen wünschte. Leider schien das Einhalten von Verabredungen jedoch keine allzu große Priorität für sie zu haben. Ich hatte trotz all meiner Bemühungen also nicht allzu viel vorzuweisen. Bei der Detektivarbeit können die Dinge, die man ausschließen kann, jedoch manchmal genauso wichtig sein, wie die, die man nicht ausschließt, vor allem, wenn man weiß, wie man die Regeln beugt.

»Das ist wirklich ganz große Scheiße«, murmelte Hoover vor sich hin, als er den Raum wieder betrat. »Carline hat ihre Stories heute morgen nicht beim *Advertiser* eingereicht.«

»Und?«

»Und das ist das erste Mal in sechs Jahren, daß sie eine Deadline verpaßt hat.«

»Niemand ist perfekt«, sagte ich, während ich einen leeren Glaskasten unter die Lupe nahm. »Was hat es mit diesem leeren Ausstellungskasten auf sich?«

»Es hat damit auf sich, daß, obwohl niemand perfekt ist, du ein perfektes Arschloch bist, das sich überhaupt nicht dafür interessiert, daß meiner Freundin Carline, die dir helfen wollte, McGovern zu finden, etwas zugestoßen sein könnte. Außerdem ist das der Ausstellungskasten, in dem sich die *Ka'ai* befanden. Wenn du genau hinschaust, kannst du sehen, daß auch sie vermißt sind. Genau wie McGovern und jetzt Carline.«

»Mach mal halblang«, sagte ich, »diese verdammten *Ka'ai* interessieren mich einen Scheißdreck...«

»Sprich nicht so laut. Sie sind die heiligsten Relikte der ganzen hawaiianischen Geschichte.«

»... und meiner Meinung nach, ist es etwas übertrieben, zu behaupten, Carline sei vermißt, nur weil sie bei einer Scheißverabredung nicht auftaucht!«

Eine große Frau in einem lila *Muumuu* warf mir von der anderen Ecke des Raums aus einen bösen Blick zu. Ob sie über die Hawaiianische Geschichte oder die Sprache des Kinksters verärgert war, konnte ich nicht mit Sicherheit sagen. Andere Museumsbesucher schienen uns ebenfalls anzustarren. Einige hatten kleine Kinder an der Hand und in ihren Augen stand aufrichtige Entrüstung. Logisch, das nicht zustande gekommene Treffen mit Carline hier im Museum war der Untersuchung genauso zuträglich gewesen, wie die vorangegangene falsche Lösegeldforderung. Logisch, meine Frustration über den mangelnden Fortschritt der Untersuchung hatte mittlerweile meine rationalen Denkprozesse sowie meinen für gewöhnlich gandhigleichen Geisteszustand beeinflußt. Logisch, es war an der Zeit das Museum zu verlassen.

Früher oder später würden die Dinge sich zuspitzen. Gleichsam als ob die alten hawaiianischen Götter mit uns wären, stolperten wir über eine Spitze, als wir einen schnellen Abgang aus dem mit altertümlichen Relikten und irritierten Touristen gefüllten Raum machten. Hoover war der erste, der es sah.

»Verdammte Scheiße, Kinkyhead!« stieß er hervor, »Schau dir diesen Kopf an!«

Ich sah den lebensgroßen, geschnitzten, hölzernen Kopf und

machte fast einen Danny-Thomas-Kaffee-Ausspucker nur ohne Kaffee. Als ich genauer hinsah, hatte ich das Gefühl stachelige kleine Seewesen krabbelten mir das Rückgrat hoch.

»Mutter Gottes!« sagte ich. »Das ist unheimlich!«

»Das ist mehr als unheimlich«, sagte Hoover. »Das ist verdammte Scheiße nochmal praktisch unmöglich. Diese Büste sieht aus, als ob sie hier schon seit Ewigkeiten einstaubt. Sie muß Hunderte von Jahren alt sein.«

»Das kann nicht sein.«

»Das kann nicht sein, aber es ist so.«

»Es wird immer merkwürdiger«, sagte ich, als ich dem stummen, braunen, hölzernen Relikt in die Augen sah, während Hoover fleißig in sein kleines schwarzes Reporternotizbuch schrieb. Er notierte den unendlich langen Namen des alten Häuptlings und die dürftigen biografischen Daten, die das Museum geliefert hatte.

»Wo bist du?« sagte ich zu dem braunen hölzernen Kopf.

Diese Frage war nicht so hirnverbrannt, wie sie scheinen mag. Es war unglaublich, unmöglich, unleugbar, die Büste war McGovern wie aus dem Gesicht geschnitten.

27

»WIR MÜSSEN CARLINE FINDEN«, sagte ich, während Hoovers kleines Auto an einem atemberaubenden Panorama von Palmen, weißen Stränden und der weiten aquamarinblauen See vorbeidüste. Es war nachvollziehbar, daß augenblicklich keiner von uns einen Blick für die Landschaft hatte.

»Ich bin froh, daß du doch noch zu selben Ansicht gelangst wie ich, Sherlock. Mittlerweile sind zwei Menschen verschwunden, und ich bin sicher, daß dir auch schon aufgefallen ist, welche Gemeinsamkeit sie haben. Beide sind Reporter.«

»Clever, Watson. Ausgesprochen clever. Wenn Gott in Rente gegangen ist, bist der nächste, der verschwindet, du.«

Die nächsten Minuten unserer Fahrt zum Hotel verbrachten wir in dumpfem Schweigen. Mein Verstand fügte rasant die Punkte einer weit entfernten Küstenlinie aneinander, als sich Hoover wieder meldete.

»Mal im Ernst, Sherlock«, sagte er, »du mußt irgendeine Erklärung dafür finden, daß McGovern das absolute Ebenbild eines vor mehreren hundert Jahren gestorbenen Häuptlings ist.«

»Die einzige Theorie, die ich bisher aufstellen konnte, bringt uns nicht viel weiter. Ich habe festgestellt, je älter der Häuptling ist, desto länger ist sein Name. Was ist deine Theorie, Watson?«

»Die wird uns auch nicht helfen. Meine Theorie ist, wenn Männer sich selbst einen blasen könnten, würde die menschliche Rasse aufhören zu existieren.«

»Das zeugt von großer Menschenkenntnis, Watson. Ich gehe nicht davon aus, daß du es während deiner besessenen Kritzeleien im Museum geschafft hast, den unendlich langen Namen des alten Häuptlings zu notieren?«

»Ey, ich bin Reporter. Wenn ich für eine Story recherchiere, dann gilt das auch für ihren Arsch, Kinkyhead.«

»Vielleicht würdest du deine Notizen mit dem Rest der Klasse teilen? In der Hektik unseres Abgangs aus dem Museum und ohne meine Lesebrille ist es mir leider nicht gelungen, das Kleingedruckte zu lesen.«

Während er gefährlich dicht an einem Steilhang entlang fuhr, unternahm Hoover die sportliche Anstrengung sein Notizbuch aus der Tasche zu ziehen und seine Notizen darin zu suchen. Diese Aktivitäten untermauerten nicht gerade Gefühle der Zuversichtlichkeit und des Wohlbefindens seitens seines Mitfahrers.

»Mal sehen«, sagte Hoover, »McGoverns Urururururururgroßvater lebte offensichtlich im 15. oder 16. Jahrhundert, plus minus ein paar hundert Jahre. Sein Schädel ist in einem der *Ka'ai*, von denen du ja liebend gern mehr erfahren möchtest, verborgen, und natürlich sind die *Ka'ai* zusammen mit dem Schädel vermißt.«

»Ich finde die *Ka'ai* immer interessanter. Was noch?«

»Der Typ, der aussah wie McGoverns Zwillingsbruder, war offensichtlich der Urenkel von King Liloa, wer zum Teufel auch immer das gewesen sein mag.«

In meinem Kopf fügten sich nun die Teile in schöner, wohlbekannter Weise zusammen. Ich war mir jedoch unsicher, ob Hoovers Freundin Carline Ravel wirklich vermißt war oder nur ein heißeres Date hatte, als zwei Opas im Museum zu treffen. Es war natürlich ihre Idee gewesen, sich dort zu verabreden, was vermutlich etwas zu bedeuten hatte. Was genau es zu bedeuten hatte, wußte ich allerdings auch nicht. Aber ich hatte das sichere Gefühl, daß das tiefere Gewässer waren als der unergründliche Pazifik. Mittlerweile glaubte ich, daß sie viel zu tief waren, als daß McGovern darin hätte untergehen können.

»Offensichtlich«, sagte ich, »muß dieser Liloa zu seiner Zeit eine große Nummer gewesen sein. Jetzt fahren zwei Männer in einem verbeulten Mazda auf ihrem Weg zum Hotel über die Insel und haben noch nie von ihm gehört. Soviel zu Ruhm und Unsterblichkeit.«

»Hör mir auf mit Ruhm und Unsterblichkeit«, sagte Hoover. Vor Jahren, damals in Nashville, als John Hartford einen großen Hit mit ›Gentle on My Mind‹ hatte, hatte ich auch gerade ein Album draußen, auf dem auch ›Sometimes That's All That Keeps You Goin‹ war.«

»Klasse Song, kann mich dran erinnern.«

»Du brauchst mich jetzt nicht aufs Podest stellen. Egal, Hartford und ich waren befreundet und wir wurden beide von den Glaser Brüdern produziert und verlegt, also gingen wir zusammen auf Tour, ich machte für ihn das Vorprogramm. Zu Beginn der Tour, hat John einen Riesen Aufriß gemacht, um mich den ganzen Reportern vorzustellen. Er sagte, ›Das ist mein Freund Will Hoover. Er ist ein brillanter Songwriter und hat gerade ein neues Album rausgebracht, das ihr euch unbedingt anhören müßt. Hoover ist bald ein großer Star‹, und so weiter, und so weiter. Es war natürlich sehr liebenswürdig von Hartford, das zu tun, aber dann entwickelte sich *Gentle on My Mind* zu einem Riesenhit. In jeder neuen Stadt, in der wir tourten, fiel Jacks Ankündigung meiner Person der Presse gegenüber immer magerer aus, bis er es eines Nachts – ich glaube, das war in Atlanta – komplett vergaß. Schließlich zeigte einer der Reporter in meine Richtung und fragte: ›Wer ist der Typ, der da hinten in der Garderobe steht?‹ Hartford sagte: ›Das ist der Typ, der mit mir reist.‹«

»Das ist echt ein starker Satz. Aber deine Rückentwicklung bei John Hartford fand in ein paar Wochen oder Monaten statt, wohingegen es ein paar Kulturidioten wie uns mehrere Jahrhunderte gekostet hat, Liloas Talente nicht zu erkennen. Aber du hast ja gesagt, er war auch nur der Urgroßvater des Mannes, dessen geschnitzter Kopf jetzt im Bishop Museum residiert und darauf wartet, die glücklosen Freunde von McGovern zu Tode zu erschrecken. Zum Teufel mit dem Urgroßvater! Wer war der McGovern-Imitator?«

»Mal sehen. Er war natürlich ein großer Stammeshäuptling. Deswegen hat man auch seinen Schädel und seine Knochen in einem der *Ka'ai* aufbewahrt...«

»Schon wieder die verfluchten *Ka'ai*...«

»Die Hawaiis heiligste Relikte sind...«

»Wie war sein *Name*?«

»Augenblick, ich hab's hier aufgeschrieben. Ein scheißlanger Name.«

»Nicht so lang wie die John Hartford Geschichte.«

»Da steht's«, sagte Hoover, »aber ich kann meine eigene Schrift nicht mehr ausmachen.«

»Versuch die Linie in der Straßenmitte auszumachen«, sagte ich verärgert. »Versuch das Auto vor uns auszumachen. Das Letzte, was wir jetzt gebrauchen können, ist daß du jemandem hinten reinkrachst und daß wir eine Anklage wegen Sodomie auf Fahren mit zu wenig Abstand runterhandeln müssen. Warum fährst du nicht einfach rechts ran?«

»Weil wir gleich beim Hotel sind.«

»Paß auf!«

»Ich hab sie gesehen.«

»Man hat nicht oft die Gelegenheit, drei Generationen Touristen aus Iowa umzunieten.«

»Ich stamme aus Iowa«, sagte Hoover leicht defensiv. »Warum mußt du immer auf Iowa rumhacken?«

»Okay, dann eben Indiana«, sagte ich. »Ist das besser?«

»Viel besser«, sagte Hoover, blätterte in seinem Notizbuch und steuerte wagemutig mit einer Hand, während er ständig zwischen der Straße und seinem Notizbuch hin- und hersah. »Wenn sie nur aus Indiana kommen, kann ich ja nochmal versuchen, den Namen des Typen zu lesen.«

»Gott möge uns helfen.«

»Er war kein Gott. Er war ein Stammeshäuptling. Und sein Name war ... Lonoikamakahiki!«

»Das ist ein langer Scheißer, Jesus Christus!«

»War der ein Gott oder ein Stammeshäuptling?«

»Sag den Namen nochmal.«

»Meinst du Lonoikamakahiki?« sagte Hoover. »Das war für einen Haole aus Iowa ziemlich gut ausgesprochen. Natürlich lebe ich schon seit zehn Jahren hier...«

Aber ich hörte Hoover schon nicht mehr zu. Ich hörte einem Anruf zu, den ich vor über einer Woche bekommen hatte, kurz bevor ich New York verließ. Während ich den Drähten zuhörte, die heiß liefen, fiel ein eisiger Vorhang der Gewißheit irgendwo in meinem fiebrigen Hirn.

»›Bleib locker‹«, sagte ich, »›Lono ist zu Hause.‹«

28

»ALSO, ARSCHLOCH«, SAGTE STEPHANIE, »du glaubst also, es handelt sich um denselben Lono.«

»Darauf verwette ich McGoverns Leben«, sagte ich.

Es war mittlerweile Abend geworden und wir beide aßen gebratenes Huhn à la Hongkong und gedämpfte Flunder in Wong & Wong's Restaurant in Chinatown. Hoover sollte in Kürze mit Neuigkeiten über die Carline-Geschichte zu uns treffen. McCall ging ein paar zusätzlichen FBI-Spuren bezüglich McGovern auf den Grund, mit denen Russell Walker angekommen war. Mir stockte deswegen nicht der Atem.

»Diese Lono-Verbindung ist wenigsten ein Anhaltspunkt«, sagte ich. »Damit können wir anfangen, wenn Rambam endlich aufgetaucht ist.«

»Großartig«, sagte Stephanie. »Das ist genau, was wir brauchen. Einen aufgeblasenen Macho-Privatdetektiv, der in einer Speedo mit einer Satellitenschüssel auf dem Kopf durch die Gegend rennt.«

»Rambam würde eher tot umfallen, als eine Speedo anzuziehen. Und er trägt die Satellitenschüssel nur bei sehr wichtigen Fällen.«

»Laß uns nochmal durchgehen, was wir haben«, sagte Stephanie in ihrer üblichen, methodischen, einem Rechtsanwalt nicht unähnlichen Herangehensweise, »bevor Rambam angepoltert kommt und alles über den Haufen wirft. Wir wissen, daß die Lösegeldforderung für McGovern Schwindel war. Es gibt einen aus Holz geschnitzten Kopf von irgendeinem alten Stammeshäuptling in irgendeinem Museum, von dem Hoover und du glauben, er sähe aus wie McGovern...«

»Ich sag dir doch, wie sein eineiiger Zwilling. Er sieht ihm so ähnlich, daß es unheimlich ist. Wenn du mir nicht glaubst, dann geh ins Bishop Museum und schau ihn dir an.«

»Es ist schon schlimm genug, daß ich deinen Kopf sehen muß. Wo waren wir. Das Kidnapping war Schwindel. Der Kopf sieht aus wie McGovern. Der Anrufer hat gesagt ›Lono ist zu Hause.‹ Und der Kopf ist das Ebenbild eines alten Stammeshäuptlings namens...«

»Lonoikamakahiki.«

»Lonoikamakahiki?«

»Ey!« sagte ich, »das war ziemlich gut für eine Schickse.«

»Und du glaubst, es handelt sich um denselben Lono?«

»Darauf verwette ich McGoverns Leben.«

»Du wiederholst dich. Nach zwei Pina Coladas bist du praktisch gehirntot. Wie willst du jemals diesen Fall lösen?«

»Indem ich herausfinde, wo Lonos Zuhause ist und wer wußte, daß Mike McGovern sein absolutes Ebenbild ist.«

»Du kannst einen Fall nicht auf Aberglauben und Zufall aufbauen, Arschloch. Hier findet gerade kein rationaler Denkprozeß geschweige denn deduktives Räsonieren statt. Die Realität ist, daß mittlerweile nicht nur McGovern als vermißt gilt, sondern auch Hoovers Freundin verschwunden ist. Machst du dir deswegen keine Sorgen? Ist dir vielleicht schon aufgefallen, daß beide Opfer Reporter sind?«

»Klar, und ich wette, der Sündenbock ist ein arroganter Herausgeber. Nein, Watson, das, womit wir es zu tun haben, geht über die Grenzen rationalen Denkens hinaus. Du mußt einfach zeitweilig deine gepflegte, anal-neurotische, kulturverhaftete Glaubwürdigkeit vergessen und deinem Auslegerboot erlauben, in die tiefen mystischen Wasser der Welt der Kahuna einzutauchen. Der ungezielte Pfeil trifft immer.«

»Superwitz.«

»Du glaubst nicht, daß der ungezielte Pfeil immer trifft?«

»Solange das Ziel nicht dein Schwanz ist.«

»Jetzt, wo du es sagst, ich bemerkte unlängst mit einiger Beunruhigung die Entwicklung einer kleinen skrotalen Warze an meiner Person.«

»Die krieg ich nie zu Gesicht«, sagte Stephanie, »es sei denn, ich muß deine Leiche identifizieren.«

»Ach, sie ist wirklich nur ganz klein. Aber die Untersuchung scheint sich ausgedehnt zu haben. Wenn diese Reporterin sich nicht bald bei Hoover oder ihrem Chef beim *Advertiser* meldet, können wir von zwei vermißten Personen anstatt von einer ausgehen.«

»Du bist ein verdammtes Genie, Friedman. Hat dir das schon mal jemand gesagt?«

»Das erzählen mir die Menschen schon mein ganzes beschissenes Leben lang.«

»Dann haben sie dich aber verdammt in die Irre geführt. Du hast *immer noch* keine Ahnung von McGoverns Verfassung oder seinem Verbleib, und jetzt drehst du vermutlich noch mehr an den paar Rädern, die in deinem Hirn noch übrig sind, weil du nach dieser Frau suchst, obwohl ihr Verschwinden vielleicht gar nichts mit dem von McGovern zu tun hat.«

»Natürlich hat es was damit zu tun. Warum sonst wollte sie sich mit uns im Museum treffen?«

»Wegen des Kopfes?«

»Wegen des Kopfes. Wenn wir gerade davon sprechen, gibt es hier ein Scheißhaus?«

Während ich durch den hinteren Teil von Wong & Wong's ging, war ich erneut darüber erstaunt, daß es so aussah wie Big Wong's in New York und sich auch so anfühlte. Bei beiden gab es granatenmäßiges Essen und beide waren voll von Abenteuern für jeden, der seinen oder ihren Weg zu seinem oder ihrem Scheißhaus navigieren wollte. Es war natürlich möglich, daß einer der Wongs von Wong & Wong's mit einem Wong von Big Wong's irgendwie verwandt war. Ich mußte irgendwann mal nachfragen, wenn ich nicht so viel auf dem Schirm hatte.

Nachdem ich meinen Republikaner erfolgreich am Genick gepackt hatte, wusch ich mir die Hände in dem alten Zinkwaschbecken und spähte in den leicht angelaufenen Spiegel der Männertoilette. Etwas an der unregelmäßig gefleckten und blind gewordenen Fläche erinnerte mich an einen Mann, der auf die See blickt. Der Mann, der meinen Blick erwiderte, war zweifelsohne schon halb auf See. Ich stellte mir vor, es gab etwas zeitlos Böses, das von den Kräften durchdrungen war, die meinen Freund McGovern mit dem Gratisticket nach Hawaii gelockt hatten, das gemeinsam mit dem großen Mann verschwunden war.

Es mußte einen heimtückischen Plan geben, der über Lösegeldforderungen oder bloße kriminelle Machenschaften hinausging. Weiterhin folgerte ich, daß Hoover und ich und sehr wahrscheinlich Carline nicht die einzigen waren, die über McGoverns fast beängstigende Ähnlichkeit mit Lono gestolpert waren. Wenn das stimmte, schränkte es das Ermittlungsfeld stark ein. Es bedeutete nämlich, daß eine der wenigen geschätzten Personen auf diesem Planeten, die wußte, wie Lono aussah, auch McGovern vom Sehen kennen mußte. Man konnte von Manhattan und Oahu nicht gerade von benachbarten Inseln sprechen.

Lonos Büste hatte eine Staubkruste. In all den Jahren, die McGovern für die *Daily News* geschrieben hatte, hatte ich nie ein Bild von ihm neben seinem Namen abgebildet gesehen. Eine Person, die also sowohl Lono wie auch McGovern gesehen hatte, mußte seltener als der O-O Vogel sein.

Unter der Oberfläche des Gesichts im Spiegel sah man Unruhe und Verwirrung. Die Augen meines Spiegelbilds waren nicht deckungsgleich mit meinen eigenen. Sollte ich ein Sherlock'sches Diktum auf die Situation anwenden? Sollte ich den Weg des ungezielten Pfeils der mystischen Kahuna wählen? Sollte ich mich, in einem billigen, geschmacklosen, ziemlich durchsichtigen Versuch, Stephanies Aufmerksamkeit zu erheischen, beim Masturbieren erhängen? Sollte ich mit leeren Händen und gebrochenem Herzen nach New York zurückkehren? Sollte ich zu den Zeiten vor Damien, Duke und Don Ho zurückkehren? Sollte ich an den Tisch zurückkehren?

Als ich zurückging, stellte ich fest, daß ein anderer Typ auf meinem Platz saß, Zigarre rauchte und sich mit Stephanie unterhielt. Zuerst glaubte ich, das wäre ich, aber die beiden schienen sehr freundschaftlich miteinander umzugehen. Als ich näher kam, stellte ich fest, daß es sich um Will Hoover handelte. Weder er noch Stephanie schienen scharf darauf, meine Rückkehr vom Scheißhaus willkommen zu heißen. Tatsächlich hatte man den Eindruck, sie wären in einem höchst angeregten Gespräch verstrickt.

»Ich nehme den Jesusplatz«, sagte ich, zog mir einen Stuhl von einem benachbarten Tisch rüber und saß nun in exakt gleicher Entfernung zu den beiden, die mich jedoch nicht zu bemerken schienen.

»Da ich eine Weltklassefrau bin, die jeden klein kriegt«, sagte Stephanie gerade mit nicht unbeträchtlichem Stolz, »merke ich auch schneller als alle anderen, wenn Friedman am Boden ist. Er hat überhaupt keine Spur, außer der Scheißbüste.

Gott hat weniger Zeit gebraucht, um die Welt zu schaffen, als Friedman braucht, um die Männertoilette zu finden.«

»Er hat schon ein paar Penis Coladas gehabt«, sagte Hoover.

»Er konnte noch nie Alkohol vertragen«, sagte Stephanie, »und das ist nicht im entferntesten witzig.«

»Ich glaube immer noch, daß der alte Kinkyhead die Sache klar zieht«, sagte Hoover unerschütterlich.

»Klar zieht?« kreischte Stephanie. »Er schafft es noch nicht mal, seinen Kopf aus dem Arsch zu ziehen. Das einzige, was er bestimmt noch rauszieht, ist sein mickriger Schwanz eines schönen Tages am Strand, und dann wird er wegen Erregung öffentlichen Ärgernisses verhaftet.«

»Mit einem so riesigen Shlong wie meinem«, sagte ich, »könnte ich daran sterben.«

Es sah tatsächlich so aus, als wäre ich bereits gestorben und in den Himmel gekommen, denn keiner meiner Begleiter schien meine Anwesenheit am Tisch zur Kenntnis zu nehmen. Hoover, der mich überhaupt nicht wahrnahm, fuhr mit seiner Verteidigung der Fähigkeiten des Kinksters in der Verbrechensaufklärung fort.

»Ich hab es sogar Carline erzählt«, sagte er gerade, »lange bevor das alles hier anfing. Ich hab's ihr erzählt und ich hab es auch so gemeint, daß Kinky jeden einzelnen verschissenen Fall, mit dem er überhaupt je zu tun hatte, aufgeklärt hat. Und das ist die Wahrheit. Als ich ihr das erzählt habe, habe ich natürlich im Leben nicht daran gedacht, daß eines Tages vielleicht ihr eigenes Leben davon abhängen würde.«

»Er hat McGovern nicht gefunden«, sagte Stephanie bockig, »wieso sollte er da deine Freundin finden?«

»Wenn ich McGovern finde, finde ich auch Carline«, sagte ich.

»Hier stehen *Menschenleben* auf dem Spiel, Arschgesicht«, sagte Stephanie. »Es geht nicht darum, deinen Zigarrenschneider oder einen Parkplatz zu finden. Oh, ich *vergaß*. Du fährst nicht.«

»Ich *fahre*«, sagte ich, »ich fahre nur nicht in Großstädten, die ich nicht kenne. Aber *wenn* ich fahre und einen Parkplatz suche, sage ich immer ›Ave Maria, voll der Gnaden, hilf mir parken meinen Wagen‹ und dann finde ich auch einen Parkplatz.«

»Das soll wohl ein Witz sein«, sagte Stephanie.

»O.k., das bringt uns nicht weiter«, sagte Hoover. »Vor einiger Zeit gab Carline mir ziemlich merkwürdige Unterlagen, die die *Ka'ai* betreffen, damit ich sie sicher verwahre. Es sind nur ein paar Seiten, aber ich habe sie aus Gründen, die bald klar werden, nie genau durchgesehen.«

»Was ist ein *Ka'ai*«, sagte Stephanie.

»Hoover hat diesbezüglich ein fotografisches Gedächtnis«, sagte ich. »Ich bin sicher, er wird dir alles erzählen.«

Hoover lief zur Höchstform auf. Während er redete, erwärmte er sich immer mehr für die Angelegenheit. Er machte eine kleine Performance daraus, indem er sich wiederholt die Brille putzte und dann wie ein Pressereferent ein kleines vorbereitetes Statement vorlas.

»›*Ka'ai*: Flechtkörbe aus Kokosnußfasern, enthalten die Gebeine vergötterter Häuptlinge. *Ka'ai* Nummer eins: Geflochtener und gewobener Korb aus Kokosnußfasern in Form einer menschlichen Gestalt. Ein rundes Stück ist an die Vorderseite des Torsos genäht. *Ka'ai* Nummer zwei: Geflochtener und gewobener Korb aus Kokosnußfasern in Form einer menschlichen Gestalt. Das linke Auge wird von einer Perlmuschel repräsentiert. Es ist nicht zweifelsfrei feststellbar, von wem die menschlichen Überreste in den beiden geflochtenen Kokosnußfaserkörben stammen. Es wird jedoch eine Verbindung zu den Stammeshäuptlingen Liloa und Lonoikamakahiki, die im 15. oder 16. Jahrhundert gelebt haben, vermutet.‹ Hört ihr mir noch zu?«

»Friedman fällt gleich ins Koma«, sagte Stephanie, »aber ich finde es faszinierend.«

»›Die *Ka'ai* stammen angeblich aus dem Mausoleum von Hale o Keawe bei Honauna oder Hale o Liloa im Waipi'o Tal. Sie wurden 1858 ins Königliche Grab bei Pohukinia auf dem Boden des Iolani Palace in Honolulu gebracht...‹«

»Das bereits vier Jahre vor dem Weißen Haus Strom hatte«, sagte ich.

»Unterbrich ihn nicht, Arschloch«, sagte Stephanie.

»›... und von dort im Jahre 1865 zum Königlichen Mausoleum bei Mauna 'Ala im Nu'uanu Tal. Am 15. März 1918 wurden die *Ka'ai* dem Bishop Museum überstellt. Am 24. Februar 1994 um 13.15 Uhr wurde ihr Fehlen von der Wärtern entdeckt, die Polizei wurde verständigt und die Untersuchung begann.‹«

»Und man hat sie bis heute nicht gefunden?« fragte Stephanie.

»Das ist richtig. Carline Ravel hat praktisch jeden Schritt der Untersuchung nachvollzogen. Es entbehrt nicht einer gewissen Ironie, daß sie jetzt selbst verschwunden ist.«

»Ironie ist in diesem Fall nicht unbedingt das richtige Wort«, sagte ich.

»Kinkyhead ist an was dran«, sagte Hoover. »Ich sehe es ihm immer an.«

»Das einzige, woran Friedman gern dran wäre, bin ich«, sagte Stephanie. »Und das wird nie passieren.«

»Sag niemals nie«, sagte ich.

»Nie!« sagte Stephanie, aber sie lächelte mich dabei so verschmitzt an, daß mir das Ding mit den Federn fast vom Herzen gefallen wäre.

»Wie dem auch sei«, sagte Hoover, »hier sind, wie schon gesagt, diese merkwürdigen Unterlagen, die Carline mir zur Verwahrung gegeben hat.« Er schob mir einen kleinen Stapel Blätter rüber, die an einer Ecke zusammengetackert waren.

»Wann hat sie dir das gegeben?« sagte ich.

»Weiß ich nicht genau«, sagte Hoover, »vor fünf oder sechs Jahren.«

»Und du sagst, du hast es dir nie genau angesehen?«

»Ich bin nicht so verrückt, wie ich aussehe«, sagte Hoover. »Lies die oberste Seite.«

Im hellen Licht von Wong & Wong's Restaurant las ich pflichtbewußt Carlines kurzen, handgeschriebenen Einführungsbrief. Während ich über die Nachricht gebeugt saß, begannen kleine Seeigel meinen Nacken hochzukrabbeln. Carline schrieb:

> »Achtung! Die folgenden Seiten beinhalten die nie veröffentlichten, relativ unbekannten Röntgenbilder der heiligen *Ka'ai*. Gerüchte besagen, ein Fluch verfolge jeden, der sie nur sieht. Da die *Ka'ai* die höchst verehrtesten und heiligsten hawaiianischen Relikte sind, wird der Leser gebeten, zu überdenken, ob er diese Seite umblättert. Die Röntgenbilder wurden 1919 gemacht. Keiner der an ihrer Erstellung Beteiligten ist noch am Leben.«

»Ich hab vor einer Sekunde einen Blick auf sie geworfen«, sagte Hoover, »und schon fühle ich mich schlecht.«

29

Es ist immer eine ziemlich gute Idee, sich nicht zu sehr auf die Träume zu verlassen, die man träumt, wenn man schläft. Die Wissenschaft weiß heutzutage, daß diese Träume von Gas ausgelöst werden, demselben Phänomen, das auch Verdauungsstörungen verursacht, ein Baby zum Lächeln bringt, oder, wenn in großen Mengen vorhanden, einer eleganten, geschmackvoll arrangierten Dinnerparty eine herbe und unfeine Note verleihen kann. Träume können wunderbar sein, oder auch schrecklich, aber sie bedeuten rein gar nichts außer möglicherweise einer frühen Warnung, die der Träumende vermutlich zur nächstgelegenen Raumstation schickt, welche, vorausgesetzt sie ist nicht unbemannt, mit Sicherheit auch der Ort sein wird, an dem der Träumende ankommt.

Nachdem das alles endlich mal klargestellt worden ist, gibt es trotzdem noch jene abergläubischen Seelen unter uns, die der festen Überzeugung sind, das Gas versuche, uns etwas mitzuteilen. Wir glauben weder an Gott noch an Träume, wir glauben lediglich, daß nichts, noch nicht einmal das Leben selbst, so bedeutungslos sein kann, wie es für gewöhnlich scheinen mag. Diese Form von perversem, nihilistischem Denken, kann sogar eine charakterlich einwandfreie Person dazu treiben, sich in die auf diesem Planeten am meisten verabscheute Form intelligenten Lebens zu verwandeln – einen Optimisten. Als Kind packt der Optimist sein Weihnachtspaket aus, entdeckt eine große Schachtel mit Pferdeäpfeln und sagt »Irgendwo muß das Pony sein.« Als Erwachsener hat der Optimist natürlich schon vor langer Zeit gelernt, daß es kein Pony gibt, nur Kilometer und Kilometer von Badezimmerfliesen, von denen jede einzelne mit einer dünnen Schicht Pferdescheiße und Wildhonig überzogen ist, und der arme Teufel glaubt immer noch, es sei angemessen, jede Menge Bäume zu töten, damit Idioten wie ich auf eine Seite mit dieser Art von Prosa, die bei genauerem Nachdenken wahrscheinlich auch durch Gas verursacht wurde, zielkotzen können. Ich persönlich war nie dämlich genug, um ein Optimist zu sein. Ich weiß, daß die Dinge am Ende immer beschissen sind, habe aber trotzdem die feste Absicht, sie zu genießen. Wenn man pervers genug ist, kann man sie sich möglicherweise hindrehen. Und die gute Nachricht dabei ist, daß man das zu Hause, ganz für sich allein tun kann, wo man zweifelsfrei eine Menge Zeit verbringt, wenn man so pervers ist, wie ich glaube. Aber es ist nichts Schlechtes dabei, zu Hause ganz für sich allein zu sein. Die Besten von uns tun das. Manchmal fahren sie auch nach Hawaii und verbringen ihre Zeit allein im Hotel. Ich war nicht optimistisch, McGovern noch lebend wiederzufinden.

Zum Teil fiel das natürlich unter die Rubrik verstrichene Zeit. Zum Teil lag es aber auch an den negativen Schwingungen, die am früheren Abend das Lesen des merkwürdigen, kleinen Dokuments, das Hoover mir im Wong & Wong's gegeben hatte, verursacht hatte. Zum Teil war mein düsterer Zukunftsausblick im Allgemeinen wohl auch auf den Konsum einer Reihe von Poi Rolls und Penis Coladas im Hotel zurückzuführen – Hoover hatte mich mittlerweile mit der Verwendung dieses Ausdrucks infiziert. Er war nicht wirklich lustig, wenn man nicht schon ein paar Penis Coladas getrunken hatte. Aber in dieser Nacht hatte ich keine Wahl. Wenn ich nichts zu lachen hätte, würde ich heulen.

Mir war nicht ganz klar, was, wenn überhaupt, das Verschwinden der *Ka'ai* mit dem Verschwinden Carline Ravels zu tun hatte, Hoovers Reporterfreundin, die die vergebliche Suche nach den vermißten Relikten recherchiert hatte. Was, wenn überhaupt, ihr Verschwinden mit dem McGoverns zu tun hatte, blieb ebenfalls für jegliche Art von Mutmaßungen offen. Was wir hatten, dachte ich, vom Mondlicht über dem Meer mal abgesehen, waren zwei vermißte Personen sowie zwei vermißte religiöse Objekte, von denen man durchaus behaupten konnte, sie seien nur durch die zartesten, vergänglichsten rot-und-gelb-Muster der O-O Federn des geistigen Vorstellungsvermögens verbunden.

Es war ein Uhr morgens, und ich trank Kona Kaffee und brütete über den 1919 aufgenommenen Röntgenbildern der *Ka'ai,* die jeden mit einen Fluch belegten, der ihnen auch nur einen seitlichen Blick zuwarf. Ich weiß nicht, ob es das Pulsieren der See oder meines Herzens war, das im Hotelzimmer widerhallte. Die Röntgenaufnahmen waren absolut grauenerregend.

Die Schwarzweißbilder waren auf kranke, wissenschaftliche Weise mit Fußnoten versehen, unter völliger Mißachtung des

Horrors, der einem aus den Aufnahmen entgegensprang. Zum Beispiel: »Front- und Seitenansicht von *Ka'ai* 1, aufgenommen 1919 von Benjamin H. Nouskajian. In dieser Fotomontage aus drei überlappenden Platten aus jedem Blickwinkel sind die Knochen auf Grund von Veränderungen während der ersten Röntgenaufnahme nicht ganz exakt ausgerichtet. Man beachte Zähne, Ornamente und Metallstücke am Boden sowie ein langes Metallobjekt fast mittig. (Foto für das Bishop Museum von Chris Takata.)«

Benjamin und Chris waren zweifelsfrei bereits jenseits des Regenbogens und Carline war vermißt und sogar Hoover fühlte sich miserabel. Ich verspürte kein größeres Verlangen, in den Fußstapfen der beiden *Ka'ai*-Fotographen ebenfalls zu Jesus zu gehen. Die Bilder jedenfalls waren wirklich das Grauen. Schädel mit weit offenen Mündern oben in jedem Korb, ein wildes Durcheinander von verdrehten Knochen in der Mitte und Zähne auf dem Boden eines jeden Behältnisses. Wenn diese wirklich makabren Objekte einen nicht in die Hölle befördern würden, wollte ich nicht wissen, was sonst. Als charismatischer Atheist konnte ich keine Risiken eingehen.

Um ungefähr halbdrei löschte ich die Lichter und verbrachte eine weitere beunruhigende Stunde damit, mich im Bett hin- und herzuwälzen wie der rastlose Ozean vor meinem Fenster. In meinem sich drehenden Kopf formten sich immer neue Ideen, wie Wellen, die weit draußen auf See entstehen. Zu dem Zeitpunkt, zu dem sie als Brecher an der Küste aufschlugen, schlug ich auf meinem King-Size Bett auf. Und in dieser Nacht hatte ich einen Traum, der so merkwürdig und verdreht wie das Leben selbst war. Wie Träume es eben manchmal an sich haben, ließ auch dieser Traum das reale Leben fast blaß aussehen, wie das Gesicht einer toten Geliebten, das man in lieber Erinnerung hat oder einen Sternennebel am Himmel, von dem die Wissenschaftler mittlerweile glauben, es handele sich nur um mehrere Schichten stark komprimierten Gases.

Um einen langen Traum kurz zu machen, mein Freund Bob Neuwirth und ich waren beide noch Kinder, die auf Springstöcken einem Hasen nach Canton, Ohio folgten, um am Neujahrstag 1953 Hank Williams zu sehen. Irgendwo auf der Paradestraße war Hank abgekratzt, gerade als ihm ein freundlicher Zahnarzt erklärte, wie wichtig es sei, seine Zähne immer gut zu pflegen. Anstatt Hank zu sehen, bekamen wir nur Red Foley und seine Band zu hören, die hinter einem Vorhang *Peace in the Valley* sangen.

»Wie ist der Name des Vorhangs?« fragte ich Neuwirth.

»Er heißt der letzte Vorhang«, sagte er.

»Wie ist der Name des Tales?« frage ich.

»Es heißt das Tal der Schatten des Todes«, sagte Neuwirth.

»Was ist mit dem Hasen geschehen?« fragte ich. Offensichtlich war ich ein ausgesprochen wißbegieriges Kind.

»Er fährt auf der Rückbank eines dicken Cadillac«, sagte Neuwirth. »Das hier ist mein Freund Robert Zimmermann.«

Zimmermann war ein magerer, unruhiger Typ, der aussah wie ein pubertierender Jesus. Ein Auge lachte und das andere weinte.

»Folge dem Hasen«, sagte er ziemlich kryptisch, »und du findest deinen Traum.«

»Aber das *ist* ein Traum«, sagte ich.

»Das ist kein Traum«, sagte er. »Aber das ist auch nicht das Leben. Es ist nur ein Song, den Hank Williams nicht mehr geschrieben hat.«

An diesem Punkt begann der Traum leicht zu degenerieren, kämpfte jedoch immer noch um die Kontrolle meines träge schlummernden, unterbewußten Verstandes, von dem einige behaupten, das sei der einzige Verstand, den ich hätte. Bildfragmente schossen nun hoch wie Bagels in einem erbarmungslos glücklichen, vorstädtischen Toaster eines jüdischen Zahnarztes, dem es niemals gelingen würde, das seinem Toaster inhärente Glücksgefühl zu verspüren. Das ganze Leben hängt an einem so lächerlich zarten Faden, daß ich es leicht ironisch fand, als der gutmütige Bursche mir zu erklären begann, wie wichtig es sei, seine Zähne immer gut zu pflegen. Es bestünde eine Wahrscheinlichkeit von fünf Prozent, daß ich eines Tages vielleicht eine Krone für meinen oberen Pavianarschbackenzahn bräuchte, aber daß er mir genauso gut auch immer erhalten bleiben könnte. Dann lächelte er und entblößte zwei riesige scheußlich gelbe Hasenzähne. Er nahm sich das Leben, bevor ich meinen nächsten Termin bei ihm hatte, und ließ mich mit der Entscheidung allein, ob ich eines Tages vielleicht eine Krone für meinen oberen Pavianarschbackenzahn bräuchte. Mittlerweile stieg meine Verwirrung, ob dies alles nur ein Traum sei oder ob es sich um einen Song handelte, den Bob Dylan nie geschrieben hatte. Schließlich wurde mir klar, daß der freundliche jüdische Zahnarzt mit den Hasenzähnen Gott war und die Krone, von der er gesprochen hatte, mir bestimmt war. Ich fühlte mich natürlich geschmeichelt, aber bei genauerer Betrachtung schien ich als Messias eine ganz vernünftige Wahl zu sein. Ich war mager. Ich war Jude. Ich machte ständig Ärger. Und meine Zähne waren gut.

Dorothy, Alice, Beatrix Potter, Grace Slick und praktisch fast jeder in der Geschichte der Menschheit haben Hasen verfolgt, gejagt, getötet, gegessen, über sie geschrieben oder so ausgiebig wie sie gerammelt, ganz zu schweigen davon, was diese Leute ihren Träumen so alles angetan haben. Mein derzeitiger Traum mühte sich leider immer noch ab, konzentrierte sich derzeit jedoch gerade auf den Ausdruck »Frieden im Tal«, geflüsterte Stimmen, die mir fast unverständlich an einem windigen Strand entgegengetragen wurden. Ich sah mich plötzlich selbst in schmerzhaft intensivem Technicolor, wie ich einen Hasen mit einem Stein tötete, etwas was ich während eines Survivaltrainings 1966 wirklich tun mußte. Ich wußte weder, wo zum Teufel ich war noch warum ich mich dazu gezwungen sah, dieses Verbrechen, das so wider meine Natur war, zu begehen. Jetzt könnte ich niemals mehr Buddhist werden. Was sollte Richard Gere nur denken? Ich heulte. Der Hase wimmerte. Der Wind flüsterte Frieden im Tal, Frieden im Tal, und schließlich hörte ich die Worte deutlicher. »Friedenschor«, heulte der Wind. »*Waipi'o* Tal«. Dann hörte ich McGoverns legendäres Tape, das leise irgendwo am Strand spielte.

Plötzlich wurde ich von einer riesigen krachenden Flutwelle weggespült. Ich erwachte und fand mich schweißgebadet im Bett sitzend wieder. Die Uhr zeigte die 4.44 Uhr. Das Krachen ging weiter, jetzt lauter als der Ozean. Ich stolperte zur Tür rüber.

»Wer ist da?« sagte ich.

»Mach die verfickte Tür auf!« schrie eine wohlbekannte Stimme mit deutlichem Brooklyn-Akzent. »Scheiße, es war leichter, dich dazu zu kriegen, den dämlichen Puppenkopf runterzuschmeißen.«

Ich öffnete die Tür und da stand Rambam, frisch zurückgekehrt von seinen Abenteuern auf der anderen Seite der Erde. Er trug Jeans, Sandalen, ein farbenfrohes Hawaiihemd und ein erwartungsvolles Ran-an-die-Schweine-Lächeln.

»Und«, sagte er, »hast du McGovern schon gefunden?«

30

»NUR DAMIT ICH ES VERSTEHE«, sagte Rambam, während wir zusahen, wie die Dämmerung über unseren beiden Mahimahi-Omelettes mit Maui Zwiebeln, Japanischem Seegras und mehreren anderen Artikeln, die ich nicht kannte, anbrach. »Wegen eines Traums, den du letzte Nacht hattest und einigen anderen ungewöhnlichen Zufällen, glaubst du, daß McGovern gar nicht auf Oahu ist, sondern auf der großen Insel.«

»Großer Mann, große Insel«, sagte ich.

»Das macht ungefähr genauso viel Sinn wie alles andere, was du mir erzählt hast. Eigentlich möchte man meinen, da McGoverns Leben auf dem Spiel steht, solltest du etwas rationaler an die Untersuchung rangehen.«

»Die rationale Herangehensweise haben wir schon durch. Wir haben die Leichenhallen, psychiatrischen Kliniken, Hotels und Strände abgeklappert ...«

»Vielleicht solltest du die psychiatrischen Anstalten nochmal checken. Es geht hier schließlich um McGovern.«

»Die Welt ist eine Scheißanstalt, Rambam. Irgendwo in ihren gewundenen Korridoren wird McGovern entweder gegen seinen Willen festgehalten oder er ist bereits Wurmfutter. Seit elf Tagen fehlt jede Spur von ihm.«

»Sollte das nur ein schlechter Scherz von ihm sein, befördere ich ihn in ein echtes Krankenhaus.«

»Das ist kein Scherz«, sagte ich. »Ich hab dir erzählt, was alles passiert ist. Der Man-in-Trouble-Lono-ist-zu-Hause-Anruf in meinem Loft in New York. Der MIT!-MIT!-MIT!-Teil war definitiv McGoverns Stimme, also war er noch am Leben, nachdem er in der Nacht vom Strand verschwunden war. Das vorgetäuschte Kidnapping hat mich ungefähr zehn Jahre meines Lebens gekostet...«

»Eine vorgetäuschte Lösegeldforderung ist schlimmer als eine echte, denn wenn man damit durch ist, steht man wieder genau an dem Punkt, an dem man angefangen hat. Und, zumindest in meinen extrem professionellen Augen, bist du genau da. Ganz am Anfang.«

»Nicht ganz, Sam Spade.«

»Halt mal die Abstammung da raus.«

»Halten wir mal die rationalen Herangehensweisen da raus. Wir sind auf Hawaii. Du weißt, was man auf Hawaii sagt.«

»›Bitte nicht die Vögel füttern, *Mahalo*‹?« las Rambam das kleine Schild auf dem *Lanai* vor.

»Das ist das Schild für die *Haoles*. Die alten *Kahunas* sagen etwas, was ich mir für diesen Fall irgendwie zu Herzen genommen habe. ›Der ungezielte Pfeil trifft immer.‹«

»Das ist das dämlichste, was ich je gehört habe.«

»Sag das mal einem alten *Kahuna*, wenn du einen siehst. Er macht vermutlich einen Zackenbarsch aus dir.«

»Nachdem er mir meinen Geldbeutel abgenommen hat. Was hast du vor? Willst du zum Ureinwohner mutieren, um diesen Fall zu lösen?«

»Ich bin der festen Überzeugung, daß die Lösung zu McGoverns Verschwinden eng mit der alten Hawaiianischen Überlieferung verflochten ist, im besonderen mit den vermißten heiligen Relikten, von denen ich dir erzählt habe, den *Ka'ai*.«

»Wenn du was in deinem *Ka'ai* hast, kann ich dir dabei behilflich sein, es rauszukriegen.«

»Dieses Reportermädel, Hoovers Freundin, verfolgt seit über fünf Jahren die Spur dieser vermißten Relikte. Jetzt ist sie vermißt, nachdem sie mich einen Tag zuvor von der Big Island aus angerufen und ein Treffen im Bishop Museum vorgeschlagen hat, wo Hoover und ich keine Spur von ihr gefunden haben, außer einer Büste des Stammeshäuptlings Lono, der McGovern wie aus dem Gesicht geschnitten ist...«

»Ich glaube, das ganze ist eine Pleite...«

»... und wenn das alles nicht etwas bedeutet, dann weiß ich nicht, was etwas bedeutet.«

»Es bedeutet, daß du zuviel Sonne abgekriegt hast, als du den Liegestuhl deiner Freundin Stephanie durch die Gegend getragen hast.«

Wie Rambam von Stephanies Liegestuhl erfahren hatte, war selbst ein kleines Mysterium, aber für den Moment ließ ich es durchgehen. Wir beide hatten größere Fische zu frittieren, und das wußten wir auch.

»Vergiß die *Ka'ai*«, sagte Rambam. »Was ist mit dem FBI? Was haben die rausgefunden?«

»McCall unterhält mit den Jungs vom FBI eine rege Kommunikation, genauso wie mit den Bullen. Die Antwort ist, sie haben null rausgefunden. Ich sag dir, dieser Fall verlangt nach einer absolut unkonventionellen Herangehensweise. Die beiden Kokosnußfaserbehälter mit den Gebeinen von Lono und Liloa kommen angeblich aus dem Mausoleum von Hale o Keawe bei Honaunu oder Hale o Liloa im Waipi'o Tal. Sie wurden 1858 ins Königliche Grab in Honolulu gebracht, von dort gingen sie ins Königliche Mausoleum und dann, im Jahre 1918, wurden die *Ka'ai* dem Bishop Museum überstellt. Seit sie aus dem Museum geholt wurden, gibt es keine Spur mehr von den vermißten *Ka'ai*, allerdings jede Menge Gerüchte, sie seien irgendwo auf der Big Island wieder begraben worden.«

»Such dir eine Insel aus«, sagte Rambam. »Egal welche.«

»Ich träume von dieser Insel. Von diesem Tal. Ich bin schon mal da gewesen, 1966, als ich für das Friedenskorps in Hilo trainierte. In meiner Erinnerung ist das Waipi'o Tal ein wunderschöner, jungfräulicher, praktisch unbewohnter Ort mit grünen Hügeln und Wasserfällen und sonnenüberfluteten Stränden. Ich glaube, daß die *Ka'ai* irgendwo in diesem Tal sind. Ich glaube auch, wenn wir die *Ka'ai* finden, finden wir McGovern.«

»Du holst das Kanu«, sagte Rambam mit ungläubigem Kopfschütteln, »und ich helf dir paddeln.«

»Das ist gut so«, sagte ich, »denn Hoover, McCall und Stephanie kommen auch mit, ganz zu schweigen von Stephanies Hunden, Thisbe und Baby Savannah.«

»Dann brauchen wir ein verdammt großes Kanu«, sagte Rambam und starrte mit merkwürdigem Blick auf meine Stirn. »Bist du sicher, daß es dir gut geht?«

»Klar geht's mir gut. Wir brauchen jede Hilfe, die wir kriegen können...«

»Dein Scheißverstand muß wohl aussetzen, daß du diese ganzen Leute mitnehmen willst. Erstens sind sie Amateure. Zweitens bist du ein Amateur. Die Zeiten haben sich geändert, seit du in den Sechzigern da warst. Was einmal unberührte Gebiete waren, sind heute Zonen mit Freibriefen für internationale Gossenratten, radikale Milizen, derangierte Vietnamveteranen, paranoide Marihuanazüchter mit Heckenschützen und verminten Feldern. Wie würde es deiner Freundin Stephanie gefallen, eines ihrer süßen kleinen Hündchen am Ende eines Punjistabs zu sehen?«

»Ich schätze, sie würde lieber meine Eier am Ende eines Bungeeseils sehen.«

»Dann laß sie zuhause. Sie wird nur Ärger machen. Laß die anderen auch zuhause.«

»Wir gehen alle. McCall soll morgen früh einen Hubschrauber chartern.«

»Wenn du dir so verdammt sicher bist, daß McGovern dort ist, warum fahren wir dann nicht heute?«

»Weil es etwas gibt, was ich heute nacht machen muß und ich dir nicht sagen kann, was es ist, weil du dann glaubst, daß ich durchgeknallt bin.«

»Ich glaub sowieso schon, daß du durchgeknallt bist«, sagte Rambam. »Aber wenn die Welt, wie du sagst, eine psychiatrische Anstalt ist, könntest du der ideale Ringrichter für diesen kleinen Wanderzirkus sein.«

»Wenn du das so siehst«, sagte ich, »kannst du gerne zuhause bleiben.«

»Was?« rief Rambam. »Und mich aus dem Showgeschäft zurückziehen?«

31

In jedem Fass gab es einen faulen Apfel und dieser war offensichtlich Rambam. Hoover, Stephanie und McCall, mit denen ich am späteren Morgen sprach, schienen mehr als bereit, meinen Träumen, Vorgaben und Ahnungen hinsichtlich der Expedition auf die Big Island zu folgen. Hoover, der sich mittlerweile um Carline genauso viel Sorgen machte wie um McGovern, war ein ausgesprochener Befürworter sowohl der Idee wie auch des Kinksters.

»Ich weiß immer, wenn du auf einer heißen Spur bist, Kinkyhead«, schwärmte er in höchsten Tönen. »Wie ich schon McGovern und Carline gesagt habe, bevor sie beide so unglückselig verschwanden: ›Der Kinkster ist sehr wahrscheinlich der beste lebende Amateurdetektiv der Welt. Er hat nie einen Fall angenommen, den er nicht auch erfolgreich gelöst hat. Er ist der einzige Detektiv, den ich kenne, der eine hundertprozentige Aufklärungsrate hat.‹«

»Ich bin auch«, fügte ich hinzu, »der einzige Detektiv, den du kennst.«

»Das hab ich ihnen nicht gesagt«, sagte Hoover.

John McCall war genauso enthusiastisch bezüglich der neuen Wendung, die die Dinge nun genommen hatten. Er zog ein fettes Bündel Beschleuniger und wedelte damit in der parfümierten Luft der Inseln herum.

»Ich wollte schon immer einen Helikopter chartern, wie bei *Magnum*«, sagte er.

»Vielleicht *ist* die Welt ein Irrenhaus«, sagte Rambam und betrachtete das Bündel Beschleuniger. »Steck das Geld ein, bevor du von einem herumstreunenden Anwalt ausgeraubt wirst.«

Stephanie mußte man ein bißchen länger überzeugen. Sie kaufte einem die Überlegung, daß praktische Pläne auf Bildern basieren sollten, die einem im Traum erschienen, nicht ohne weiteres ab. Außerdem war sie nicht besonders scharf darauf, mit McCall, Hoover und Rambam irgendwo hin zu fahren.

»Warum müssen wir die Three Stooges mitnehmen?« fragte sie nachmittags bockig aus der warmen Behaglichkeit ihres Liegestuhls heraus.

»Wir brauchen McCall, weil er für den Hubschrauber aufkommt, von unserem Trip mal ganz abgesehen. Wir brauchen Hoover, weil er seit zehn Jahren hier lebt und man hoffen darf, daß er mittlerweile ein wenig Einblick in die Menschen, die hier leben, und ihre Kultur hat. Und wir brauchen Rambam, um uns dabei zu helfen, McGovern zu retten, oder für den Fall, daß wir einem derangierten Vietnamveteranen begegnen.«

»Was für ein Scheißwitz«, sagte Stephanie verächtlich. »Was macht Rambam dann? Wirft er mit einer Ananas nach ihm?«

»Wir gehen als eine glückliche Familie. Jeder leistet seinen Beitrag.«

»Klar. McCalls Beitrag ist, daß er ein Leben mit seinem Beschleuniger kaufen kann. Rambams Beitrag ist eine Satellitenschüssel auf seinem Kopf. Hoovers Beitrag sind seine grauenhaften Limericks. Und Arschlochs Beitrag ist ein dämlicher Traum.«

»Erzähl das mal Moses und Joseph und Patton und Dr. Martin Luther King. Träume tragen dazu bei, die Welt zu verändern. Die Bibel und die Geschichtsbücher sind voll von Träumen, die die Zukunft prophezeien und wahr wurden. Träume sind wertvolle Werkzeuge der Ermittlungsarbeit, denn sie helfen uns, das größte aller Mysterien zu entdecken, das Unterbewußtsein.«

»Du hättest ein Scheiß Seelenklempner werden sollen«, sagte Stephanie. »Du bist in ausreichendem Maß verrückt und selbstverliebt, und du kleidest dich auch geschmacklos genug. Du fährst nur nicht das richtige Auto.«

»Nur weil ich einen solar-betriebenen Datsun fahre, ist das kein Grund zu glauben, ich hätte nicht einen prima Seelenklempner abgegeben. Wenn ich ein erfolgreicher Seelenklempner wäre, würde ich auch öfter flachgelegt werden.«

»Der Elefantenmensch wird öfter flachgelegt.«

Ich steckte meine Zigarre am südlichen Ende in Brand und blickte über das sonnenverbrannte weibliche Fleisch, das wie menschliches Treibgut am Strand verstreut war. Es gab mehrere attraktive Frauen in der Sammlung, aber natürlich keine, die mit Stephanie DuPont vergleichbar war. Niemand auf der Welt war mit Stephanie DuPont vergleichbar. Hier lag auch das Problem.

»Es gibt eine Reihe Dinge, die mir sagen, daß McGovern auf der Big Island ist.«

»Und?«

»Und der Traum, den ich hatte, war sozusagen der Zuckerguß auf dem Tarotkuchen. Die Bilder im Traum schienen unglaublich lebendig. Die Personen kamen mir bekannt vor. Und die Hintergrundmusik war diese ermüdende Kassette, die McGovern unaufhörlich laufen läßt.«

»Und?«

»Und der Traum nahm beinahe Verbindung zu mir auf, fast als ob er mir eine Geschichte erzählen wollte. Es war wie wenn ich in meiner eigenen persönlichen Seifenoper wäre.«

»Wie hieß die?« sagte Stephanie. »*Ein Arsch zum Kriechen*?«

Ich paffte einen Moment schweigend an meiner Zigarre und spähte auf das blaue Sandwich aus Meer und Himmel.

»Wir brechen morgen früh um acht auf«, sagte ich.

»*Wenn* McGovern wirklich da ist, Arschgesicht...«

»Ist er.«

»Dann *mußt* du ihn finden, Friedman.«

»Ich mache alles Menschenmögliche.«

»Das ist ein Befehl«, sagte sie und schloß die Augen.

32

ICH VERBRACHTE DEN GRÖSSTEN TEIL des Nachmittags damit, mir eine glaubwürdige Geschichte für unseren Ausflug zurechtzuzimmern und einige Quellen und Kontakte hinsichtlich der Big Island zu konsultieren. Es würde zweifelsohne leichter sein, in Waipi'o zu operieren, wenn niemand um die wahre Natur unserer Mission wußte. Meine Begleiter hatten natürlich jede Menge fabelhafter Ideen bezüglich unserer Tarnung. Die meisten davon zogen Sumpfwasser, ein paar waren jedoch nicht ganz zu verachten.

Das Waipi'o Tal war laut Hoover immer noch ein sehr dünn besiedelter Ort, aber ob sich Gerüchte durch Meeresschnecken oder Telepathie verbreiteten, es sprach sich alles überraschend schnell rum. Wenn man nach einem großen, kürzlich entführten *Haole* suchte und die Kidnapper Wind von diesen Absichten bekamen, könnte das für den Big Mac tödlich sein. Wenn die Einheimischen, von denen viele behaupteten, sie stammten in direkter Linie von den toten *Alii* ab, erfuhren, daß man danach trachtete, die vermißten *Ka'ai* zu lokalisieren, würde es schnell einen Suchtrupp geben, der den eigenen Suchtrupp suchte.

»Wir könnten uns als eine Art reisende Unterhaltungstruppe tarnen«, hatte Hoover vorgeschlagen. »Wie wär's mit den ›Von Friedman Family Singers‹?«

»Das ist so ziemlich die beknackteste Idee, die ich in meinem ganzen Leben je gehört habe«, sagte ich ihm.

Es dauerte jedoch nicht lange, bis Rambam mit etwas noch Blöderem daherkam. Es schien fast, als wäre die Ernsthaftigkeit der Lage und der Tarnung meinen Begleitern entgangen. Möglicherweise schenkten sie meiner Behauptung, McGovern sei tatsächlich auf der Insel Hawaii, keinen allzu großen Glauben mehr. Möglicherweise hatten sie aber auch das Vertrauen in meine detektivischen Fähigkeiten verloren. Ich konnte ihnen dafür nicht wirklich die Schuld geben. Wir waren mittlerweile seit über einer Woche hier und alles, was ich vorzuweisen hatte, war der Sand in meinen Taschen und ein schmaler weißer Streifen um mein Handgelenk, wo ich mich in einem eher fehlgeleiteten zenmäßigen Versuch, die Zeit wegzuwerfen, meiner Armbanduhr entledigt hatte, mit dem Ergebnis, daß ich alle fünf Minuten irgendjemanden fragte, wieviel Uhr es war, eine Angewohnheit, wenn ich so sagen darf, die alle bis aufs äußerste zu irritieren schien.

»Wie wär's damit?« fragte Rambam. »Wir sind ein, von einer Bürgerinitiative der *Hasidim* beauftragtes, medizinisches Forschungsteam, das den Ausbruch einer neuen Krankheit namens Finkelstein'sches Syndrom untersucht.«

»Das ist soweit ganz gut«, hatte ich geantwortet, »aber was ist Finkelstein'sches Syndrom?«

»Finkelstein'sches Syndrom ist eine seltene Form von Lepra, bei der die Vorhaut von Nicht-Juden plötzlich abfällt. Die *Hasidim* glauben, die Hawaiianischen Nicht-Juden seien eine verloren geglaubte Nebenlinie der *Maranos*, eines aus Portugal stammenden jüdischen Geheimbundes, der während der Inquisition zum Christentum konvertierte. Sie glauben, die Krankheit sei Gottes Weg, diesen Menschen zu helfen, zu ihren Wurzeln zurückzukehren, indem er ihnen die Vorhaut *ihrer* Wurzel abfallen läßt.«

»Ich merke schon, du hast lange daran gearbeitet«, sagte ich. »Und tatsächlich gibt es auf Hawaii starke portugiesische Einflüsse. Ich werde deinen Vorschlag berücksichtigen.«

»Du machst mich glücklich«, sagte Rambam. »Bedeutet das, ich habe das Bewerbungsgespräch für einen kleinen privaten Assistentenschnüffler geschafft?«

»Es bedeutet, ich wünschte, dir würde dein kompletter Rüssel abfallen«, sagte ich.

McCalls Vorschlag, wir sollten ein europäisches Boulevardfototeam sein, das ein Oben-Ohne-Shooting mit Stephanie DuPont machte, würde bei Stephanie nicht wirklich gut ankommen, und bei der Stimmung, in der sie momentan war, hatte ich noch nicht mal ansatzweise vor, ihn ihr gegenüber auch nur zu erwähnen. Ihr eigener Vorschlag, der von der Wahrheit gar nicht allzu weit entfernt war, stellte sich ebenfalls als ungeeignet heraus.

»Ich glaube nicht, daß eine traumschöne, intelligente, große, statueske, witzige Frau von Abstammung, die unerklärlicherweise mit vier Arschlöchern in den mittleren Jahren reist, der Expedition, wie ich sie mir vorstelle, dienlich ist«, sagte ich. »Natürlich steht aber noch nichts fest.«

»Da hast du Recht«, sagte sie.

Irgendwann nach vier warf Hoover eine kleine Sammlung Karten und Zeitungsartikel über das Waipi'o Tal und die Big Island ab und ich begann, ernsthaft Zigarre zu rauchen, Kona Kaffee zu brühen und über den Unterlagen zu brüten. Die Bevölkerungsstatistiken waren zwar sehr vage, besagten aber, daß nur noch vierzig Familien das Tal bewohnten, nachdem der große Tsunami von 1946 den überwiegenden Teil der Bevölkerung hinweggespült hatte. Es war der ideale Schauplatz für die Operationen von Kidnappern und Halsabschneidern.

In den nächsten Stunden studierte ich die Karten und Zeitungsartikel, tätigte eine Reihe Anrufe und aß eine nicht enden wollende Reihe von Mangoscheiben auf traditionelle hawaiianische Art mit einem Dip aus Sojasauce, Essig, schwarzem Pfeffer und Salz. Die Informationen sammelten sich in meinem Kopf wie die Vögel auf dem *Lanai* auf der Suche nach übrig gebliebenen *Poi Roll* Krümeln. Ich sprach mit meinem alten Friedenskorpskumpel John Mapes, der dazu beitrug, die alten Erinnerungen an die Trainingstage in Hilo wieder in den Vordergrund zu rücken. Ich sprach mit Kiji Hazelwood, die an der Konaküste von Hawaii lebte und schon bei mehreren Gelegenheiten so freundlich gewesen war, mir höllisch gute, handverlesene Kaffeebohnen, die von Hippies auf deren Auffahrtsweg getrocknet worden waren, zu schicken. Ich hatte auch das Glück, meinen rastlosen legendären Freund Willie Nelson zu erwischen, unmittelbar bevor er Maui verließ, um auf eine ausgedehnte Tour zu gehen.

Mapes sprach von Logistik und Veränderungen, herbeigeführt durch Zeit und Kahunas. Kiji erzählte mir von gespenstischen Prozessionen von Nachtwanderern, Wasserfällen und Kahunas. Willie und ich unterhielten uns über Hanf, Marihuana, Musik, Religion, Philosophie, einen Witz, der für diese besonders dysfunktionale Familienzeitschrift nicht ganz geeignet ist, und Kahunas. Als es Abendessenszeit war kamen mir die Kahunas aus den Ohren, und ich spritzte nach meinem Mangomarathon aus beiden Enden, ansonsten fühlte ich mich bereit für die Mysterien, die die Big Island zu bieten hatte.

Gerade als ich versuchte, den dritten Nixon des Tages abzudrücken, kam Stephanie vorbei und sah in einem smaragdfarbenem Sarongoutfit, das mir das Blut in die Adern schießen ließ, aus wie die junge Grace Kelly. Sie war leicht irritiert, weil sie eine Weile an der Tür warten mußte.

»Was hat so lange gedauert?« wollte sie wissen.

»Ich habe ein paar Kniebeugen auf dem *Lanai* gemacht«, sagte ich.

»Das ist gut«, sagte sie, »weil du im allgemeinen die Physis einer jüdischen Auster hast.«

»Das stimmt nicht«, sagte ich, während ich ihr ein paar Mangoscheiben anbot. »Mein Arzt in Kerrville, Texas hat mir kürzlich erst gesagt, ich sei körperlich in einem sehr guten Zustand. Er könnte natürlich blind oder homosexuell sein, aber...«

»Du hast dich noch nicht mal nach den Mädels erkundigt.«

»Oh, verdammte Scheiße. Wie konnte ich das nur vergessen? Wie *geht's* den Mädels?«

»Als ich ging, hat Thisbe gerade den Zimmerservice bestellt. Baby ist den ganzen Nachmittag im Flur herumgerast und in jeden Raum mit offener Tür reingehüpft. In einem Zimmer ist sie einem Mann, der auf dem Bett lag, in den Rücken gesprungen. Ich konnte den Mann durch den ganzen Gang schreien hören.«

»Was hat er gesagt?«

»Keine Ahnung. Ich kann kein Japanisch.«

TEIL SECHS

In der Stadt

33

»NOCH EIN PAAR VON DIESEN PENIS COLADAS«, sagte Rambam kurze Zeit später an der Hotelbar, »und wir brauchen gar keinen Helikopter mehr.«

Rambam, McCall, Stephanie und ich hatten einen Tisch mit Meerblick und warteten auf Hoover, der noch einen Artikel für den *Advertiser* beenden mußte. Ich hatte versprochen, alle zum Dinner einzuladen und der Abend sollte etwas Besonderes werden. Wenn wir McGovern auf der Big Island finden würden, könnte das schließlich unser letzter gemeinsamer Abend in Honolulu sein. Auch wenn man nur auf eine andere Insel fährt, hat jeder hawaiianische Abschied doch einen merkwürdig schmerzlichen Hauch von Traurigkeit. Ich weiß nicht ob es an unserer bevorstehenden Abreise, der Vorahnung von Geheimnissen und Gefahren, die uns erwarteten, oder den Penis Coladas lag, aber ich fühlte mich allmählich wie eine sonnengebleichte Schmalzlocke.

»Während wir auf Hoover warten«, sagte ich, »möchte ich euch mitteilen, daß ich mittlerweile von euch allen als die Village Irregulars West denke, und daß ich mich auf eure Dienste und Fähigkeiten verlasse...«

»Schnauze, Arschloch«, sagte Stephanie. »Du bist voll.«

»Nur weil wir nicht immer den gleichen Blickwinkel haben...«

»Natürlich haben wir nicht den gleichen Blickwinkel, Friedman«, sagte Stephanie. »Ich bin größer als ihr.«

»Außer mir«, sagte Rambam.

»Klar«, sagte Stephanie, »wenn du die Satellitenschüssel auf deinem Kopf gerne mitzählen möchtest.«

»Ich möchte dir die Satellitenschüssel die Kehle runterrammen«, sagte Rambam. »Du kannst von Glück reden, daß ich Jude bin und wir nicht an Gewalt gegen Frauen glauben.«

»Ihr glaubt auch nicht daran, die Rechnung zu übernehmen«, sagte McCall in einem mißglückten Versuch, die Atmosphäre zu entspannen.

»Für Bemerkungen wie diese sind schon Leute aus Hubschraubern geflogen«, sagte Rambam, »von Bar Mizwa Empfängen gar nicht zu reden.«

»Wie wär's mit noch einer Penis Colada, Arschgesicht?« fragte Stephanie.

»Ich glaube, unsere Kellnerin ist dahingegangen«, sagte ich. »Aber ich hol dir eine.«

»Mein Held«, sagte Stephanie tonlos und gelangweilt.

»Wo zum Teufel bleibt Hoover?« sagte Rambam. »Wenn der auch noch verschwindet, haben wir einen hübschen Reporter-in-den-Hut-Trick.«

»Er wird nicht verschwinden«, sagte ich. »Und wir werden McGovern auf Hawaii finden.«

»Darauf würde ich trinken«, sagte Stephanie trocken, »wenn ich einen verdammten Drink hätte.«

»Ich besorg dir einen. Äh, Miss«, sagte ich, als die Kellnerin wie eine Möwe vorbeiflog.

»Todkomisch«, sagte Stephanie.

Einen Augenblick später war nicht nur eine neue Runde Drinks gekommen, sondern auch Hoover. Ich war sehr erfreut zu hören, daß er großes Vertrauen in meinen Plan, McGovern im Waipi'o Tal zu suchen, hatte. Rambam blieb allerdings skeptisch.

»Such dir eine Insel aus«, hatte er gesagt. »Egal welche.« Was McCall und Stephanie anbelangte sah es nicht so aus als schenkten sie der Theorie, McGovern und die vermißten *Ka'ai* seien enger miteinander verflochten als ein Kokosnußfaserkorb, größeren Glauben.

»Was Kinkyhead vorschlägt«, sagte Hoover, »ist ziemlich plausibel. Das Waipi'o Tal ist so dünn besiedelt und auch heute noch so schwer zugänglich, daß die Kommunikation mit der Außenwelt fast unmöglich ist. Wenn ich zum Beispiel Stephanie kidnappen würde, wäre das der Ort, an dem ich sie gefangen hielte. Ich würde sie fesseln und knebeln und sie müßte die ganze Zeit zuhören, wenn ich meine Limericks vortrage.«

»Ich würde mich sofort umbringen«, sagte Stephanie. »Ich würde in den nächsten Vulkan springen.«

»In Waipi'o gibt es keine Vulkane«, sagte Hoover. »Nur Flüsse und Steilwände und Dschungelpfade, und, wenn es regnet, jede Menge Wasserfälle.«

»Von denen uns einer bereits einen möglichen Hinweis von einzigartiger Bedeutung geliefert hat«, sagte ich.

»Würdest du uns davon erzählen, pirschender Schnüffler?« sagte Stephanie.

»Alles zu seiner Zeit, Watson.«

»Friedman! Ich warne dich...«

»Und dann«, fuhr Hoover selbstvergessen fort, »gibt es natürlich noch die Nachtwanderer.«

»Nachtwanderer?« sagte McCall argwöhnisch.

»Gespenstische Prozessionen der toten *Aliis* und ihrer Soldaten«, sagte Hoover. »Sie marschieren mit Trommeln und Fackeln. Einige hören sie, einige sehen sie, einige hören *und* sehen sie. Leider hatte praktisch keiner, der sie gesehen hat, noch die Möglichkeit, darüber zu berichten.«

»Da drüben könnten ein paar Überlebende sein«, sagte Rambam und zeigte diskret in Richtung einer vierköpfigen Band von Achtzigjährigen, die sich gerade an der Bar aufwärmte.

Die Band war unter dem Namen Makai Strings bekannt. Auf Hawaii gibt es nur zwei Himmelsrichtungen: *Makai* heißt Richtung See, *Mauka* bedeutet Richtung Berge. Die vier Musiker, zwei Männer und zwei Frauen, hatten die helläugigen, wettergegerbten Gesichter der Seelen, die länger auf den Inseln gelebt hatten, als der Rest von uns irgendwo anders. Die beiden Männer trugen weiße Hemden mit Kukui-Nuß-Leis und spielten Steelgitarre und Gitarre, die beiden Frauen trugen farbenfrohe altmodische Kleider mit floralen *Leis* und spielten Ukulele. Sie spielten ein kurzes Set mit alter hawaiianischer Folkmusik gemischt mit populären Inselmelodien. Sie wirkten freundlich, zerbrechlich, glücklich und gleichzeitig traurig, wie die hawaiianische Geschichte selbst, die Frauen waren manchmal schüchtern, dann wieder schienen sie fast mit dem Publikum zu flirten. Sie spielten »Beautiful Kauai«. Sie spielten »Blue Hawaii«. Die beschwingte Steelgitarre, die Ukulelen, die zerbrechlichen Stimmen, die alten Augen, die wie Sonnenlicht auf dem Wasser glänzten, all das zusammen schuf das flüchtige Porträt einer magischen Kultur, das schneller verblaßte als Worte und Musik vermitteln konnten.

Die Songs rollten wie zarte Klangwellen über die sonnenverbrannten Schultern der Barbesucher. Einige schienen nicht auf die Musik zu achten, andere waren von ihr verzaubert. Aber das Hawaii der Makai Strings war längst vergangen. Missionare, Amerikaner, Japaner, Zuckerbarone, Ananaskönige, Lepra, Masern, Pocken, Grippe und die grausamste und schonungsloseste Krankheit überhaupt – die Zeit – hatte die Kinder des Regenbogens dezimiert oder assimiliert, und nur Gott weiß, welches das schlimmere Schicksal ist. Die Schönheit des alten Hawaii lebte, wenn auch nur in den ungeschliffenen, verträumten Augen von vier alten *Haoles*, die einst schöne, lebendige Menschen gewesen waren und jetzt stoisch – nein heiter – in der Hotelbar spielten, die grauen Häupter voller Erinnerungen und jeder mit beiden Händen an den Saiten und mit einem Fuß im Grab.

Das erste Set der Makai Strings endete ganz passend mit »Aloha Oe«, dem Song, den Queen *Liliukalani* im Gefängnis für ihren toten Mann King *Kalakaua* geschrieben hatte. »My love be with you till we meet again.« Aber einige unter uns treffen sich nie mehr. Ich dachte an Robert Louis Stevenson, der unter dem Banyanbaum Geschichten erzählte für *Ka'iulani*, die kindliche Prinzessin von Hawaii, die letzte Prinzessin Hawaiis, die Prinzessin, die nie Königin werden sollte weil ihr Reich verloren war wie eine Burg im Sand, die Prinzessin, die jünger als Hank Williams, aber älter als John Keats starb, die Prinzessin, die von ihrem Volk geliebt wurde und um die die königlichen Pfauen in ihrer Sterbeminute weinten, und deren liebreizendes und anziehendes Porträt jetzt durch die Touristen des Royal Hawaiian Hotel hindurchsieht, mit Augen voll von Unfug und Tragik, zeitlos wie der tropische Regen.

Ich dachte an den prophetischen Vers, den Stevenson *Ka'iulani* in ihr kleines rotes Poesiealbum geschrieben hatte, bevor sie nach England aufbrach, um dort zur Schule zu gehen. Der Banyanbaum wurde ziemlich vorhersehbar im Namen der städtischen Erschließung gefällt, aber ein Ableger wurde gerettet und wieder eingepflanzt und blüht jetzt auf dem Pausenhof der Princess *Ka'iulani* Grundschule in Honolulu. Unter dem Baum befindet sich ein Messingschild, auf dem der Vers eingraviert ist. Also leben in dieser Welt Baum und Vers weiter. Der Vers lautet:

Forth from her land to mine she goes,
The island maid, the island rose,
Light of heart and light of face:
The daughter of a double race.
Her islands here, in Southern sun,
Shall mourn their Ka'iulani gone,
And I, in her dear banyan shade,
*Look vainly for my little maid.**

»A fond embrace«, sang die Band gerade, »until we meet again.« Dann war »Aloha Oe« verklungen und ich bemerkte eine Träne in Stephanies Augen. Ich könnte nicht sagen, ob nicht auch in meinen Augen eine Träne stand. Es könnte am Sog der Geschichte gelegen haben, der Zeit und der Augenblicke, die über Geschichte und Zeit hinausgehen. Denn alles Gute, Große und Schöne passiert immer in einem Augenblick. Deswegen hält es für ewig.

Kurze Zeit später, als ich der Kellnerin signalisierte, das Beil fallen zu lassen, merkte ich, daß Hoover immer noch von den Nachtwanderern redete. Er schien eine fast klinische Erinnerung an bestimmte obskure Themen zu haben. Die *Ka'ai* und die Nachtwanderer gehörten dazu.

»... und wenn man sie sieht, ist die einzige Überlebenschance«, sagte Hoover gerade, »daß man in direkter Linie von den *Alii* abstammt. Und selbst dann ist man wahrscheinlich totes Fleisch. Wenn man kein direkter Nachkomme ist, gibt es nur eine einzige Möglichkeit – und das denke ich mir nicht aus –, es ist nämlich eine überlieferte *Kapu*, etwas, das man nicht sehen darf. Was man tun muß, wenn man wirklich das Pech hat, die Nachtwanderer zu sehen, ist, man muß sich all seiner Kleidung entledigen und sich splitterfasernackt ausgestreckt hinlegen, den Bauch ganz fest auf den Boden gedrückt.«

»Auf daß Stephanie Nachtwanderer sehen möge«, sagte ich.

»Auf daß Friedman sie nicht sehen möge«, sagte sie.

* Ihres verließ sie und kam in mein Land, / Das Mädchen der Insel, die Rose der Insel, / Erleuchtetes Herz und erleuchtetes Antlitz: / Die Tochter einer doppelten Rasse. / Ihre Inseln hier, in der südlichen Sonne, / Werden Ka'iulanis Weggehen beklagen, / Und ich, in ihrem lieblichen Banyan-Schatten / Suche vergebens mein kleines Mädchen.

34

»ALS DU SAGTEST, DU WÜRDEST UNS zum Essen einladen«, sagte McCall eine Stunde später, »habe ich nicht mitgekriegt, daß du die Don Ho Show meintest.«

»Es gibt auch Essen«, sagte ich, während ich auf die altersmäßig vorgerückten Touristen in farblich abgestimmten Haole Hemden um uns herum zeigte, die gerade von einer großen Schar Kellner identische Gummihuhngerichte serviert bekamen.

»Du mußt das schon Kinky überlassen«, sagte Rambam, »er hat Stil.«

»Was ist schlecht daran zur Don Ho Show essen zu gehen?« sagte ich. »Unter demographischen Gesichtspunkten ist das hervorragend.«

»Du hast Recht, Arschgesicht«, sagte Stephanie. »Es ist der einzige Ort in der Stadt, wo ihr Typen die jüngsten und hippsten von allen seid.«

»Mit hippsten bin ich mir nicht ganz sicher«, sagte Hoover. »Der Typ mit der Fahrradhupe auf seiner Aluminiumgehhilfe sieht ziemlich lässig aus.«

»Ich sag euch den wahren Grund, warum wir hier sind«, sagte ich leicht irritiert. »Damit es keiner vergißt, wir sind hier, um McGovern zu finden.«

»Er ist zu jung, um im Publikum zu sein«, sagte McCall.

»Hör zu«, sagte ich, als der Kellner irgendein Ananas-Huhn-Gericht vor mir abstellte. »Ich hab die Show schon ungefähr vier Mal gesehen. Meine Hosen hatten sich im Stuhl verfangen und ich habe versucht dem Ordner ein Zeichen zu geben...«

»Warum hast du sie nicht ausgezogen und dich splitterfasernackt auf den Boden gelegt, während Don Ho seine Show gemacht hat?«

»Weil ich zumindest bei einer Gelegenheit mit ihm gespielt habe«, sagte ich. »Er war so freundlich, mich zu ihm auf die Bühne zu bitten, und ich hab ›Get Your Biscuits in the Oven and Your Buns in the Bed‹ und ›Ol' Ben Lucas (Had a Lotta Mucus)‹ gesungen.«

»Du sollst nicht die Hand beißen, die dich füttert«, sagte Hoover.

»Wovon redest du?« stieß ich hervor. »Die Menge ist total drauf abgefahren.«

»Hast du dir diese Menge in letzter Zeit mal angesehen?« sagte Rambam. »Senilität in fortgeschrittenem dritten Stadium hat die Hälfte von ihnen fest im Griff.«

»Und die andere Hälfte ist bereits tot«, sagte Hoover.

»Und sie reden über *unseren* Tisch«, sagte Stephanie.

»Der Punkt ist«, sagte ich, »ich kenne Don Ho. Wir sind Freunde. Er kann uns helfen. Er hat nicht nur die Truppen während des französischen und indischen Krieges unterhalten...«

»Wahrscheinlich haben sich die Inder amüsiert«, sagte Hoover.

»Da ich Dons Sympathien kenne«, sagte ich, »hast du wahrscheinlich Recht. Aber er hat Vorstellungen für Menschen in aller Welt gegeben, als wir noch auf dem Schulhof Seilspringen gemacht haben und – und das ist jetzt wichtig – er weiß soviel über die hawaiianische Geschichte, Kultur, Mythen und Legenden wie die meisten Kahunas. Tatsächlich könnte man sagen, daß Don Ho mein Kahuna ist.«

»Warum gründest du nicht eine religiöse Sekte?« sagte Rambam.

»Verstehst du denn nicht«, sagte ich und senkte meine Stimme zu einem Flüstern, »es könnte in einer riesigen, praktisch unbewohnten Schlucht wie Waipi'o einfacher sein, die *Ka'ai* zu lokalisieren, als McGovern zu finden, ganz davon zu schweigen, eine ganze Ecke ungefährlicher. Und ich bin überzeugt davon, wo wir das eine finden, finden wir auch das andere.«

»Was ist mit Carline?« flüsterte Hoover.

»Wir werden auch sie finden«, flüsterte ich. »Wenn sie noch lebt.«

»Warum sollte McGovern noch am Leben sein«, zischte Hoover, »und Carline tot?«

»Weil Carline im Traum nicht vorkam«, sagte ich.

»Warum flüstert ihr Schwachmaten?« sagte Rambam. »Die Leute hier könnten euch nicht mal hören, wenn ihr durch ein Megaphon sprechen würdet.«

»Was hat er gesagt?« fragte McCall.

Wenn man auf Hawaii war und Don Ho nicht gesehen hat, gehört man einer seltenen Spezies an. Man hat auch etwas einzigartiges und besonderes verpaßt. Wenn man hingeht und erwartet, die Show sei glatt und kommerziell und ziele auf die Touristen ab, wird man nicht enttäuscht. Aber an einem undefinierbaren Zeitpunkt des Abends, vielleicht wenn Ho zum zweiten mal seinen Megahit »Tiny Bubbles« spielt, schleicht sich einem etwas, das man ergreifend nennen muß, ins Herz. Ho und sein farbenfrohes Ensemble scheinen auf merkwürdige Weise fast die Magie zu verkörpern, die Hawaii ausgemacht hat und manchmal auch immer noch ausmacht. Ich möchte an dieser Stelle gar nicht mehr erzählen, aus Angst diese Erfahrung zu entmystifizieren. Aber Don Ho hat eine Art, sich über sich selbst lustig zu machen, und dabei eine Anmut, die ihn in meine ewige hawaiianische Dreiheiligkeit, natürlich zusammen mit Damien und dem Duke, erhebt.

»Treffen wir ihn in seiner Garderobe?« fragte Rambam nach der Show.

»Klar«, sagte ich mit einem Hauch von Stolz. »Bleib beim Kinkster und ich würde es wahrscheinlich schaffen, dich beim Papst einzuschmuggeln.«

»Ich würde lieber Don Ho treffen«, sagte Rambam.

»Meine Damen und Herren«, hörten wir die Stimme des Ansagers über die Lautsprecheranlage. »Mr. Ho hat sich freundlicherweise dazu bereit erklärt, sich mit jedem von Ihnen fotografieren zu lassen, sofern sie zu seiner Garderobe kommen. Er signiert auch Kassetten, CDs und T-Shirts, die Sie in der Lobby erwerben können. *Mahalo* und Aloha.«

»Stell dich an, Wichser«, sagte Stephanie.

»Wir warteten in etwa die Dauer des französichen und indischen Krieges, aber schließlich sahen wir Ho. Er war freundlich und charmant und schien warme Erinnerungen an unsere vorangegangene Begegnung zu haben. Er schien auch warme Erinnerungen an eine vorangegangene Begegnung mit Stephanie zu haben, was natürlich nicht stimmte. Er hatte nicht ganz Willie Nelsons Zen-texanische Fähigkeit, einen glauben zu machen, man wäre der einzige Mensch auf der Welt, wenn er mit einem redete. Er vermittelte einem aber das Gefühl, man sei zu Hause, was man natürlich nicht war, und man sei jemand von Bedeutung, was man zweifelsohne war, wenn Gott über jede Edith Piaf wachte.

Nachdem wir eine Weile unsere Telefonnummern und Hobbies ausgetauscht hatten, signalisierte ich den Irregulars West, das Gebäude zu verlassen, was sie schließlich, wenn auch ziemlich widerwillig, nach einigen Autogrammen und Alohas und einem Kuß von Stephanie für Mr. Ho taten. Wenn man vor hat, einem Hawaiianer mitzuteilen, man wolle nach den verschwundenen *Ka'ai* suchen, rutscht das ohne Zeugen wesentlich besser.

Als wir die Tür zur Garderobe geschlossen hatten, erzählte ich Ho von McGovern, der Lono-Verbindung, und der möglichen Verwicklung der *Ka'ai*, von der ich immer stärker vermutete, daß sie etwas mit McGoverns und Carline Ravels Verschwinden zu tun hatte. Zuerst schüttelte er den Kopf und murmelte ein paar Schimpfworte auf Hawaiianisch. Dann sprach er fünf oder zehn Minuten mit mir, im väterlichen Tonfall eines Lehrers, Rabbis oder Kahunas. Er verstand natürlich meine Entschlossenheit, Angst und Frustration, was McGovern anbelangte. Er fühlte wie alle »wahren Hawaiianer«, daß die *Ka'ai* nicht mehr gestört werden sollten. Er glaubte, die Suche nach ihnen sei moralisch falsch und möglicherweise auch extrem gefährlich. In Bezug auf meinen Freund McGovern gab er mir einige wertvolle spirituelle Tips, die ich in Carlines oder Hoovers Unterlagen nicht gefunden hatte. Obwohl er größte Bedenken hatte, wünschte er mir bei meinem Unterfangen Erfolg, fast in der widersprüchlichen Weise eines irischen Vaters, dessen Sohn im Dienste des Königs in den Kampf geschickt wird.

35

ES WAR AN DER ZEIT FÜR VISIONEN und Revisionen. Als wir um Mitternacht den Kalakaua Boulevard durch das laute Neonnachtleben Honolulus entlang liefen, vorbei an der krachenden Hymne des Meeres, mit der dunklen, scharfen Silhouette des Diamond Head vor Augen, schien jeder von uns seine eigene Insel zu sein. Ich konnte mich nicht dafür verbürgen, was die anderen dachten. Was mich anbelangte, mein Hirn wurde von Don Hos Kommentaren, auch wenn sie nicht durch Konjunktionen verbunden waren, durchflutet wie von einer roten Tide. Wir waren in Sichtweite des Hotels, unsere Abreise lag knapp acht Stunden vor uns, als Stephanie schließlich mit den tödlichen Themen anfing.

»Die Mädels freuen sich schon riesig auf unseren Trip morgen früh«, sagte sie.

»Welche Mädels?« fragte Rambam ungläubig.

»Ich glaube nicht, daß du an diesen speziellen Mädels interessiert bist«, sagte McCall. »Eine ist ein Yorkie und bei der anderen handelt es sich um einen Malteser. Das Malteserhündchen ist allerdings ziemlich süß.«

»Moment mal«, sagte Rambam. »Wir nehmen morgen wohl kaum zwei kleine kläffende Schoßhündchen mit nach Hawaii.«

»Wir lassen sie nicht *hier*«, kreischte Stephanie, einem Nervenzusammenbruch nah.

»Du wirst Baby Savannah und Thisbe mögen, Rambam«, sagte ich ermutigend. »Wenn sie erst mal elf Stunden lang dein Gehirn weich gesabbert haben, wirst du es sozusagen einfach ausschalten.«

»Ihr seid wirklich erstaunlich«, sagte Rambam ungläubig und angewidert. »Wir betreten feindliches Territorium und könnten dort auf die Dreckskerle treffen, die bereits zwei Menschen verschwinden ließen und du nimmst diese nervensägende Prinzessin und ihre beiden verhätschelten Rassehündchen mit? Hast du endgültig den Verstand verloren, Kinky? Die Mission an sich ist schon gefährlich genug, sie mitzunehmen ist Selbstmord.«

»Wir verlassen uns auf deinen Schutz«, sagte Stephanie kokett. »Wir haben gehört, daß Rambam, der jüdische Superman, noch jeden einfach platt macht, selbst mit auf den Rücken gebundener Nase.«

»Bemerkungen wie diese«, sagte Rambam cool, »könnten dazu führen, daß kleine Hündchen aus einem bestimmten Helikopter fliegen.«

»Versuchs mal«, sagte Stephanie mit eisiger Stimme, »und deine Eier fliegen direkt hinterher.«

»Ich möchte wirklich nur ungern das Thema wechseln«, sagte Hoover mit einem verschmitzten Lächeln, »aber nachdem wir alle morgen nach Hawaii aufbrechen, könnte es ganz informativ sein zu erfahren, was Don Ho Kinkyhead erzählt hat.«

»Er sagte ›Ti-ny bubbles . . . iiinnn the wine‹«, sang McCall, der mittlerweile bis zum Rand voll war.

»Komm schon, Kinkyhead!« beharrte Hoover. »Wir betreten

morgen nicht kartographiertes Territorium. Erzähl uns, was er gesagt hat.«

»O.k., nachdem ich ihm meinen Plan verklickert hatte«, sagte ich, »hat Ho nur eine Weile den Kopf geschüttelt und ein paar Worte auf Hawaiianisch gemurmelt.«

»Welche denn?« fragte Stephanie. »Ich habe meinen kleinen Hawaiiführer für wichtige Wörter und Redewendungen eingesteckt.«

»Als erstes hat er *Pupule* gesagt!«

Unter einer Straßenlaterne blätterte Stephanie mit bemerkenswerter Fingerfertigkeit durch das kleine Buch. Sie fand die Übersetzung sofort.

»Es bedeutet ›verrückt‹!« sagte sie. »Was hat er dann gesagt?!«

»Dann hat er *Hupo* gesagt!« sagte ich.

Ich zündete mir in Ruhe eine neue Zigarre an, während Stephanie wieder ihr kleines Buch konsultierte. Die ganze Aktion gestaltete sich eher zäh, um nicht zu sagen leicht nervig.

»Ich hab's«, rief Stephanie stolz. »Es bedeutet ›Narr‹! Friedman, es bedeutet *Narr*!«

»Ich hab dich schon beim ersten Mal verstanden«, sagte ich. »Ich mag ein Narr sein, aber ich bin nicht schwachsinnig.«

»Was hat er noch gesagt?« kreischte Stephanie, sie hatte offensichtlich Blut geleckt. »Los sag schon, Arschloch! Es könnte *wichtig* sein!«

»O.k.«, sagte ich so entspannt wie möglich in Anbetracht der Tatsache, daß sich mittlerweile alle um mich versammelt hatten, um Don Hos hochkarätigen Äußerungen zu lauschen. »Es ist ziemlich naheliegend, daß Ho unsere Mission für hochriskant hält. Außerdem ist er entschieden dagegen, daß die heiligen *Ka'ai* gestört werden. Trotzdem war er sehr zuversichtlich...«

»Arschgesicht«, sagte Stephanie. »Welche anderen Hawaiianischen Wörter hat er noch gesagt?«

»Er sagte: ›*Awiwi! Pololi au!*‹«

»Mal sehen«, sagte Stephanie, während sie schnell durch ihr kleines Buch blätterte. »Das ist schwer zu finden.«

»Es sind wahrscheinlich nur ein paar Worte der Ermutigung für unseren Trip«, vermutete ich.

»Das ist Wunschdenken«, sagte Stephanie. »Hier ist es. ›*Awiwi! Pololi au!*‹«

»Was zum Teufel bedeutet das?« fragte ich ungeduldig.

»Ich sag dir, was es bedeutet, Friedman«, sagte Stephanie, nicht wirklich darum bemüht, ihre Schadenfreude zu verhehlen. »Es bedeutet: ›Mach schon. Ich hab Hunger!‹«

»Wir sollten Don Hos Beitrag nicht nach ein paar grob übersetzten Phrasen bemessen, die er nach einem langen, anstrengenden Auftritte in Eile geäußert haben könnte. In Laufe unserer Unterredung hat er einige ziemlich relevante Themen angesprochen.«

»Zum Beispiel?« sagte Rambam.

»Er selbst mißt seinen Träumen einige Bedeutung bei. Viele Hawaiianer träumen von Nachtwanderern. Ho selbst räumt ein, ebenfalls von ihnen zu träumen.«

»Und?« sagte Stephanie.

»Und sie wandern durch seine Träume, tragen Fackeln, schlagen Trommeln und spielen Nasenflöten.«

»Und schwule Hawaiianer«, sagte Rambam, »träumen von Nachtwanderern, die Hautflöten spielen.«

»Es geht noch weiter«, sagte ich, ohne mich um den Spott der Menge zu kümmern. »Ho behauptet, es gibt viele Augenzeugen, die die Nachtwanderer gesehen und überlebt haben, aber alle haben dieses furchterregende Spektakel als Kinder beobachtet. Hos Vermutung ist also, die tödlichen *Alii* verschonen Kinder, weil sie unschuldig und stark sind.«

»Im Grabgesang von Kamehameha«, fuhr ich fort, »wird laut Don Hon Hokuahiahi erwähnt, das Hawaiianische Wort für den Planeten Venus, was auch ein Hinweis darauf ist, an dem Punkt, von dem aus man die Venus aufgehen sehen kann, aufs Meer hinauszuschauen. Ihr müßt wissen, daß Waipi'o nur einen schmalen Zugang zum Meer hat und zwar bei einem der beiden großen Wasserfälle. Ich weiß nicht welcher es ist, aber ich werde es herausfinden.«

»Warum ist das so wichtig?« fragte Rambam mit echtem Interesse.

»Weil in früheren Zeiten Kamehameha dort gelebt hat, der König, der die Inselkette vereint hat.«

»Außer Kauai...«, sagte Stephanie.

»All meine hilfreichen Geschichtsgelehrten«, sagte ich. »Aber sie hat Recht, obwohl das eigentlich keine Rolle spielt. Er hat im 13. oder 14. Jahrhundert die anderen Inseln erobert und dabei zum ersten mal Kanonen verwandt, die von den

Hawaiianern ›Gewehre mit roten Mündern‹ genannt wurden. Waipi'o hatte über fünfzigtausend Einwohner und all die heiligen Gebeine und Schätze der toten *Alii* wurden hier begraben. Meine Freundin Kiji Hazelwood, die auf der Big Island lebt, hat mir kürzlich eine interessante Geschichte erzählt. Vor ungefähr zwei Jahren stand ein Freund von ihr in einem Wasserfall in Waipi'o. Er hat hinuntergefaßt und ein merkwürdiges hölzernes Objekt am Boden des Wasserfalls gefunden...«

»Das war Friedmans Schwanz«, sagte Stephanie, aber diesmal lachte niemand. Die Menge schien einmal auf meiner Seite zu sein. Sogar Stephanie.

»Was war es?« fragte Hoover.

»Es war eine uralte Holzstatue, Watson. Wenn man diese Anekdote in Verbindung setzt mit Don Hos Leckerbissen über den einzigen Punkt in Waipi'o, von dem aus man, ostwärts gewandt, in der Nähe eines Wasserfalls die Venus über dem Meer aufgehen sehen kann, hat man die mythische Grabstätte des alten hawaiianischen Königreichs entdeckt. Mit einiger Sicherheit hat man auch den Ort gefunden, an dem die vermißten *Ka'ai* wieder begraben wurden. Und wenn man diesen Ort gefunden hat, egal ob mit Hilfe von Träumen oder einer logisch geknüpften Gedankenkette, oder mit ein bißchen von beidem, dann hat man, glaube ich, auch McGovern und Carline gefunden.«

»Erzähl keinen Scheiß, Kinkyhead«, sagte Hoover.

»Es macht Sinn«, sagte McCall.

»Ich nehme eine Taucherausrüstung für den Wasserfall mit«, sagte Stephanie.

»Ich nehme etwas zu unserem Schutz mit«, sagte Rambam.

»Kugeln funktionieren bei Nachtwanderern nicht«, sagte Hoover.

»Erzähl mir nicht, du glaubst wirklich an Nachtwanderer?« sagte Rambam.

»Die weißen Ärzte nennen es Herzversagen«, sagte Hoover, »aber die Hawaiianer sehen das anders. Was sonst schließt du daraus, wenn alle paar Monate neben einem tausendjährigen Dschungelpfad ein Typ splitterfasernackt ausgestreckt auf dem Boden tot gefunden wird?«

»Vielleicht hat er versucht, auf die Knochen einer sehr agilen Hulatänzerin zu springen«, sagte Rambam.

Einige Augenblicke später nahmen wir alle in der Hotelbar

eine Lebewohl-Honolulu Penis Colada. Die Stimmung war irgendwie optimistischer und zielgerichteter, oder vielleicht auch nur fatalistischer. Wir beobachteten, wie sich die Palmen in der schwülen Nachtluft wiegten, die Lichter der Stadt in der Ferne blinkten und wie sich das Mondlicht auf dem Ozean spiegelte, in großartigen, luziden Tauen der Ewigkeit, die mit ihrer Takelage diese dunklen funkelnden Inseljuwelen auf dem Meer auf eine Weise zusammenhielten, von der sogar Kamehameha der Große nur träumen konnte. Und als meine Gedanken sich der Sterblichkeit und der Ewigkeit zuwandten, mußte ich unvermeidlich an McGovern denken.

»Es gibt eine sehr realistische Chance«, sagte ich, »daß er noch am Leben ist. Es gibt im Waipi'o Tal weder Elektrizität noch Licht noch Telefon.«

»Keinen Pool«, sagte McCall. »Keine Haustiere.«

»Damit bist du gemeint«, sagte Rambam und zeigte mit dem Finger auf Stephanie.

»*Elemakuli ule*«, sagte Stephanie.

»Das heißt?« sagte Rambam

»Penis eines älteren Mannes«, sagte Stephanie.

»Wenn sie McGovern irgendwie in Verbindung mit Lono gebracht haben«, sagte ich, »ist es gut möglich, daß ihm das volle Programm königlicher Behandlung widerfährt. Aber die Zeit wird knapp. Das Letzte was Don Ho mir gesagt hat, war: ›Denk daran, sie haben auch einmal geglaubt, Captain Cook sei ein Gott.‹«

TEIL SIEBEN

In Bewegung

36

WAS EIGENTLICH EIN KURZER Hubschrauberflug hätte werden können, entpuppte sich als nicht enden wollender Albtraum mit Rambam, der an Stephanie rumnörgelte, Stephanie, die an mir rumnörgelte, und Thisbe und Baby Savannah, die Rambam auf unerklärliche Weise plötzlich lieb gewonnen hatten, was wiederum dazu führte, daß er noch länger und übertriebener an Stephanie rumnörgelte, was sie dazu veranlaßte, ihren Ärger völlig unlogischerweise – typisch Frau eben – an mir auszulassen. An einem bestimmten Punkt versuchte Hoover, die Situation mit einem eher ungeschliffenen Limerick etwas aufzulockern, der allerdings nicht sonderlich gut ankam. Auch für Thisbe und Baby Savannah sah es nicht so aus, als ob sie sonderlich gut ankommen sollten, sie verbrachten einen Großteil der Zeit damit, Rambam zu belästigen, jedem den letzten Nerv zu rauben, vor Aufregung oder aus Rachsucht, weil man sie zu diesem Hubschrauberflug gezwungen hatte, zu pinkeln und zu kacken, und in Thisbes Fall, nach dem Verzehr eines großen hawaiianischen Frühstücks im Hotel, eine fette Ladung in John McCalls Schoß zu kotzen, woraufhin ihm ganz schön übel wurde und er sich eine Überdosis Insulin injizierte, die ihn in eine Art diabetisches Koma beförderte, was vermutlich so gut wie jede andere Möglichkeit war, diese Erfahrung zu überleben.

Man muß allerdings anmerken, daß die Aussicht, so jemand die Zeit oder das Temperament hatte, sie zu genießen, atemberaubend war. Die Big Island funkelte in der Morgensonne wie das Tennisarmband der Götter. Der Ozean, der ihre geschwungene Küste umspielte, war von Reinheit, Schönheit und Tiefe; Eigenschaften, die denen, die auf ihn herabblickten, oftmals fehlten. Und da war noch etwas: eine Wildheit, Ruhelosigkeit, eine fieberhafte Aufregung, hinter der das schöne Oahu zurückstand.

McCall hatte arrangiert, daß wir am Helikopterlandeplatz in der Nähe von Hilo von unserem Führer und Fahrer Kekoa abgeholt wurden. Er erklärte uns, sein Name bedeute »der Mutige«. Mir war klar, daß er auch allen Mut, den er aufbringen konnte, brauchen würde, um mit unserer kleinen Entourage zurecht zu kommen. Wir bestiegen den Land Rover mit Allradantrieb ohne weitere Zwischenfälle und fuhren in Richtung des gefährlichen grünen Riß in der Erde, an den meine Erinnerungen mittlerweile nicht mehr ganz so verschwommen waren. Mein einziger Trip ins Waipi'o Tal lag mittlerweile dreiunddreißig Jahre zurück und das einzige, an das ich mich ganz genau erinnern konnte, war, daß ich einen Hasen töten mußte, um einem längst vergessenen Friedenskorpsausbilder zu demonstrieren, daß ich in der Wildnis überleben konnte. Ich wollte den Hasen nicht töten. Ich wollte den Friedenskorpsausbilder töten. Er hatte den Tod eines harmlosen Hasen aus einem völlig nichtigen Grund auf dem Gewissen. Ausgenommen man war nicht unmittelbar am Verhungern, hatte es noch niemanden näher zu Gott gebracht, einen Hasen zu töten. Es hat auch noch nie jemanden davon abgehalten, Selbstmord zu begehen. Aber dieses Mal, gelobt sei der Herr, war ich nicht hier, um einen Hasen zu töten. Ich war hier, um einen Mann zu retten.

Die Fahrt nach Waipi'o ließ vage Erinnerungsfragmente wieder lebendig werden. Kalte Duschen, warme Wasserfälle. Grüne Taro-Flecken, die wie ein betrunkenes Schachbrett aussahen. Der nette kleine Lebensmittelladen von Paul und Kay Matsumoto, wo John Mapes und ich abhingen, wenn wir es leid waren, zu erfahren, wie man die Welt rettet. Wir tranken Primo Bier in alten, hufeisenförmigen Bars, die zur Straße hin offen waren, während unaufhörlich riesige Militärtransportflugzeuge unter tösendem, einschläferndem Dröhnen am Himmel kreisten. Vielleicht flogen sie Vorräte nach Vietnam. Vielleicht waren sie aber auch nur dazu da, um hufeisenförmige Bars zu umkreisen. Ich erinnerte mich auch daran, wie ich

John Mapes zum ersten Mal traf. Er war der erste weiße Mann, den ich jemals gesehen hatte, der einen Sarong trug. Die Tatsache, daß er später einer meiner engsten Freunde wurde, bedeutet jedoch nicht notwendigerweise, daß ich meinerseits latent homosexuell wäre. Das alles war natürlich lange bevor ich Mike McGovern kennenlernte, einen Mann, dessen enormer Alkoholkonsum und dessen enorme Fähigkeiten, das Leben zu leben, dazu beitrugen, mich den nicht unangenehmen Pfad der Verderbtheit entlang zu führen, auf dessen Weg ich eine Menge neuer Erinnerungen sammelte, die schließlich die alten Erinnerungen aus meinem Gehirn verdrängten, was am Ende darin resultierte, daß ich eines Tages aufwachte und feststellen mußte, daß ich die erste Hälfte meines Lebens vergessen hatte.

»Waren Sie schon mal auf Hawaii?« fragte mich Kekoa.

»Ich war sechsundsechzig in Hilo«, sagte ich. »Mit dem Friedenskorps.«

»Da war ich noch nicht mal geboren«, sagte der Führer.

»Sonst auch keiner«, sagte Stephanie. Sie, Rambam und Kekoa lachten. McCall, Hoover und ich lächelten reuig. Baby Savannah und Thisbe nervten alle.

»Machen Sie hier Urlaub?« fragte der mutige Kekoa hartnäckig.

»Nein«, sagte Hoover. »Wir sind eine nette Gruppe fahrender Homosexueller. Eigentlich sind wir Akrobaten. So eine Art schwuler Zirkus.«

»Sind die Hunde Teil der Show?« fragte Kekoa.

»Nein«, sagte Rambam. »Sie sind unsere Agenten.«

»Wer ist die *Wahine*?« fragte Kekoa.

»Ich bin ihre Managerin«, sagte Stephanie gebieterisch.

Kekoa kaufte uns die Story nicht ab, aber das war immer noch besser, als wenn er die Wahrheit herausfinden würde. Nach kurzer Zeit hatten wir einen Aussichtspunkt mit Blick über das Waipi'o Tal erreicht. Erst als ich einen Blick in den grünen Abgrund warf, wurde mir klar, was da eigentlich vor uns lag. Schön, die Taro-Flecken existierten immer noch. Die verrückten betrunkenen Riesen spielten also wieder Schach. Aber wie sollten wir den anderen betrunkenen Riesen finden? Hier handelte es sich nicht um das kleine grüne texanische Tal, in dem ich aufgewachsen war. Dieser Riß in der Erde war kolossal. Die Steilhänge schienen in schwindelerregende Tiefen zu fallen.

»Das Tal«, sagte Kekoa, »ist gut eineinhalb Kilometer breit und zehn Kilometer lang. Der Zickzackpfad, den man von hier aus sehen kann, ist über tausend Jahre alt. Trotzdem ist er wahrscheinlich sicherer als die Straße. Viele *Malihinis* versuchen mit ihren Autos dort runter zu fahren. Das klappt auch. Aber der Aufstieg ist extrem steil. Sie treten auf die Bremse und würgen den Motor ab. Und ehe man sich's versieht, sind sie weg. Die meisten *Malihinis* verlieren wir auf diese Weise.«

»Was sind *Malihinis*?« fragte McCall.

»Homosexuelle«, sagte Stephanie und drückte die beiden Hündchen eng an die schwindelerregende Steilwand ihrer Brüste.

Kekoa lachte erneut sein freundliches hawaiianisches Lachen. Er sah Stephanie fragend an. Sie schenkte ihm ein umwerfendes Lächeln und zwinkerte ihm zu. Ich bin mir sicher, daß er in diesem Moment das Gefühl hatte, er sei der glücklichste Führer der Welt.

»*Malihinis* sind die Neulinge«, sagte er. »In dieses Tal gehen wir alle als Neulinge.«

Auf dem Weg nach unten erfuhren wir von Kekoa einiges über die Geschichte, was eine gute Sache war, denn es bot etwas Ablenkung von einem Trip, der definitiv nicht für diejenigen geeignet war, die schwach auf der Brust waren. Kamehameha war in diesem Tal aufgewachsen, er war als drei Monate alter Säugling dorthin gekommen und bis zu seinem fünfzehnten Lebensjahr geblieben. Vier *Heiaus*, also altertümliche Tempel, existierten noch im Tal, einige gingen auf 680 n.Chr. zurück. Einer von ihnen war auch die Stätte, an der ein gewisser Häuptling Umi achtzig Menschenopfer gleichzeitig darzubringen pflegte.

Laut Kekoa war Waipi'o das Tor zu Lua O Milu, der legendären, hawaiianischen Version der Hölle. Geisterprozessionen kehren jedes Jahr an einer mysteriösen Stelle an der Küste in die Unterwelt zurück. Man hört die Nachtwanderer, aber sie werden eher selten gesehen. Wenn man Kekoa Glauben schenken konnte, hatte er selbst einmal eine lange Reihe Fackeln den Zickzackpfad heraufkommen sehen. Er hatte tausend Stimmen singen gehört.

»Hast du dir alle Kleider ausgezogen und dich splitterfasernackt flach auf den Boden gelegt?« fragte Hoover.

»Seid ihr sicher, daß ihr nicht schwul seid?« fragte Kekoa.

Eine Weile später deutete Kekoa in die Ferne auf den größten Wasserfall Hawaiis. Ich sah und hörte mit gesteigertem Interesse zu. Wir kamen der Sache langsam näher.

»Der Name des Wasserfalls ist Hiilawe«, erzählte Kekoa. »Eine Legende besagt, daß Hiilawe eine Prinzessin war, die sich in Kakalaoa verliebte. Sie wollten heiraten, aber ihre Familien erlaubten das nicht. Sie weinte und weinte, bis der Wasserfall entstand, und Kakalaoa verwandelte sich in den großen Felsen, der unterhalb der Wasserkaskade steht, damit Hiilawes Tränen auf ihn fielen.«

»Fast wie die Legende von Kinkyhead und Stephanie«, sagte Hoover.

»Es gibt nur einen Unterschied«, sagte Stephanie, »anstatt zu weinen, würde ich bei dem Gedanken an eine Heirat mit Friedman erbrechen.«

Vielleicht handelte es sich um einen der kosmischen Zufälle, die sich manchmal im Leben ereignen. Vielleicht lag es an der qualvoll abschüssigen Fahrt. Vielleicht waren es auch einfach die Worte an sich. Was auch immer der Grund gewesen sein mochte, prompt kotzte Thisbe erneut in John McCalls Schoß.

37

BIS ZUM SPÄTEN NACHMITTAG hatten wir uns sicher in einer verlassenen kleinen Herberge eingerichtet, wo es praktisch keine Anzeichen weiteren menschlichen Vorkommens gab. Das war für mich in Ordnung. Seit dem Verschwinden des letzten Einhorns haben die Menschen die Welt ohnehin nur immer weiter zugrunde gerichtet, und das würde zweifelsohne auch so weitergehen bis Jesus in einem Thunderbird zurückkäme. Bevor wir uns von unserem Führer Kekoa verabschiedeten, hatte Rambam ihm die wahre Natur unserer Mission anvertraut.

»Wir sind ein medizinisches Forschungsteam«, hatte er ihm so pathologisch überzeugend versichert, daß ich es fast schon selbst glaubte. »Wir betreiben eine Feldstudie über eine seltene Krankheit namens Finkelstein'sches Syndrom.«

Kekoa hatte leicht verunsichert Rambams Hand geschüttelt

und war dann in seinen Land Rover gehüpft. »Ich glaube, davon hab ich schon mal gehört«, hatte er gesagt.

Nachdem Kekoas glückliches hawaiianisches Haupt in einem Winkel von neunundneunzig Grad die Straße aufwärts verschwunden war, machten es sich vier Männer, eine Frau und zwei kleine Hunde in ihrer neuen Behausung bequem. Das einzige Anzeichen weiteren menschlichen Vorkommens war ein achtzigjähriger Japaner, der aussah, als sei er in einer früheren Inkarnation Gärtner in Beverly Hills gewesen, aber jetzt, in Anbetracht unserer lautstarken Ankunft, überlegte, ob er nicht irgendwo auf dem Hinterhof Hara-Kiri machen sollte.

»Was soll das heißen, ›die Toilette ist den Gang runter‹?«, kreischte Stephanie gerade.

»Liebchen, hier herrschen primitive Bedingungen«, argumentierte ich. »Ich weiß, daß es nicht das Ritz Carlton in Paris ist, aber ich würde es sehr begrüßen, wenn jeder von uns ganz tief in sich selbst die Stärke fände, mit der Situation klarzukommen.«

»Ich würde es sehr begrüßen, wenn du ganz tief in dir selbst eine Persönlichkeit fändest«, sagte sie.

»Ich freu mich drauf, mit dir ein Zimmer zu teilen«, sagte ich.

»Ich freu mich drauf, an deiner Beerdigung teilzunehmen«, sagte Stephanie verträumt. »Wir würden in meinem schwarzen Porsche vorfahren. Die Mädels hätten ein schwarzes Bändchen im Fell. Ich würde einen sehr angesagten, ausladenden schwarzen Hut mit einem Schleier tragen, ein *sehr* kurzes schwarzes Kleid und *sehr* hohe schwarze Stilettos. Und natürlich eine Guccihandtasche, in der sich dein Letzter Wille befände, laut dem du alles mir und den Mädels vermachst. Dann würden wir im Porsche davonbrausen, und die Leute würden sagen, ›Wer war diese mysteriöse, wunderschöne Frau mit den beiden mysteriösen, wunderschönen kleinen Hunden?‹ Und jemand würde antworten, ›Vielleicht Aga Khans Tochter.‹ Und ein anderer würde sagen, ›Vielleicht Friedmans Tochter.‹ Und eine dritte Person...«

»Vermutlich sind nicht mehr Leute da«, sagte ich.

»Und die dritte Person würde sagen, ›Vielleicht war es die falsche Beerdigung.‹«

»Scheiß drauf«, sagte ich. »Es lohnt sich wahrscheinlich abzukratzen, nur um dich in diesem Outfit zu sehen.«

»Das ist korrekt«, sagte sie. »Und falls du es noch nicht registriert haben solltest, Arschgesicht, es lohnt sich auch, dafür zu leben.«

»Ich habe es registriert«, sagte ich. »Und ich habe ebenfalls registriert, daß die Toilette am Ende des Gangs ist.«

»Das ist mein letzter Aufenthalt in einem Ein-Sterne-Hotel.«

»Da wir gerade von Sternen sprechen«, sagte ich, »weißt du, wie die Venus aussieht?«

»Natürlich, Safthirn. Ich sehe ihr Ebenbild jedes Mal, wenn ich in den Spiegel schaue.«

»Der *Stern*«, sagte ich. »Nicht die Göttin. Wir müssen chekken, ob wir heute Nacht die Venus vom Wasserfall aus sehen.«

»Wenn wir sie sehen«, sagte Stephanie, »wünsch ich mir was.«

»Was denn, Liebling?«

»Zimmerservice«, sagte sie.

38

IN DIESER NACHT ERREICHTEN WIR den Hiilawefall nicht mehr. Zum einen waren die Dinge im Rückspiegel näher erschienen, als sie tatsächlich lagen. Es bedurfte eines Tagesmarsches, um dorthin zu gelangen, und unter den Crewmitgliedern wurde bereits gemurrt, man solle ein wenig mehr Nachforschungen bezüglich Logistik, Astronomie und Umgang mit den Nachtwanderern anstellen. McCall begann, Essen und Vorräte für die Expedition zu organisieren. Rambam setzte eine langwierige, wenn auch ziemlich einseitige Konversation mit dem achtzigjährigen japanischen Wirt in Gang. Und Hoover brach in die Wildnis auf, um mit dem einzig anderen menschlichen Wesen in der Umgebung, einem benachbarten Taro-Farmer zu plaudern, der von uns so weit entfernt war, daß er dem menschlichen Auge wie eine Ameise, die einen Miniaturstrohhut trägt, erschien.

Während meine Sorge um McGovern wuchs, war es vermutlich doch eine gute Idee, uns ein bißchen Zeit zu nehmen, um die günstigste Route zum Wasserfall festzulegen. Nachdem Hoover von seinem kleinen Pidgin Tête-à-Tête mit dem Taro-

Farmer zurückgekehrt war, mußten wir einsehen, daß wir nicht leichtfertig zu diesem Trip aufbrechen konnten. Nach den Erinnerungen des alten Mannes, waren alle, die im Laufe der Jahre dorthin aufgebrochen waren, in der Folge nie mehr zu irgendetwas anderem aufgebrochen, sondern statt dessen irgendwie irrtümlicherweise dem alten Zickzack-Weg in die Hölle gefolgt.

Es zeigte sich, daß Hoover genauestens notiert hatte, wie die Stolpersteine der vorangegangenen Expeditionen zu vermeiden waren. Er weigerte sich jedoch, was typisch Hoover war und mich ziemlich nah an einen Nervenzusammenbruch brachte, seine Erkenntnisse zu enthüllen, bevor er die Gelegenheit gehabt hatte, »das Material noch einmal zu sichten.« Ich erinnerte ihn daran, daß hier Leben auf dem Spiel stünden, wenn wir den Scheißwasserfall nicht schon gestern erreicht hätten.

»Ich möchte nur zu bedenken geben, Kinkyhead«, sagte Hoover in einem gönnerhaften, gleichzeitig lebensmüden Tonfall, »daß es, falls es uns nicht gelingt, den Scheißwasserfall zu erreichen, keinen anderen Ort in voraussehbarer Umgebung gibt, den wir erreichen könnten, so daß wir für immer verloren herumirren werden. Der Taro-Farmer hat ebenfalls seine starke Ablehnung zum Ausdruck gebracht, einen Ein-Mann-Suchtrupp zu bilden. Er rät uns, uns definitiv nicht auf den Weg zum Wasserfall zu machen. Er sagt, es ist viel schwieriger als es aussieht...«

»Es sieht aber verdammt schwierig aus«, sagte Rambam.

»Genau das ist der Punkt«, sagte Hoover. »Er glaubt nicht, daß wir es schaffen. Seiner Meinung nach rennen wir wie die Bekloppten völlig orientierungslos in der Gegend ’rum bis sich so eine Art *Herr der Fliegen*-Situation einstellt.«

»Das hat er nicht gesagt«, sagte Rambam.

»Nicht mit so vielen Worten«, sagte Hoover, »aber das hat er gemeint. Pidgin ist so simpel, daß es ziemlich schwierig ist, etwas falsch zu verstehen.«

»Was hat er sonst noch gesagt?« fragte ich. »Wenn du die Güte hättest, uns das mitzuteilen.«

»Er sagte, wenn wir uns da draußen verirren, könnte die *Herr der Fliegen*-Situation ziemlich schnell zu Kannibalismus degenerieren...«

»Echt witzig«, sagte Stephanie verächtlich.

»Er sagte«, fuhr Hoover fort, »daß Umstände auftreten könnten, unter denen die Mitglieder der Friedmanpartei sich veranlaßt sehen, aus reinem Überlebenstrieb Stephanie zu essen.«

»Klingt nach einem Plan«, sagte ich.

»Rambam wäre vermutlich liebend gern der erste, der mich abschießen würde«, sagte Stephanie.

»Wer hat davon gesprochen, dich abzuschießen?« sagte Rambam. »Kinky hofft, in den Genuß zu kommen, dich zu essen.«

»Klingt nach einem Plan«, sagte ich.

»Bevor das passiert«, sagte Stephanie, »kommt Friedman in den Genuß, daß ich ihm die Eier abschneide und sie als Verzierung auf einer Makadamianußtorte verteile. Ein tropisches Dessert, bei dem einem das Wasser im Mund zusammenläuft. Reicht für fünf Portionen.«

»Du kannst McGovern ja das Rezept geben«, sagte ich, »falls er noch am Leben ist, wenn wir ihn finden. Wir brechen in der Dämmerung zum Wasserfall auf. Das heißt, wenn alle noch bereit dazu sind.«

Es heißt, das Leben kann sich im Handumdrehen ändern. In ähnlicher Weise änderte sich die Stimmung drastisch von nervösem Geplänkel zu einer Alamo-ähnlichen Atmosphäre, belastet von den Schatten der Sterblichkeit, Spuren im Sand und Mondlicht über dem Wasser, das wir nicht sehen konnten. Aus der vorzeitlichen Düsternis des Tales entsprangen die Geister des Todes und der Zweifel und der Pflicht und im hoffnungslos weit entfernten Varietéhimmel flatterten die unter einem Unstern stehenden gefiederten Flügel des Jetzt und des Niemals und der Ewigkeit.

»Jetzt ist die Stunde der Wahrheit gekommen«, sagte ich zu meinen Begleitern, die sich um mich scharten. »Seine Kinkyschaft sticht in der Dämmerung in See. Jene, die es wagen, mir zu folgen...«

»Halt's Maul, Arschloch«, sagte Stephanie. »Wir gehen *alle*. Glaubst du, wir sind bis hierher mitgekommen, um jetzt gemeinsam die Toilette am Flurende zu benutzen?«

»Was uns noch dadurch versüßt wird«, sagte Rambam, »daß es bei Kinky aus beiden Enden spritzt.«

»Erinnere mich nicht daran«, sagte Stephanie im Weggehen. »Ich muß noch die Mädels füttern.«

»Ich hoffe, du läßt sie morgen hier«, sagte Rambam.

»Ich würde *dich* lieber morgen hier lassen«, sagte Stephanie.

»Du stellst den beiden Hündchen die Todesscheine aus, wenn du sie das tun läßt«, sagte Rambam nachdem Stephanie in der traurigen kleinen Herberge verschwunden war.

»Er hat recht«, sagte Hoover. »Der Taro-Farmer sagte, das Terrain sei voller Steilwände und kleiner Teiche und Fissuren und Lavakanälen. Wenn die Hunde abhanden kommen, sind sie das Hors d'Œuvre für eines der neunundsiebzig Millionen Wildschweine, die nachts hier rumstreifen.«

»Mit Kinkys Eiern obendrauf«, sagte McCall und sah kurz von seinen Vorratslisten auf.

»Wir haben keine Wahl, meine Herren«, sagte ich. »Wenn wir es bis zum Wasserfall schaffen und feststellen, daß man von dort aufs Meer sehen kann, sind wir dicht dran, zu erfahren, was aus McGovern und Carline Ravel geworden ist. Ich glaube mit absoluter Sicherheit, daß wir dann auch den geheimen Grabkammern der alten Hawaiianer näher sind, als jeder andere Mensch der Neuzeit.«

»Der Taro-Farmer sagt, daß der Wasserfall nichts besonderes sei«, sagte Hoover.

»Scheiß auf den Taro-Farmer«, sagte ich.

In dieser Nacht schlief ich unruhig. Vielleicht war ich auch nur wegen der Wanderung am nächsten Morgen aufgedreht. Vielleicht lag es auch an den Käfern und Moskitos, die von den Coleman Laternen angezogen wurden. Vielleicht streßte mich auch das Wissen darum, wie weit wir gekommen waren und wie zum Greifen nah alles lag. Oder es waren die merkwürdigen immer wiederkehrenden Geräuschhalluzinationen von gedämpften weit entfernten Trommeln eines Traum.

TEIL ACHT

Auf der Fährte

39

AM SPÄTEN VORMITTAG WAR ES MIR egal geworden, ob der Zickzack-Pfad zur Hölle führte oder nicht, denn unter praktischen Gesichtspunkten waren wir bereits dort angekommen. Wir waren mehrere erschreckend steile Felswände hoch und runter geklommen, und von unserer gegenwärtigen Position aus, einem trockenen Flußbett zwischen dem Mount Everest und dem Berg Sinai, konnten wir den Wasserfall nicht mehr sehen. Der Tag war heißer als eine Feuersbrunst, und wir fünf stöhnten wie die Perversen und schwitzten wie die Wildschweine, von denen uns auch bereits einige ziemlich nah gekommen waren.

Es lag nicht am Zigarrenrauchen, daß ich dermaßen am Ende war, vielmehr daran, daß Stephanie und ich jeweils mit einer Louis Vuitton Tiertragetasche versehen waren, und Thisbe, die ich tragen mußte, wesentlich mehr wog als Baby Savannah. Nach einem Fünf-Stunden-Marsch, hätte ich auch nicht mehr sagen können, ob Thisbe wirklich ein Yorkie war.

»Vielleicht ist Thisbe ein Yorkshire Hängebauchschwein«, sagte ich, als wir uns unter einem Brotfruchtbaum ausruhten.

»Vielleicht bist du ein männliches Chauvinistenschwein«, sagte Stephanie.

»Wenn dem so ist«, sagte Rambam, »dann ist er der einzige, den ich jemals mit einer Louis Vuitton Tiertragetasche gesehen habe.«

»Vielleicht ist es Zeit für ein Limerick«, sagte Hoover und fuhr ohne abzuwarten fort:

»Es war einst ein Yorkie namens Thisbee / dessen Arsch war so groß wie ein Frisbee...«

»Friedman!« schrie Stephanie. »Mach, daß er aufhört!«

»Ich kann ihn nicht aufhalten«, sagte ich. »Nichts kann ihn aufhalten.«

»Es gibt etwas, das mich aufhalten kann«, sagte Hoover. »Ich höre auf, wenn einer von euch weiß, welche übernatürliche Bedeutung der Brotfruchtbaum hat, ein ziemlich widerstandsfähiges Exemplar dieser Gattung schützt uns übrigens gerade vor der Sonne.«

»Es war einmal eine Frau mit großen Brötchen«, sagte McCall, »und ein großer Häuptling sah sie und versuchte, einen Laib abzudrücken, und so verwandelte sich das alte Mädchen in einen Baum.«

»Armes Dummerchen«, sagte Rambam.

»Die Legende besagt weiter«, fuhr Hoover fort, »daß der Brotfruchtbaum den Eingang zur Unterwelt bezeichnet. Seine Zweige reichen bis in den Himmel und seine Wurzeln führen direkt in die Hölle, die, wenn ich mich nicht irre, irgendwo hier in der Gegend sein muß.«

»Wo wir auch alle landen werden«, sagte Rambam, »wenn wir nicht machen, daß wir loskommen.«

Wir folgten der zerklüfteten, holprigen Route, die Rambam und der japanische Herbergsvater mit ein wenig Hilfe von ihren Freunden, Hoover und dem Taro-Farmer, festgelegt hatten. Ich fragte mich erneut, ob es wirklich ratsam gewesen war, zu dieser wunderbaren Odyssee aufzubrechen, vor allem in Anbetracht unseres praktisch nicht existenten Wissens über das Terrain und seine übernatürlichen Vorkommnisse. Wir waren ungefähr drei Limericks davon entfernt, uns an einem Ort zu verirren, der Hänsel und Gretel vor Angst aus ihren süßen kleinen Teutonenoutfits hätte fahren lassen. Nichtsdestotrotz kann einen Verzweiflung so stark motivieren, daß man Ziele erreicht, die man unter anderen Umständen nie geschafft hätte. Wir stapften weiter, tiefer hinein ins Tal unserer Verzweiflung.

Am späten Nachmittag war es uns immer noch nicht gelungen, den Hiilawefall visuell auszumachen. Einige von uns, einschließlich meiner Wenigkeit, hörten jedoch ein wiederkehrendes Dröhnen, das wir, je nachdem, dem Wasserfall, Trommeln in großer Entfernung oder dem Ächzen der Geister in der Unterwelt von Lua O Milu zuschrieben. Auch unsere Lebensgeister ächzten mittlerweile bedenklich. Wir hatten ein paar kurze Pausen gemacht, in denen McCall Sandwiches und Getränke aus einem Proviantbeutel verteilt hatte, aber generell standen wir natürlich alle mit den Eiern zur Wand, außer Stephanie natürlich.

Bei Einbruch der Dämmerung befanden wir uns auf dem Zick- statt auf dem Zack-Kurs, überquerten zahllose kleine ausgetrocknete Flußbette, kletterten den Spuren wilder Ziegen nach, füllten unsere Feldflaschen und Thermoskannen an kleinen sprudelnden Wasserfällen, segelten gefährliche Steilhänge im Licht des Vollmonds hinab und hofften, daß das Donnern, das wir fortwährend hörten, vom Hiilawefall stammte und nicht von bösen Geistern, die den Wind tranken, sich selbst bissen und uns von den Zweigen des nächstgelegenen Brotfruchtbaums aus zu Tode beteten. Das Mondlicht warf merkwürdige gespenstische Schatten. Die Hunde jaulten von Zeit zu Zeit wegen etwas, das wir nicht sehen konnten. Dann liefen jedes Mal unwillkürlich kleine Prozessionen von Nachtwanderern mein Rückgrat hoch und runter. Seit dem Morgen hatten wir entlang der Paradestraße keinerlei Anzeichen menschlichen Daseins ausmachen können. Ich wußte nicht, ob das gut oder schlecht war, fand es aber leicht irritierend. Die einzigen Konstanten, die wir hatten, während wir weiter durch die Nacht trotteten, waren das immer lauter werdende Dröhnen in unseren Köpfen, von dem wir annahmen, es sei der Hiilawefall, das unheimliche, durchdringende, fast mit einer Vorahnung belegte Mondlicht, und Hoovers unaufhörliches Bemühen um neue Limericks, die ich angesichts der Umstände, aufgrund ihrer Menschlichkeit, als irgendwie tröstlich empfand.

»Ein schlaues kleines Ding namens Stephanie, dessen Körper zwang die Männer in die Knie...«

»Mach, daß er *aufhört*!«

»Ich kann nicht!«

»... in der Philosophieklasse / zeigte sie ihre Masse...«

»Dieses Schwein!«

»... doch manche sähen lieber ihren Marquis.«

Der Limerick zauberte trotz meiner üblen Stimmung ein entspanntes, reflexives Lächeln auf meine Lippen. Was bei Rambam mit einem Kichern begann, entwickelte sich zu einem ausdauernden, herzhaften Lachen, was, wie ich leider feststellen muß, nur wenig dazu beitrug, die zwischenmenschlichen

Beziehungen innerhalb unserer kleinen Gruppe zu verbessern. Obwohl sie von dem Tagesmarsch erschöpft war, schaffte es Stephanie irgendwie, noch einmal richtig Dampf aufzustauen, den sie dann größtenteils am Kinkster abließ. Meine Proteste halfen wenig, ihren heiligen Zorn zu besänftigen.

»Friedman«, schrie sie fast. »Ich muß mir das nicht *reinziehen*! Die Mädels wollen sich das nicht *reinziehen*! Wir wollen *McGovern* finden. Wir wollen hier *lebend* wieder rauskommen! Wir sollten uns diesen *Dreck* nicht reinziehen!«

»Glaub mir doch endlich«, schrie ich zurück. »Ich kann das kleine Arschloch nicht zum Schweigen bringen.«

Hoover seinerseits hatte bereits einen weiteren Limerick auf den Weg gebracht. Glücklicherweise hatte der hitzige Diskurs zwischen Stephanie und mir die ersten beiden Zeilen überlagert. Unglücklicherweise konnte man die nächsten beiden laut und deutlich hören.

»... hatte eine große grüne Banane / welche er schob in der Arsch von Baby Savanne...«

Stephanies Schreie der Wut und Entrüstung lenkten uns nur kurzfristig ab. Dann hörten wir weitere Schreie jenseits des Pfades, aus der Nähe eines kleinen Wäldchens, das von Kletterpflanzen und Mondlicht bedeckt war. Die tonale Qualität dieser Schreie lag eher tiefer, aber was Hysterie und Stärke anbelangte, waren sie denen Stephanies mindestens ebenbürtig.

Wir stellten schnell fest, daß die Quelle dieser Schreie John McCall war. Er hatte offensichtlich seine eigene große grüne Banane gepackt und war linker Hand des Ziegenpfades ins Dickicht gegangen, um zu urinieren. Während er pißte, hatte er sich, wie die überwiegende Mehrheit der Männer, nicht auf seine große grüne Banane konzentriert, sondern unruhige, gelangweilte, scheinbar beiläufige Blicke in seine nähere Umgebung geworfen. So hatte er die Leiche entdeckt.

40

WENN ES VIER *HEIAUS*, oder antike Tempel, in Waipi'o gab, die teilweise auf das Jahr 680 n.Chr. datiert wurden, dann konnte dies tatsächlich einer davon gewesen sein.

Die Grundmauern des alten Gebäudes sahen so aus, als hätten sie einen derartigen Strom der Zeit überlebt. Es freut mich übrigens, berichten zu dürfen, daß sie auch den Strom von John McCalls durchscheinendem Urin überlebt hatten. Auf einen *Heiau* zu pinkeln, wird auf Hawaii natürlich als beispielloser Akt der Entweihung betrachtet. Um vergleichbares, spirituell ähnlich gefühlloses Verhalten zu finden, muß man schon zu jenem schwarzen Tag in der texanischen Geschichte zurückgehen, an dem Ozzy Osborne auf das Alamo gepißt hat, was dazu führte, daß jeder texanische Mann, Transsexuelle und jede texanische Frau mit rotem Blut in den Adern tierisch angepißt war. Die Leiche lag innerhalb eines kleinen steinernen Kreises.

Das Opfer war eine junge Frau und aufgrund der zahlreichen Stichwunden auf ihrem geschundenen Körper, dem getrockneten Blut am Boden und den nicht vorhandenen Schleifspuren war klar, daß man sie an dieser Stelle erledigt hatte, möglicherweise war sie in einem heiligen Ritus zahllosen anderen Opfern gefolgt, die hier seit Anbeginn der Zeit dargebracht wurden. Ich starrte auf den Mondschein, der sich zart in ihren blicklosen Augen spiegelte und realisierte, daß dies die falsche Art war, auf der richtigen Fährte zu sein. Die Chancen, McGovern lebend zu finden waren gerade auf sechs-zu-fünf dagegen gefallen.

»Sie kann noch nicht lange tot sein«, sagte Rambam, während er ihr aufgedunsenes Gesicht studierte. »Die Wildschweine wären sonst schon da gewesen.«

Ich spürte eine traurig-süßliche Übelkeit in mir aufsteigen. Wir waren plötzlich alle sehr still geworden. Mitten in diesem Wald des Bösen, während wir schweigend an den Toren zur Hölle standen, sträubte sich in mir etwas, diesen Körper genauer zu betrachten. Wie Thisbe und Baby Savannah schien ich eine kleine Obsession für John McCalls Urin auf dem Stein zu entwickeln. Das war keine wirklich gesunde Einstellung, aber die Welt war auch kein wirklich gesunder Ort. Irgendwo in nicht allzu weiter Entfernung lauerten die dunklen Haie, die diese Vogelscheuche eines Mädchens mit Zähnen, die so weiß wie der Mond waren, zerrissen hatten. Sogar der Wasserfall schien eine Schweigeminute zu machen. Vielleicht hatte Hiilawe sich in den Schlaf geweint.

»Hoover«, sagte ich, »würdest du bitte die Leiche identifizieren?«

Hoover rezitierte keine Limericks mehr. Er war eine Studie in düsterer Introspektion, als er näher an die alten Steine herantrat. Tatsächlich schien er fast stumm zu sein. Ich dachte flüchtig daran, daß Willie Nelson mir kürzlich von einem *Kahuna* erzählt hatte, der den Jahrhunderte alten *Apo-leo*-Fluch bei einem Feind angewandt hatte. Der Fluch hatte das Opfer für immer seiner Fähigkeit zu sprechen beraubt. Ich hatte Willie gesagt, er solle aufpassen, daß der *Kahuna* das nicht auch mit ihm mache. Willie hatte gesagt, daß er ein sehr glückliches *Apo-leo*-Opfer wäre, weil ihn dann endlich alle in Ruhe ließen und er Golf spielen könne.

»Das ist sie«, sagte Hoover, »das ist Carline.«

Der Rest von uns mußte ihm glauben. Wir waren Carline nie begegnet. Alles was ich über sie wußte war, daß sie unermüdlich nach der Wahrheit, wie sie sie sah, gesucht hatte. Das war keine schlechte Aussage über jemanden, egal ob tot oder lebendig. Ich vermutete, Carline war wirklich nah dran gewesen, die ganz große Story zu kriegen. Leider ist es manchmal so, daß die Wahrheit einem die Flügel schmilzt, wenn man zu dicht an sie ranfliegt.

Wir ließen die Überreste der jungen Reporterin in den Überresten des alten Tempels.

Manchmal ist das alles, was noch übrig bleibt. Mittlerweile waren wir in Rufweite des Wasserfalls, aber niemandem war nach Rufen zumute. Nur Hoover hatte Carline gekannt, aber wir alle hatten McGovern gekannt und geliebt. Darum waren wir hier im fleckigen Mondlicht auf dem Weg durch das Tal des Todes auf einer selbst erfundenen düsteren Geisterprozession. Denn im Himmel einer jeden Freundschaft und Liebe gibt es kleine Fahrscheine in die Hölle, die wie Konfetti von den Sternen fallen. Am Anfang sieht man sie nie. Man bekommt erst einen, wenn die Freundschaft oder die Liebe vorbei ist.

Es war kurz nach Cinderellazeit, als kühle, ungreifbare Dunstschleier wie feine Spinnennetze signalisierten, daß wir am Hiilawefall angekommen waren. Der Mond stand hoch und hell und hoffnungsvoll auf eine Weise, die nur die, die ihn vom Tal aus betrachten, sehen können. Unsere Hoffnung, McGovern lebend zu finden, war jedoch nach der makabren Entdekkung der Leiche im *Heiau* beträchtlich gesunken.

Das ist eine der komischen Seiten der Hoffnung. Sie fällt vom Hochsitz der Seele aus ins Endlose oder klatscht auf einem Felsen zu Tode wie die Tränen einer Prinzessin, trotzdem schafft sie es immer wieder, sich aufzurichten und direkt zurückzukommen, um einen erneut zu verarschen.

»Denkst du dasselbe wie ich?« fragte Rambam, nachdem wir etwas hinter dem Rest der Gruppe zurückgeblieben waren.

»Vermutlich«, sagte ich. »Was denkst du?«

»Tja, diese Menschen sind Heiden, richtig? Aber das heißt nicht, daß sie blöd sind.«

»Das ist richtig«, sagte ich, »und es gibt nichts gefährlicheres als einen smarten Heiden.«

»Also haben sie diese Reporterbraut tiefgekühlt, weil sie zu dicht dran war herauszufinden, wo der heilige Tampon von Königin Chi-Chi der Vierten...«

»Die heiligen *Ka'ai*« verbesserte ich.

»Ist doch das Gleiche«, sagte Rambam und nahm eine Art Provinzialität an, die in New York immer weiter um sich greift. »Und was glaubst du, wie lange diese Leute McGovern schon in ihrer Gewalt haben?«

»Knapp zwei Wochen«, sagte ich.

»Ich weiß, McGovern sieht angeblich aus wie dieser Typ, Lono, aber was glaubst du, wie lange brauchen sie, um zu merken, daß er kein Gott ist?«

»Knapp zwei Stunden«, sagte ich.

»Darüber mache ich mir Sorgen«, sagte Rambam.

Tatsächlich hatte auch ich denselben dunklen Gedanken. Die Priester der Maya hatten schon vor Jahrhunderten gewarnt, weiße Männer würden auf schwimmenden Häusern kommen. Und sie waren gekommen und hatten im Namen ihres Jesus den König ermordet und die Hälfte der Bevölkerung zu Tode gefoltert. Jetzt war es an der Zeit, etwas heimzuzahlen. McGovern war, vermutlich verführt von Carline, heiß auf ihre große Story, eher unfreiwillig in die Klauen dieser Menschen gefallen. McGovern war natürlich nicht ganz ohne Charme, dennoch waren zwei Wochen als Hauspest eine lange Zeit, um einem anderen nicht auf die Nerven zu gehen. Wenn Hoovers Reporterfreundin die Leute dahingehend düpiert hatte, daß sie glaubten, McGovern sei Lono, in der Hoffnung, daß sie sie dann zu den *Ka'ai* führen würden, hatte sie sowohl ihm wie auch sich selbst einen Totenschein ausgestellt. Neben dem was sie mit McGovern machen würden, würde *Beim Sterben ist jeder der Erste* vermutlich wirken wie *Barfuß im Park.*

Sehr wahrscheinlich war die Katastrophe schon passiert. Vielleicht waren wir ein Bleichgesicht und ein schwimmendes Haus zu spät.

41

EINE HALBE STUNDE SPÄTER planschten fünf Menschen und zwei Hunde in dem wunderschönen hüfttiefen natürlichen Pool, der den Felsen umgab, auf den die Tränen der Prinzessin schon viel länger fielen, als eine Frau je um einen Mann weinen sollte. Und obwohl es an der Zeit war, daß sie über ihn hinwegkam, wollte ich nicht derjenige sein, der ihr das sagte. Ich blickte ostwärts und erspähte den schmalen Durchgang, der einen einzigartigen Blick aufs Meer freigab, über dem vor einigen Stunden die Venus aufgegangen war.

»Oje«, sagte Stephanie, die erstaunt aufsah. »Wer hat denn Acids in Gatorade getan?«

»Man könnte fast anfangen, an Gott zu glauben«, sagte ich.

»Oder an *die* Götter«, korrigierte McCall.

»Eins kann ich euch sagen«, sagte Rambam. »In Brooklyn kriegt man sowas nicht zu Gesicht.«

»Das würde man nirgendwo auf dem Festland sehen«, sagte Hoover. »Noch nicht mal in Disneyland. Das sind lunare Regenbogen. Es müssen Millionen sein.«

Ich hatte noch nie von lunaren Regenbogen gehört, aber selbst wenn, von ihnen zu hören und sie mit eigenen Augen zu sehen, waren ungefähr so unterschiedliche Erfahrungen wie in die Kirche zu gehen oder bei einem gut durchgebratenem Steak direkt mit Gott zu sprechen. Sogar für einen charismatischen Atheisten wie mich war das hier eine Art Dreikönigsfest. Jetzt, wo das Mondlicht hinter einer kleinen Wolke nur noch heller auftauchte, blitzten buchstäblich Millionen winziger Regenbogen aus dem Himmel direkt über unseren Köpfen. Ich nahm es als gutes Omen.

»Das muß der Wasserfall sein«, sagte ich, »wo Kiji Hazelwoods Freund die Holzstatue gefunden hat.«

»Was macht eine Holzstatue in einem Wasserfall«, sagte Rambam.

»Vielleicht ist sie von einem mit Holzstatuen beladenen Lastwagen gefallen«, sagte McCall.

»Vielleicht war es Kawliga, der Holzindianer«, sagte Hoover. »Vielleicht hat er nach seinem indianischen Mädchen gesucht.«

Ich dachte an Robert Louis Stevensons Gedicht für eine andere Prinzessin. »Und ich, in ihrem lieblichen Banyan-Schatten, suche vergebens mein kleines Mädchen.« Die hawaiianische Geschichte schien Prinzessinnen mit gebrochenem Herzen zu favorisieren. Auf meine Stimmung wirkte sich das nicht unbedingt positiv aus. Sollte dies tatsächlich der richtige Wasserfall sein, der, von dem aus man ostwärts das Meer sehen konnte, war es nur logisch, daß dies der Wasserfall war, wo Kijis Freund die Statue gefunden hatte. Die Tatsache, daß Carlines Leiche im Mondlicht den Pfad runter lag, erhärtete diese Theorie nur noch mehr. Carline, die fünf lange Jahre damit verbracht hatte, nach den vermißten heiligen *Ka'ai* zu suchen. Carline, die meiner Meinung nach sehr nah dran gewesen war, diese mysteriösen todbringenden Relikte vom Anbeginn der Zeit zu finden. Wenn sie nicht sehr nah dran gewesen wäre, sie zu finden, wäre sie jetzt nicht tot. Aber wie war die Holzstatue in den Wasserfall gelangt?

Im hellen Mondlicht ließ ich meinen Blick entlang der Felswand schweifen, über die das Wasser rann. Sie war unverbrüchlich, steil, rein und monolithisch. Dann richtete sich meine Aufmerksamkeit auf den Stein, der früher unter dem Namen Kakalaoa bekannt war. Auch er schien aus einem Stück zu sein, riesig wie ein Mammut, vom Strom der Tränen glatt wie Seide gewaschen. Hatte die Holzstatue womöglich Brüder oder Schwestern, die sich irgendwo in der Nähe versteckten? War es möglich daß sie genau in diesem Augenblick Schulter an Schulter mit den heiligen *Ka'ai* standen?

Dann riß mich Stephanies Stimme, die sich zum Geheule hochschraubte, aus meinen Gedanken. Sie durchbohrte das Geräusch des fallenden Wassers wie ein Messer und wurde in schrillen Echos von der weißen Felswand in die Dunkelheit der Nacht zurückgeworfen.

»WO IST BABY?« schrie sie.

42

In den Augenblicken, die folgten, suchten wir alle besessen um den Fels herum und im Wasser nach einer Spur des kleinen weißen Maltesers. Es gab keine. Auch unter dem warmen durchscheinenden Wasser, das vage an John McCalls Urin erinnerte, schien es kein Lebenszeichen von Stephanies dreieinhalb Pfund schweren Liebling zu geben. Es sah so aus, als wäre Baby Savannah vom Angesicht der Erde verschwunden.

»Sie saß gerade auf diesem kleinen Vorsprung«, weinte Stephanie. »Als ich hochschaute, war Baby weg!«

Die Trauer selbstbestimmter, selbstbewußter, unschlagbarer Frauen wie Stephanie hatte etwas ganz besonders tragisches. Ihr beißender Spott, ihre jugendliche Arroganz und ihre einzigartige Fähigkeit, Männer klein zu kriegen, all das war so jäh verschwunden wie das Objekt ihrer Zuneigung. Alles, was übrig blieb, war ein verloren wirkendes kleines Mädchen in einem Planschbecken. Eine junge Prinzessin, die um ihre verlorene Liebe trauerte.

»Sie saß gerade auf diesem kleinen Vorsprung«, wiederholte Stephanie, fast wie um sich selbst zu versichern, daß ihr jemand einmal so nah gestanden hatte.

Als Freiwillige für Unterwasseraktivitäten glitten Rambam und ich in das sprudelnde Wasser des Pools. Ich schwamm zu dem Vorsprung rüber, einer kleinen Ausbuchtung nur ein wenig oberhalb der Wasseroberfläche, fast wie ein Trittstein zum großen Felsen, der früher als Kakalaoa bekannt war.

»Sie ist nirgendwo unter der Oberfläche«, sagte Rambam, der nach seiner Unterwasseraufklärung nach Luft schnappte.

»Sie ist nirgendwo in der Nähe des Pools«, sagte McCall, der gerade das Terrain gründlich abgesucht hatte.

»Es war schlimm genug, *Pyramus* zu verlieren«, jammerte Stephanie. »Aber Pyramus war *alt*. Baby ist noch ein *Baby*!«

Was den Vorsprung anbelangte, der sah so desolat aus wie die im Regen liegenden Pom-Poms eines toten Cheerleaders. Soweit ich das sagen konnte, war das Spiel verloren. Baby selbst war gerade mal so groß wie ein Pom-Pom, aber während es in einer Welt, in der Sieg und Schönheit alles bedeuten, immer jede Menge Pom-Poms geben würde, gab es nur ein Baby. Ich bezweifelte allerdings, daß Baby in späteren Jahren Cheerleader geworden wäre. Jetzt würde sie noch nicht mal schwarze Bändchen anläßlich meiner Beerdigung tragen.

Gerade als ich diesen hübsch morbiden Gedanken reflektierte, hörte ich es. Ich hatte es vorher nicht hören können, weil es buchstäblich unter den Klangwellen, die vom Wasserfall selbst kamen, unterging. Aber je näher ich zu dem Vorsprung kam, desto deutlicher wurde es. Ein deutliches saugendes Geräusch, wie Ross Perot, der jedermanns Hoffnungen und Träume für die Zukunft wegsaugt. Unter dem Vorsprung verbarg sich eine alte Lavaröhre, in deren dunkles Inneres das Wasser so schnell hineinfloß, daß Baby, sollte sie hier herunter gesaugt worden sein, wahrscheinlich nur Zeit für ein oder zwei markerschütternde Jauler gehabt hätte, bevor sie das Meer erreichte. Allerdings war das Loch unter dem Vorsprung die einzige Möglichkeit, wie sie so schnell und unerklärlich hatte verschwinden können. Das war eine schlechte Nachricht für Stephanie. Alles was durch dieses Loch gesaugt wurde, konnte man mit Sicherheit abschreiben.

Warum ich das tat, was ich als nächstes tat, kann mir vermutlich nur Woody Allens Seelenklempner verraten. Vielleicht brauchen wir alle mal den Glauben an eine verlorene Sache. Vielleicht war es auch nur das fehlgeleitete Bemühen, all die kleinen Dinge im Leben und in der Liebe zu retten, die nicht gerettet werden konnten. Vielleicht war es auch etwas so Phantasieloses wie mein Wunsch, einmal als Held dazustehen. Was auch immer es war, ich rief Rambam irgendetwas wie »Wenn ich in einer halben Stunde nicht zurück bin, treffen wir uns bei Willie Nelson auf Maui« zu. Dann kroch ich in das Loch und sofort nahm mich das Wasser mit wie auf einer Wasserbahn in einem Vergnügungspark in der Hölle.

Der Lavatunnel war dunkel und zur Hälfte mit ziemlich kaltem, schnell fließenden Wasser voll. Er war so groß, daß ein Mensch durchpaßte und natürlich mit Sicherheit ein kleiner Hund, aber selbst wenn ich dazu in der Lage gewesen wäre, hätte sein Durchmesser nicht ausgereicht, um mich umzudrehen und zurückzugehen. Ich weiß nicht, wie lange ich durch den verfluchten Eileiter der Mutter Erde glitt, aber schließlich schien er schräg nach oben auszulaufen und endete in einer Kammer mit ruhigem Wasser, die vom Mondlicht erhellt wurde, das durch einen kleinen Riß in der Decke schien. Wie ein Rückläufer der Evolution verließ ich das Wasser und betrat eine große unterirdische Höhle mit einigen Löchern in der Decke, die das Mondlicht hereinließen. Leider gab es nirgendwo eine Spur von Baby. Der Ort war so still wie ein Grab, was auch nicht weiter verwunderlich war, denn ich hatte jeden Grund zu der Annahme, daß es sich exakt um ein solches handelte.

Zahllose in Rinde eingewickelte Knochenbündel lehnten gegen die dunklen Wände der Begräbniskammer. Riesige Walzähne hingen von der Decke herab an etwas, das aussah wie geflochtenes Menschenhaar. Hier lagen Umhänge, Leis, Gewänder, Trommeln und Helme, die das Bishop Museum wie eine Tauschbörse aussehen ließen. Es gab Schwerter, die aus Haifischzähnen gemacht waren und Speerspitzen, die mit ziemlicher Sicherheit aus menschlichen Knochen geschnitzt waren. An diesem geheimen, lang vergessenen Ort, dachte ich, lebt die Geschichte der hawaiianischen Rasse fort.

In einem anderen Teil der Grabkammer konnte man ein großes Rennkanu bewundern, das aus äußerst seltenem Koa Holz wunderschön geschnitzt war, eine Holzart, die heutzutage auf Hawaii nicht mehr verarbeitet werden darf, da der Baum, wie vieles andere der einheimischen Kultur, fast ausgestorben ist. Im Kanu befanden sich drei Skelette in vorbildlicher Ruderposition. Ich war gerade dabei, das makabre Spektakel zu verarbeiten, als eine Stimme sehr dicht an meinem Ohr mich fast dazu brachte, King Kamehameha auf den Schoß zu hüpfen.

»Ich schätze, sie haben das Rennen verloren«, sagte Rambam verschmitzt lächelnd.

»Wenn ich wüßte, was ich hier zu suchen habe«, sagte ich, als ich annähernd die Fassung wieder gewonnen hatte, »würde ich dich fragen, was du hier zu tun hast.«

»Ich hab mir überlegt, wenn du durchgeknallt genug bist, um durch das kleine Loch zu schwimmen, bin ich es auch. Außerdem mußte ich von dort weg. Ich kann es nicht mit ansehen, wenn eine Frau weint.«

»Du hast fast mit angesehen, wie sich ein Mann in die Bermudas scheißt«, sagte ich. »Man sollte sich nie an einen Veteranen ranpirschen.«

»Schön, du bist also ein Veteran«, sagte Rambam. »Ein Veteran der *Carnegie Delicatessen*. Und wenn wir schon davon sprechen, wann gibt's was zu essen? Wenn das nicht verdammt bald ist, müssen wir womöglich in einem dieser Kanus Platz nehmen.«

»Wir können uns ein paar Fische angeln«, sagte ich und deutete auf eine Reihe von etwas, was offensichtlich Angelhaken aus menschlichen Kiefern waren, perfekte Gebisse, kein Zahn fehlte.

»So sieht das aus, wenn man regelmäßig Zahnseide benutzt«, sagte Hoover, der durch die Finsternis auf uns zu schlenderte.

Dicht hinter ihm tauchten McCall und eine immer noch sehr niedergeschlagene Stephanie auf.

»Ich freue mich sehr«, sagte ich, »über die zahlreiche Teilnahme am jährlichen Treffen des Jagdvereins.«

»Irgendeine Spur von Baby?« fragte Stephanie teilnahmslos.

»Ich fürchte, nein«, sagte ich. »Wenn du deine Aufmerksamkeit mal auf den Punkt direkt hinter den beiden Kalebassen aus menschlichen Schädeln dort drüben lenken möchtest, siehst du die beiden Gründe, warum Baby Savannah, Carline Ravel und auch Mike McGovern sterben mußten. Zwei mit einem Fluch belegte, schicksalsträchtige geflochtene Körbe mit den Gebeinen von Lono und Liloa, zwei Stammeshäuptlingen, die seit über sechshundert Jahren tot waren, die aber die ganze Zeit über all jene Tod und Verderben gebracht haben, die bewußt oder unbewußt ihren Weg gekreuzt hatten. Meine Damen und Herren, ich übergebe Ihnen die nicht länger vermißten heiligen *Ka'ai*.«

Teil Neun

Auf dem Marsch

43

Die Art, wie uns das linke Auge des zweiten *Ka'ai*, das von einer Muschelschale dargestellt wurde, durch die feuchte Dunkelheit anstarrte, hatte etwas definitiv Böses. Nach sechs Jahrhunderten, in denen sie herumgeschoben, angeglotzt und von Wissenschaftlern, Sammlern, religiösen Fanatikern, Journalisten, Politikern, Kriminellen, Touristen und anderen neugierigen, habgierigen, analfixierten menschlichen Individuen gesucht worden waren, waren die beiden Körbe mit den Gebeinen müde geworden. Der Heilige Gral und die Bundeslade waren unbelebte Objekte. Aber die heiligen *Ka'ai* hatten mindestens ebensoviel DNA wie O.J. Simpson. So eine Art DNA-Gedächtnis. Nicht sie waren böse, realisierte ich plötzlich. Nicht sie hatten Tod und Zerstörung verursacht. Es war der dunkle Faden der Perversion, der durch das Herz eines jeden menschlichen Wesen läuft und es dazu veranlaßt, den Elefantenmensch oder den Wilden Mann aus Borneo anzustarren. Nach sechs Jahrhunderten waren die Knochenbündel endlich angekommen und zur Ruhe gebettet worden. Wir waren diejenigen, die hier nicht hingehörten. Das Böse in der Muschelschale war lediglich eine Reflektion unserer selbst, der Funken Dunkelheit im unkartierten Gebiet einer jeden menschlichen Seele.

»Das erste, was wir machen, wenn wir hier lebend wieder raus sind, ist«, sagte ich, »wir vergessen, daß wir jemals hier waren.«

»Dem stimme ich bei«, sagte Hoover. »Der Marktwert dessen, was sich in dieser Höhle befindet, ist unkalkulierbar. Der Nettowert jedes *Ka'ai* beispielsweise, ist über fünfmal so schwer wie John McCall.«

»Das mag stimmen«, sagte McCall, »aber wie können sie nur so leben?«

»Das war's dann?« sagte Stephanie. »Wir schreiben Baby einfach ab? Wir schreiben McGovern einfach ab?«

»Für uns ist die Zeit gekommen«, sagte Rambam nicht ohne Mitgefühl, »unsere Toten zu beklagen. Was McGovern anbelangt, die Tatsache, daß die heiligen *Ka'ai* wirklich hier sind, dürfte sein Schicksal wohl besiegeln. Zwei Wochen sind lang genug, um herauszufinden, daß jemand kein Gott ist. Aber für wen auch immer sie McGovern gehalten haben mögen, es gibt keine Chance, daß er noch am Leben ist. Sie hätten dieses Risiko nicht eingehen können. Sie mußten McGovern töten, aus demselben Grund, aus dem sie auch Carline getötet haben. Um sich selbst und ihre wertvollen *Ka'ai* zu schützen.«

»Er hat Recht«, sagte Hoover. »Wenn durchsickern würde, daß sie die *Ka'ai* aus dem Bishop Museum gestohlen und hier zur letzten Ruhe gebettet hätten, würde die größte Menschenjagd in der hawaiianischen Geschichte beginnen. Das ganze Tal würde zerstört werden.«

»McGovern war einfach zur falschen Zeit am falschen Ort«, sagte ich. »Ebenso wie er das falsche *Gesicht* zur falschen Zeit hatte. Damit hat das Ganze überhaupt erst angefangen. Carline muß vor einiger Zeit über die unheimliche Ähnlichkeit von Lono und McGovern gestolpert sein. Sie war bereits hier auf der Big Island, als wir noch die Handzettel in Honolulu verteilt haben, was bedeutet, daß sie sich ihren Plan schon ziemlich früh zurechtgelegt hat. Damals als Hoover ihr vielleicht etwas übertrieben von meiner absolut hundertprozentigen Verbrechensaufklärungsrate erzählt hat, muß sie ihre Chance gewittert haben. Sie hat McGovern vom Strand weggelockt, die Einheimischen dazu gebracht zu glauben, er sei Lono, und mich glauben gemacht, daß, wenn ich die *Ka'ai* fände, ich auch meinen lieben verloren geglaubten Freund McGovern finden würde.«

»Und was ist mit Baby?« beharrte Stephanie.

»Willst du die Wahrheit hören?« sagte Rambam. »Baby wiegt ungefähr fünf Pfund...«

»Baby wiegt dreieinhalb Pfund«, sagte Stephanie stur.

»O.k.«, sagte Rambam. »Baby wiegt dreieinhalb Pfund. Sie

wurde vermutlich wie ein Ast in einen der Seitenkanäle gedrückt und ins Meer gespült. Es tut mir wirklich leid, aber so stehen die Dinge.«

»Es gibt Zeiten im Leben«, sagte ich ruhig, »in denen wir Abschied von unseren kleinen Maltesern und unseren irischen Lieblingsdichtern nehmen müssen. Wir kommen nie darüber hinweg, aber wir gehen weiter...«

»Schnauze, Arschgesicht«, sagte Stephanie. »Ich hab gerade was gehört.«

Ich preßte die Lippen aufeinander, und wir fünf lauschten angestrengt. Soviel war klar, ein kaum wahrnehmbares Geräusch, fast wie weit entfernte Musik im Wind, schien seinen Weg in die Grabkammer zu finden. Dann mußte sich der Wind gedreht haben, denn die Musik wurde plötzlich lauter, die Worte für uns alle deutlich hörbar:

Tall and tan and young and lovely
The girl from Ipanema goes walking...

»Jesus Christus«, stieß ich hervor. »Das ist McGoverns Scheißtape!«

Wie besessen stolperten wir im Zwielicht in Richtung der Musik, ich lag etwas zurück, da Stephanie mir gerade die klatschnaße Thisbe in ihrer Louis Vuitton Tiertragetasche in die Hand gedrückt hatte. Hoover fand den Ausgang als erster, einen schmalen Spalt an der Längsseite der Höhle, so klein, daß sich immer nur einer durchquetschen konnte.

Nach einer kleinen Ewigkeit waren wir alle auf den Boden eines engen staubigen Canyon gepurzelt. Am anderen Ende des Canyons sahen wir ein kleines Feuer, um das sich winzige Figuren scharten. Die Musik kam ganz klar vom hinteren Ende des Canyon.

Als wir durch das trockene Flußbett rannten, während *The Girl from Ipanema* an den Steilwänden widerhallte, konnten wir deutlich erkennen, daß eine Gestalt viel größer als die anderen war. Während wir näher kamen, sahen wir, daß sie tanzten. Wir konnten McGovern mittlerweile ganz gut erkennen, er trug eine Art Lendenschurz, balancierte etwas Ananasartiges auf dem Kopf und tanzte, wie es aussah, mit mehreren barbusigen, gut entwickelten jungen Mädchen in sehr kurzen Grasröckchen. Wir hielten einen Moment inne, um diese reine heidnische Freude der kleinen Szene aufzunehmen.

»An diesem Tisch habe ich schon vor zwanzig Jahren gesessen«, sagte McCall und schüttelte neidisch den Kopf.

»Für jemanden, der eigentlich tot sein sollte«, sagte Rambam, »scheint er wirklich das Beste draus zu machen.«

»*The Man Who Would Be King*«, sagte ich.

»Seht euch doch mal die Hupen von diesen Wahine an!« sagte Hoover bewundernd. »Hoover!« sagte Stephanie. »McGovern ist am Leben und alles was du kannst, ist über halbnackte Frauen zu sprechen?«

»Alles klar«, sagte Hoover. »Seht euch nur mal die Hupen von diesen Wahine an, die gerade um McGovern herumwirbeln!«

»So nennt man das heutzutage also«, sagte Rambam.

Aufgrund der lauten Musik oder weil es ihm das Gehirn rausgeblasen hatte oder vielleicht weil er es so sehr genoß, mit den großhupigen Wahine herumzuwirbeln, hatte McGovern noch nichts von unserer Ankunft bemerkt. Wir waren schon vor einiger Zeit müde geworden, das Flußbett entlang zu rennen und zu schreien »McGovern! Du bist am Leben!« Nach den Anstrengungen des Tages waren wir also zu einem angemessenerem Tempo zurückgekehrt und waren zufrieden, McGovern beim Spielen zuzusehen, wahrscheinlich wie liebende Eltern stolz über ein glückliches Kind wachen.

Was als nächstes passierte, war jedoch der Alptraum aller Eltern. Es begann mit einer langen Reihe von Lichtern, die plötzlich auftauchten und sich schweigend den steilen Zickzack-Pfad herunterbewegten. Die dem Reich der Legenden entsprungenen tödlichen Nachtwanderer schienen sich geradewegs auf McGovern zu zu bewegen.

44

The Girl from Ipanema war zum Strand runtergegangen und jetzt echoten Frank Sinatras perfekt phrasierte Kadenzen in *New York, New York* von den Steilwänden in den unschuldigen tropischen Himmel. Wir sahen mit blankem Entsetzen zu, wie Menschen, die Zeugen eines Autounfalls werden, den sie kommen sehen und gegen den sie nichts tun können. Die Reihe der gespenstisch stillen Fackelträger erstreckte sich mittlerweile über die gesamte Länge der Steilwand und McGovern und seine tanzenden Mädchen spürten nichts von der drohenden Gefahr. Es war hypnotisch, unerträglich, makaber, wie ein schrecklicher Traum oder eine giftige Blume, die sich in Zeitlupe unaufhaltsam öffnet. Dann setzten die Trommeln ein.

Noch nie zuvor hatte ich solche Trommeln gehört. Durch die majestätische Nacht von den Gezeiten und vom Wind und den Sternen getragen, schienen sie den menschlichen Herzschlag einzufangen, ihn zu halten und fürwahr eins mit ihm zu werden. *Ole Blue Eyes and his vagabond shoes* waren jetzt aus dem Spiel. Das ganze Tal wurde von transzendentalem Terror ergriffen, eine morbide, angsterfüllte Faszination, wie bei einem Insekt, das sich nicht mehr von der Stelle rührt, bevor es von einem unergründlichen Monster der Dämmerung verschlungen wird.

Wir kauerten uns hinter einen kleinen Vorsprung und beobachteten McGovern und die Mädchen, die neben dem kleinen Feuer kauerten. Es bestand keine Chance, sie rechtzeitig zu erreichen, und selbst wenn wir es geschafft hätten, hätte es nichts zu tun gegeben. In Wahrheit gab es gar keine Möglichkeit, sich überhaupt zu bewegen. Ihrerseits schienen McGovern und seine eingeborenen Freundinnen sich mittlerweile schmerzhaft des dunklen Schicksals bewußt, das auf sie zukam. Die Mädchen verschwanden wie die vielen kleinen Chamäleons ins nahegelegene, schützende Dickicht und hinterließen nur McGovern, der stoisch und ruhig wie der Riese, der er war, dem wahren Terror entgegensah, den das Gehirn nicht wahrhaben will und von dem das Blut schreit, er sei real.

»Können wir ihm nicht *irgendwie* helfen?« flüsterte Stephanie. Thisbe winselte neben ihr.

»Wenn die Nachtwanderer so auf dich zukommen«, sagte Hoover, »dann bist du an der Reihe. Wir können nur hoffen, daß die Mädchen McGovern gesagt haben, was er tun muß. Das ist seine letzte Hoffnung.«

Die Reihe der Nachtwanderer hatte jetzt den staubigen Grund des Canyon erreicht, und verstellte uns den Blick auf McGovern. Sie sahen wie gespenstische, gräßliche, unscharfe Krieger aus, mit Helmen und Umhängen, wie wir sie in der Grabkammer gesehen hatten. Manche trugen Speere und Fackeln. Ihre

Speere und Umhänge und Helme waren klar zu erkennen, aber ihre Gesichter sahen auf merkwürdige Weise aus wie hinter der Milchglasscheibe in der psychiatrischen Anstalt eines Traums.

Und jetzt, während wir hinter dem Vorsprung kauerten, begannen die Nachtwanderer zu singen. Tausende von körperlosen Stimmen sangen wie eine einzige zu den starken, mächtigen, heidnischen Trommeln des Verhängnisses. Die Luft in dem kleinen Tal wurde spürbar kälter. Wolken bedeckten den Mond. Die Wanderer gingen weiter in einer erbarmungslosen Reihe, über den Ort hinweg, an dem McGovern gewesen und nun nicht mehr zu sehen war.

»Armer McGovern«, sagte Stephanie weich. »Er ist jetzt bei Baby. Jenseits des Regenbogens.«

Dem gab es nichts mehr hinzuzufügen und niemand versuchte es. Zu gegebener Zeit würden die Nachtwanderer weiterwandern, in andere Ebenen und andere Gegenden. Zu gegebener Zeit würde das Tal wieder in hellem Mondlicht liegen, wenn die dunklen Wolken über die silbernen Sterne in andere Himmel weiterzogen. Die Nachtluft wurde wieder warm und war gesättigt mit dem anhaltenden Parfum der Insel. Aber als wir uns vorsichtig über den Boden des Canyon bewegten, konnten wir keine Spur von McGovern oder den eingeborenen Mädchen oder dem Feuer, das wir zuvor gesehen hatten, entdecken. Das einzige Feuer brannte jetzt in unseren Herzen. In meinem brannte eine traurige und einsame Flamme, weit davon entfernt, mein Gemüt zu erwärmen, erinnerte sie mich nur daran, daß das Leben an einem Speichelfaden hängt und jede große Liebe hoffnungslos ist.

Wir waren müde, entmutigt und emotional am Ende, als wir das andere Ende des steinigen Flußbetts erreicht hatten. Uns McGovern finden zu lassen, nur um ihn sterben zu sehen, kam mir wie eines jener grausamen Spielchen Gottes vor, die Er in seiner göttlichen Perversion manchmal mit uns glücklosen Menschen spielt. Es war so ähnlich wie Moses das Gelobte Land zu zeigen, ihn aber nicht dorthin gehen zu lassen, oder Stanley Kubrick nicht bis 2001 durchhalten zu lassen. Scheiß drauf, ein kranker Sinn für Humor ist besser als gar keiner.

Die Asche war bereits kalt, als wir McGoverns kleines Lagerfeuer endlich erreichten. Kein McGovern, natürlich, keine Mädchen, kein Spaß.

»Lassen diese verdammten Nachtwanderer nicht zumindest

die Körper ihrer Opfer zurück?« fragte Rambam, während wir den Bereich oberflächlich absuchten.

»Du glaubst doch nicht, daß jemand versuchen würde, McGovern weiter weg zu tragen«, sagte McCall.

Ich war kurz davor, mich umzudrehen, als ein kleiner heller Schimmer sich in meinem äußersten Blickwinkel manifestierte. Ich ging rüber, um das genauer zu untersuchen. Die Natur des Objekts versetzte mir einen kleinen Schock. Dann hüpfte ich buchstäblich vor Freude. Es war McGoverns großes weiß leuchtendes Gesäß, das sich im Mondschein spiegelte.

»Sind sie schon weg?« sagte er.

Ich muß zugeben, es war ein denkwürdiger Anblick, in eine kleine Senke an der Seite des Canyon zu schauen und McGoverns riesigen Körper splitterfasernackt flach auf dem Boden liegen zu sehen. Sobald jeder gesehen hatte, daß er in Ordnung war, reagierten alle gleichzeitig.

»Auch 'ne Möglichkeit, Gesellschaft zu bekommen«, sagte Rambam.

»Das ist der richtige Augenblick für einen Vers zur Feier des Tages«, sagte Hoover. »Es war einst ein Limerickdichter namens Hoover / der klemmte sich den Schwanz in der Tür eines Rover...«

»McGovern könnte etwas Training vertragen«, unterbrach McCall.

»Ich muß dich unbedingt umarmen«, sagte Stephanie, »aber erst wenn du diesen Lendenschurz wieder angezogen hast. Das ist absolut ekelhaft.«

»Sind sie schon weg?« sagte McGovern.

Ziemlich schnell stand McGovern auf, kleidete sich nach aktuellstem Ethnolook und brachte sein Verlangen nach einem großen haarigen Steak in Honolulu zum Ausdruck. Da McGovern erst kürzlich ziemlich traumatische Erlebnisse gehabt hatte und auch wegen unserer eigenen gefahrvollen Abenteuer in den letzten vierundzwanzig Stunden, beschloß ich, die Berichterstattung auf später zu verschieben. Das Postmortem konnte warten. Ich war nur froh, daß es kein Postmortem für McGovern war.

»Was ich nicht verstehe«, grübelte Rambam, »warum haben die Nachtwanderer McGovern nicht getötet?«

»Das ist ganz einfach«, sagte ich. »Die einzigen, von denen man weiß, daß sie sie gelegentlich verschonen, sind Kinder.

Bei McGovern haben sie mit ihren übernatürlichen Fähigkeiten zweifelsohne seine kindliche, Peter-Pan-ähnliche, absolut irritierende Unschuld gespürt.«

»Es hat schon seine Vorteile«, sagte McGovern, »ich zu sein.«

McGovern folgte uns wie ein kleines Hündchen zurück zu dem Ort, an dem das Lagerfeuer gewesen war, und während er seine Besitztümer zusammensammelte, stellte ich mit einer gewissen Wehmut fest, daß es nur zwei waren: sein Scheißtape und eine große geschnitzte Kokosnuß.

»Wo hast du die Kokosnuß her?« fragte Rambam.

»Eins der Mädchen hat sie mir geschenkt«, sagte McGovern, »unmittelbar bevor die Nachtwanderer in unsere kleine Party reingeplatzt sind.«

McGovern betrachtete das mit vielen Verzierungen geschnitzte Objekt einen Augenblick. Dann gab er es Stephanie.

»Das ist für dich«, sagte er. »Du siehst im Mondlicht wunderschön aus.«

»Das ist süß, McGovern«, sagte Stephanie.

»Mach's auf«, sagte McGovern.

Als Stephanie die obere Hälfte der Kokosnuß ohne zu zögern abnahm, sprang ihr Baby Savannah in die Arme. Auf Stephanies Gesicht konnte man Tränen erkennen und, wie ich zugeben muß, auf einigen anderen Gesichtern auch.

»Oh, Liebling«, sagte sie. »Du hast McGovern gefunden!«

Teil Zehn

Auf der anderen Seite

45

Zwei Nächte und zahllose Penis Coladas später, bewunderten Hoover, McGovern und ich von einem kleinen Tisch unter Millionen Sternen aus, die Musik und die Hulatänzerinnen des Tahitian Lanai in Honolulu. McCall, Rambam und Stephanie waren alle bereits mit derselben lahmen Entschuldigung abgereist, sie müßten zu ihrem Leben auf dem Festland zurückkehren.

McGovern, Hoover und ich hatten keine Leben, also interessierte es uns auch einen Scheiß, wo wir sie nicht lebten. Im Moment sah die Kulisse, halb künstlich, halb natürlich, ziemlich gut aus.

»Ich bin das Lindbergh Baby«, rief McGovern einer schönen, aber leicht perplexen Hulatänzerin zu.

Sie erholte sich jedoch schnell, schenkte McGovern ein bezauberndes Lächeln und legte ihm im Handumdrehen einen Lei um den Hals.

Es hatte eine Weile gedauert, bis Hoover und ich die Story hinter McGoverns Abenteuern zusammengepuzzelt hatten, aber als wir fertig waren, war das Ergebnis dem, was ich mir vorgestellt hatte, ziemlich ähnlich. Das Ganze war ziemlich inzestuös.

Hoover hatte Carline Ravel Fotos von McGovern und mir auf einer vorangegangenen Reise gezeigt und gleichzeitig mit meinen unfehlbaren detektivischen Fähigkeiten geprotzt. Sie hatte sich nicht nur von mir beeindruckt gezeigt, sondern als Expertin für hawaiianische Geschichte auch die unwahrscheinliche Ähnlichkeit zwischen McGovern und Lono erkannt. Ihr nächster Schritt war dann, McGovern ein Gratisticket zukommen zu lassen.

»Wenn ich nur den Mund gehalten hätte«, sagte Hoover, »könnte sie noch am Leben sein.«

»Keine Chance«, sagte ich. »Sie hätte eine andere Möglichkeit gefunden, die vermißten *Ka'ai* zu lokalisieren. Und wenn sie nicht den Weg gebahnt hätte, wüßte niemand von ihrem Verbleib. In einem gewissen Sinn ist es ihr gelungen, eine der großartigsten Storys in der Geschichte der Menschheit aufzudecken – die Existenz und die Stelle der Grabkammern der alten Hawaiianer.«

»Und trotz meines starken Reporterinstinkts«, sagte Hoover, »sagt mir mein menschlicher Instinkt, daß die Story nie ans Tageslicht kommt. Es wäre ein bißchen wie auf dem Regenbogen tanzen.«

»Hört! Hört!« rief McGovern mit tief empfundener Zustimmung. »Ich bin stolz auf dich Hoover. Zu wissen, wann man eine Story nicht bringt, ist die schwierigste Entscheidung, die ein Journalist treffen kann. Du wirst als guter und weiser Mann in die Geschichte eingehen.«

»Ich werde mich an Hoover anders erinnern«, sagte ich.

»Wirst du?« sagte Hoover.

»Aber natürlich«, sagte ich ziemlich großmütig.

»Wie wirst du dich an ihn erinnern?« fragte McGovern mit fast kindlichem Ernst.

»Als den Jungen, der mit mir reiste«, sagte ich.

Wir bestellten eine neue Runde Drinks und nahmen die Atmosphäre der Strohdächer und der Pianobar und der Tänzerinnen und der Sterne auf. Aber etwas beunruhigte Hoover immer noch.

»McGovern, wo warst du, als Carline Kinky in New York mit der ›Bleib locker – Lono ist zu Hause‹-Nachricht anrief?«

»Ich stand direkt neben ihr, am Flughafen von Hilo.«

»Und was sollte das mit dem MIT-MIT-MIT?« wollte Hoover wissen.

»Ich wußte nicht«, sagte McGovern, »ob ich in Schwierigkeiten steckte oder nicht. Ich suche die Antwort auf diese Frage schon seit meiner Kindheit. Vermutlich habe ich nicht gründlich genug gesucht. Ich folge lediglich der Poesie der Straße.«

Etwas später, nach einer ziemlich angeregten Diskussion, sahen Hoover und ich uns um und stellten abrupt fest, daß wir beide die einzigen am Tisch waren.

»Oh Gott, Kinkyhead«, sagte Hoover frustriert. »Wohin zum Teufel ist McGovern *jetzt* wieder verschwunden?«

Ich sah hinaus aufs Meer. Ich sah hoch in den Himmel. Ich sah Hoover an.

»Frag nicht«, sagte ich.

Danksagung

Kurz bevor Sammy Davis Jr. endgültig zu Jesus abberufen wurde, betraute die Herausgeberin des *Honolulu Advertiser* Starreporter und Kolumnist Will Hoover mit der Aufgabe, dessen Nachruf zu schreiben. In einem Wettlauf mit der Zeit schloß Hoover den Nachruf ab und reichte ihn zusammen mit einem relativ aktuellen Foto von Sammy Davis Jr.'s krebsgezeichnetem Antlitz ein. Der Herausgeberin gefiel der Nachruf ausgesprochen gut, aber das Bild fand sie schrecklich.

»Das sieht Sammy Davis Jr. noch nicht mal im entferntesten ähnlich«, schrie sie. »Geh noch mal ins Archiv und such nach einem Bild, das ihm ähnlich sieht.« Pflichtbewußt ging Hoover zurück ins Archiv. Mehrere Stunden später kam er mit einem Foto zurück, das er der Herausgeberin auf den Schreibtisch schmiß.

»Das ist es«, sagte die Herausgeberin enthusiastisch. »So sieht Sammy Davis Jr. aus.«

»Klasse«, sagte Hoover, »es ist nämlich Billy Crystal.«

Wenn Jesus zurückruft

Too Outlaw for the Outlaws oder Let's put the o back in Country
Ein paar Fußnoten zu Kinky Friedman

Stefan Maelck

Kinky Friedman ist lieber ein großer Teil des Problems als ein kleiner Teil der Lösung. Deshalb verwechselt er auch schon mal den texanischen Gouverneur mit dem Weinkellner: Hey, Sie kommen mir bekannt vor? Kennen wir uns? Und der andere: Yeah, ich bin Gouverneur Rick Perry. Damit ihm so etwas nicht wieder passiert hat sich Kinky Friedman überlegt, selbst Gouverneur von Texas zu werden. Diese irrwitzige Idee muß Kinky Friedman irgendwann beim Schreiben seiner inzwischen 22 Bücher gekommen sein. Wahrscheinlich an einem besonders heißen Tag, an dem man morgens einen Satz schreibt, dem man dann abends den Gnadenschuß gibt und sich denkt, daß man die Welt eben auch anders in Schach halten kann.

Ob das nun wirklich so eine gute Idee ist, darüber läßt sich streiten. Aber sicher kann man sich bei dem Mann nie sein, er ist es selbst auch nicht. »Ich kann mich nicht entscheiden, ob ich mich umbringe oder mir einen neuen Haarschnitt zulege«, ist eins seiner vielen berühmten Zitate, berühmt natürlich nur unter Mitgliedern der Kinky-Friedman-Gemeinde, die beständig größer wird. Bear Family hat gerade eine CD mit Songs von Kinky Friedman veröffentlicht. Die Originale seiner Alben sind schwer oder unmöglich zu finden, und man wünscht sich, daß Bear Family den ganzen Backkatalog wieder auflegen möge. Zudem gibt es bei Bear Family zwei schöne Hörbücher, die ersten beiden Romane Kinky Friedmans »Greenwich Killing Time« und »Lone Star«, gelesen von Wiglaf Droste, der das nicht vorträgt wie einer von diesen angeheuerten Quoten-Schauspielern, sondern wie Wiglaf Droste eben: Liebhaber und Kenner des Werkes von Kinky Friedmann!

Hier soll es darum gehen, mit der Taschenlampe in ein paar

Ecken des Friedman-Universums zu leuchten. In diesen Ecken finden sich nämlich die unmöglichsten Anekdoten eines der letzten Exemplare des Outlaw-Country. Und den praktiziert Mr. Friedman nur noch selten und vielleicht bald überhaupt nicht mehr, denn wenn die deutsche Ausgabe von »Stepping on a rainbow« (eine sehr poetische Umschreibung, die Kinky gern benutzt, wenn jemand das Zeitliche gesegnet hat) erscheint, wechselt Kinky möglicherweise auch gerade vom Leben in die Politik, also ins Reich der lebenden Toten. Denn, seine Fans und Feinde wissen das natürlich, Homo Erectus Kinky Friedman möchte Gouverneur von Texas werden.

Von Texas? Ausgerechnet?

Genau! Vom zweitgrößten Bundesstaat der USA (nach Alaska!). Texas mit dem großen T wie Todesstrafe, dem Staat, der als letzter der Föderation einverleibt wurde und sich deshalb bis heute besonders konservativ gebärdet. Texas, eigentlich Tejas, also Dachziegel, die Dinger, die bei Kinky Friedman mitunter ziemlich locker sind. Wenn Kinky Big Dick Friedman, wie er sich gern selbst nennt, dieses Unterfangen wirklich gelingt, dann müßte es ein Leichtes für Hans Söllner sein, Ministerpräsident von Bayern zu werden. So ungefähr stehen die Chancen. Aber Friedman meint es durchaus ernst. Natürlich kann man das Ansinnen auch als Marotte bezeichnen, die sich in guter Gesellschaft mit all den anderen Marotten dieses Mannes befindet. Das ganze Leben als Marotten-Theater: Friedenskorps, Country-Outlaw, Suspense-Novel-Outlaw, einer der wenigen sympathischen Patrioten Amerikas, ja der Welt und vielleicht der einzige überhaupt, dem man nicht komplett übel nimmt, daß er George W. Bush in dieselbe Reihe seiner guten Bekannten stellt wie Willie Nelson: In der Einleitung des Buches »'Scuse me while I whip this out. Reflections on Country Singers, Presidents and other Troublemakers« schreibt der Kinkster: »Willie Nelson und George W. Bush sind meine Freunde. In den Jahren, die ich die beiden kenne, haben sie sich von Freunden zu Kontakten verwandelt. Willie, natürlich abhängig davon, welche Meinungsumfragen man liest, ist meist viel populärer als George, auf der anderen Seite wird Willie niemals mit der Air Force One fliegen.«

Angeblich haben beide, Willie und George, Kinky versprochen, ihn beim Wahlkampf zu unterstützen. George W. versprach als One-man focus group alle Fragen des Kandidaten zu beantworten. Willie Nelson hat Unterstützung auf verschiedene Weise angeboten, u.a. in Form eines Joints größer als eine koschere Salami. Kann also nichts mehr schief gehen, möchte man meinen. Nicht unwichtig für das Navigieren im Kinky-Universum ist, wie er in eben jenem Buch neben seinen beiden bereits erwähnten Wahlhelfern auch noch Bill Clinton, Bob Dylan, Joseph Heller, Don Imus, Irv Rubin, Billy Joe Shaver, Moses, Jesus, Jack Ruby und Hank Williams unter dem Begriff Troublemakers subsumiert. Troublemakers, weil sie zum Denken auf- und herausgefordert haben und es zum Teil immer noch tun. Plötzlich stimmt dann das Figurenensemble, denn im Land des gut gepflegten Widerspruchs geht so ein Denken schon in Ordnung. Let's agree to disagree.

Nirgends wird das Übereinkommen, nicht überein zu kommen, so freundlich der Meinungsfreiheit unterzogen und so meliorativ bewertet wie in den USA. Vielleicht ist Texas, was diesen Punkt betrifft, nicht unbedingt weit vorn, aber es könnte ja genau das Ziel sein, das Kinky auf der Jamesons-Fahne vor sich her trägt. TEXAS IS THE REASON. Dafür oder dagegen. Und es gibt jede Menge konservative Menschen, die Kinky Friedman nicht für den braven treuen Kirchgänger halten, als den er sich selbst gern bezeichnet. Im besagten Troublemakers-Buch gibt es eine Geschichte mit dem Titel »Mein Skrotum flog Touristenklasse. Eine persönliche Odyssey«, und schon der erste Satz bringt auf den Punkt, warum es Menschen gibt, die Kinky nicht mit geringen Vorurteilen gegenüberstehen:

»Die Country&Western Band, die ich gegründet hatte, ausgerechnet The Texas Jewboys zu nennen, war entweder sehr klug oder total bekloppt.«

Natürlich hat man die Texas Jewboys in Nashville nicht gemocht, aber daß man sie deshalb in Texas als Nationalhelden verehrt, kann man nun auch nicht gerade sagen.

Man stelle sich folgende Situation vor: Jedes Jahr im März gibt es in Austin, Texas, ein berühmtes Musikfestival, SXSW heißt das (South By Southwest), und wenn das nun 2007 vom Gouverneur von Texas höchstpersönlich eröffnet werden würde, einem Gouverneur, der anschließend gleich noch ein Konzert gibt und zum Beweis seiner Gottesgläubigkeit auch die Songs spielt, für die er immer wieder Ärger bekommen hat. Zum Beispiel »Men's Room, L.A.«, eine, wie Kinky behauptet, religiöse Ballade von Buck Fowler. Darin gerät der Protagonist in höchste Not, denn in einer öffentlichen Toilette bemerkt er plötzlich, daß es kein Toilettenpapier gibt. Nun hängt dort freilich ein Jesusbild und unser Held steht vor der Frage, ob er seine Seele oder seine Hose retten soll. In dieser Angelegenheit wendet er sich an den Boss, der sich so schön auf Cross reimt, und wie das Schicksal es will, läßt der Alte den in Not Geratenen nicht hängen und erteilt ihm die Absolution, das Bild zu nutzen, wofür auch immer.

Men's Room, L.A.

I saw a picture yesterday
In a men's room near L.A.
Lying on the floor beside the throne
Had I not recognized the cross
I might have failed to know the boss
I thought »Lord you look neglected and alone«
I picked it up with loving care
I wondered who had placed it there
Then I saw there was no paper on the roll
O said »Lord what would you do
If you were me and I were you
Take a chance, save your pants or your soul?«
And the voice said »Kinky, this is Jesus.
I ain't square. I got these pictures everywhere
From Florida on to Frisco Bay
So boy, if you're hung up on the pot
Feel Free to use my favorite shot.«
I saw a picture yesterday
In a men's room near L.A.[*]

[*] Herrentoilette, Los Angeles: Gestern sah ich ein Bild / In einer Herrentoilette nahe L.A. / Es lag auf dem Boden neben dem Thron. / Wäre mir nicht das Kreuz aufgefallen, / dann wäre ich wohl um die Bekanntschaft mit dem Boss gekommen. / Ich dachte »Herr, du siehst verwahrlost und einsam aus.« / Liebevoll sammelte ich das Bild auf / und wunderte mich, wer es wohl dort platziert haben mochte. / Dann sah ich, daß kein Toilettenpapier mehr auf der Rolle war. / Ich sagte »Herr, was würdest du tun, wenn du ich wärst und ich du / und dich entscheiden müßtest, ob du deine Hosen oder deine Seele rettest?« / Und eine Stimme sagte: »Kinky, hier ist Jesus. / Ich bin doch nicht spießig. Diese Bilder von mir hängen doch überall / Von Florida bis rüber zur Bucht von San Francisco. / Also, Junge, wenn du auf dem Topf fest hängst / Sei herzlich eingeladen, meinen Lieblingsschnappschuss zu benutzen.« / Gestern sah ich ein Bild / In einer Herrentoilette nahe L.A.

So kann es auch gehen.

Nun ist das nicht unbedingt der Song, den 20 Millionen (ja, so viele Menschen leben dort. Es gibt eine Stadt namens Corpus Christi und Chili con Carne ist official state food!!!!) gottesfürchtige Texaner am Sonntagmorgen auf dem Weg zur Kirche vor sich hin singen. Aber das Bild, das man außerhalb von Texas vom »Lone Star State« so hat, würde sich schon ändern. Kinky Friedman wäre der erste Gouverneur von Texas, der für den Wahlkampf Talking Action Figures von sich selbst anfertigen ließ, die man auf seiner Homepage erwerben oder zumindest in kleinen Animationsfilmen anschauen kann.

Kinky-Figuren, die Wahlkampf machen. (Nicht unwichtig in einem Bundesstaat, in dem bei der letzten Wahl 75% der Bevölkerung lieber auf der Veranda die Stimme geölt hat, anstatt eine solche abzugeben.) Und was für ein Wahlkampf: Auf die Frage nach der von ihm zu erwartenden Grenzpolitik (das Problem der so genannten *Illegal Aliens*, die täglich aus Mexico in die USA kommen, um Arbeit zu suchen, wird immer wieder thematisiert, aber nie gelöst) gibt Kinky zu Protokoll: Kein Krieg mit Oklahoma. Und Kinky stellt klar: Er bewerbe sich um den Gouverneursposten, nicht um den von Gott. Denn Gott, der zitierte Song beweist das, muß sich um jeden Scheiß kümmern. Und damit erst gar keine Verunsicherung aufkommt, läßt Friedman seine potentiellen Wähler wissen: »Ich weiß nicht, wie viele Unterstützer ich habe, aber sie sind alle bewaffnet!«

Zum Thema Steuern wirft er ein: »Mit Geld kann man sich einen schönen Hund kaufen, aber nur Liebe läßt ihn mit dem Schwanz wedeln.« Immer wieder mußte er sich in den letzten Jahren der Frage stellen: Warum Gouverneur? Die überzeugende Antwort eines gottgläubigen Texaners: »Why the hell not!!!«

Kinky Friedman wäre damit der erste *Outlaw-Governor* eines amerikanischen Bundesstaates. Mehr noch als die sogenannte Outlaw-Country-Bewegung, angeführt einst von Waylon Jennings und Johnny Cash und jetzt durch Willie Nelson, Kris Kristofferson und Merle Haggard als letzte lebende Vertreter der Ur-Bewegung, lag Kinky immer eine Spur noch mehr daneben und hat auch mehr auf's Spiel gesetzt als alle anderen.

Deshalb kann der Versuch einer dritten Karriere nur als Inszenierung zur Belustigung seiner Fans gesehen werden, denn außer Kinky selbst nimmt die Bewerbung niemand wirklich ernst und vor allem: niemand nimmt sie ihm übel.

Für das Buch »Eat, Drink and be Kinky. A Feast of Wit and Fabulous Recipes for Fans of Kinky Friedman« von Mike McGovern (bekannt als einer der *Village Irregulars*) hat Kinky Friedman eine Einleitung geschrieben, schließlich kann er das selbst am besten und hier geht es nun mal um nicht weniger als um eine Kinky-Bibel, da kann man das Feld nicht allein Menschen wie McGovern überlassen, die mitunter Dinge essen, die größer sind als ihr eigener Kopf.

Kinky schreibt: »Das Werk, das Sie im Begriff sind zu lesen, ist weit mehr als ein Kochbuch. ›Essen, Trinken und Kinky sein‹ wird nicht nur auf Feinschmecker einen deutlichen und verpflichtenden Reiz ausüben, sondern auch auf Alkoholiker und Perverse. Ich halte dieses Buch für die kulinarische Version von James Joyce' ›Ulysses‹. McGoverns Meisterwerk läßt sich, meiner Meinung nach, hervorragend mit Tolstois ›Anna Karenina‹ vergleichen, obwohl es natürlich kürzer ist.«

Was würde dieser Mann wohl als erstes tun, wenn ihn der US-Präsident als neuer Gouverneur ins Weiße Haus einlädt? Nachdem er beim Eintreten einen gewaltigen Furz gelassen hätte. Wahrscheinlich erstmal ein paar Vodka McGoverns die Kehle runter laufen lassen, bis er sich in Gefilden befindet, »wo kein Nachtbus mehr fährt«. Und danach natürlich große Sprüche klopfen. Denn der Mann, man sollte das nicht vergessen, ist ein Weltverbesserer, nicht irgendeiner, sondern der, den auch der liebe Gott zurückruft und dafür ins Gesicht gesagt bekommt, daß er sich ein paar Tage mehr hätte Zeit nehmen sollen für Himmel und Erde und all die Wunder.

Kinky Friedman hätte einiges anders gemacht, so viel ist sicher, aber er meckert nicht rum. Seine Bücher sind quasi immer frei von der Leber weg und auf selbige drauf. Allein, daß Jesus beim letzten Abendmal dem Kellner *Getrennte Rechnungen, bitte!* (»Ballettratten in der Vandam Street«) zugerufen haben soll, das nimmt er dem Alten übel, mangelnde Verantwortung nennt Friedman das. Sowas läßt Kinky Friedman keinem durchgehen, nicht mal sich selbst. Und mittlerweile hat er große Verantwortung für uns, seine Zuhörer und Leser. Aber, ob der Mann sich nun noch mehr aufladen sollte? »Tanz auf dem Regenbogen« zeigt wieder einmal, wie schnell es gehen kann mit der Einsamkeit. Und dann muß Kinky Friedman plötzlich raus aus Texas, nach Hawaii, weil McGovern (genau der!) verschwunden ist. Vielleicht sollte Kinky das Buch selbst noch einmal lesen.

Einfach, um sich davon zu überzeugen, was er am besten kann und was seine Aufgabe ist. Nicht, daß Jesus anruft und es ist gerade keine Leitung frei. Es gäbe auch noch jede Menge Platten aufzunehmen. Wahrscheinlich haben sich das schon viele gewünscht.

In dem wundervollen Text »Three wise men« aus dem Band »'Scuse me, while I whip this out«, gibt es die Passage, in der Kinky und Willie Nelson auf das Thema Körpergröße zu sprechen kommen, weil Kinky sich fragt, ob nun Willie Nelson immer kleiner oder nur seine Joints immer größer werden. Willie Nelson darauf: »›Ich bin größer als Bob Dylan und Paul Simon‹, sagte er. ›Natürlich tragen die Jungs keine Cowboystiefel. Ich bin größer als Ross Perot, solange ich mir nicht die Haare schneide.‹« Kinky erwähnt darauf ein paar Superstars der Weltgeschichte, die auch nicht eben groß waren: Hitler, Napoleon, Alexander der Große. Und Willie, kurz und knakkig: »Was haben sie für Platten aufgenommen?«

Wer sich die Freude auch dieser Lektüre gönnt, der findet allerdings auf Seite 77/78 ein paar wichtige Sätze, die allen Fans von Kinky Friedman sagen, daß sie sich nicht fürchten müssen. Zu lesen ist dort Kinky Friedmans Bergpredigt, das Salz der Erde, das Licht der Welt.

»Es muß doch für einen Mann mit meinen Talenten einen Platz in der Politik geben, dachte ich. Hundefänger mochte ein guter Einstieg sein. Ich könnte alle Hunde befreien und sie ermutigen, in den Höfen der Leute, die ich nicht ausstehen kann, ein paar ernsthafte Kabel zu verlegen. Oder ich könnte mich als Bürgermeister von Austin bewerben. Ich könnte gegen die faschistischen Anti-Raucher-Gesetze kämpfen. Wahrscheinlich könnte ich nicht gewinnen ohne die Techno-Streber, aber ein guter Slogan würde schon helfen. So etwas wie: ›Eine Zigarre in jeden Mund und jedem seine besondere Empfindlichkeit‹ könnte funktionieren. Im Grunde genommen ist das aber eine viel zu kleine Bühne für den Kinskter. Ich habe größere Fische zu braten.«

Das meine ich aber auch!

Juni 2006

Weitere erhältliche Titel von Kinky Friedman

EDITION TIAMAT (www.edition-tiamat.de):

Ballettratten in der Vandam Street
Aus dem Amerikanischen von Ulrich Blumenbach
Mit einem Nachwort von Wiglaf Droste
Paperback, 14.- Euro, ISBN: 3-89320-084-3

Der glückliche Flieger
Aus dem Amerikanischen von Ulrich Blumenbach
Mit einem Nachwort von Franz Dobler
Paperback, 14.- Euro, ISBN: 3-89320-088-6

ROTBUCH-Verlag:

Greenwich Killing Time
Aus dem Amerikanischen von Hans-Michael Bock
Taschenbuch, Bd. 1171, 9.90 Euro, ISBN: 3-434-54058-X

Lone Star
Aus dem Amerikanischen von Hans-Michael Bock
Taschenbuch, Bd. 1178, 9.90 Euro, ISBN: 3-434-54061-X

Elvis, Jeus & Coca-Cola
Aus dem Amerikanischen von Hans-Michael Bock
Taschenbuch, Bd. 1188, 9.90 Euro, ISBN: 3-434-54064-4
(erscheint im Oktober 2006)

BEAR FAMILY RECORDS (Hörbücher):

Greenwich Killing Time
Gelesen von Wiglaf Droste
5-CD-Hörbuch, 29,80 Euro, BCD: 16078 EA

Lone Star
Gelesen von Wiglaf Droste
4-CD-Hörbuch, 27.80 Euro, BCD: 16080 DA

Musik-CD von Kinky Friedman:
They Ain't Making Jews Like Jesus Anymore
78:33 Minuten, BCD: 16755 AR